CATHERINE SHEPHERD

Tiefschwarze Melodie

Zons-Krimi

1. Auflage 2015

Lektorat: Franziska Gräfe
Korrektorat: Kirsten Wendt

Cover-Design: Alex Saskalidis

www.catherine-shepherd.com
kontakt@catherine-shepherd.com

ISBN 978-3-944676-03-6

Weitere Titel von Catherine Shepherd:

Der Puzzlemörder von Zons, Band 1, April 2012
Der Sichelmörder von Zons, Band 2, März 2013
Kalter Zwilling, Band 3, Dezember 2013
Auf den Flügeln der Angst, Band 4, August 2014
Fatal Puzzle, (Titel der deutschen Originalausgabe: Der Puzzlemörder von Zons), Januar 2015

Die schönste List des Teufels ist es,
uns zu überzeugen, dass es ihn nicht gibt.

Charles Baudelaire

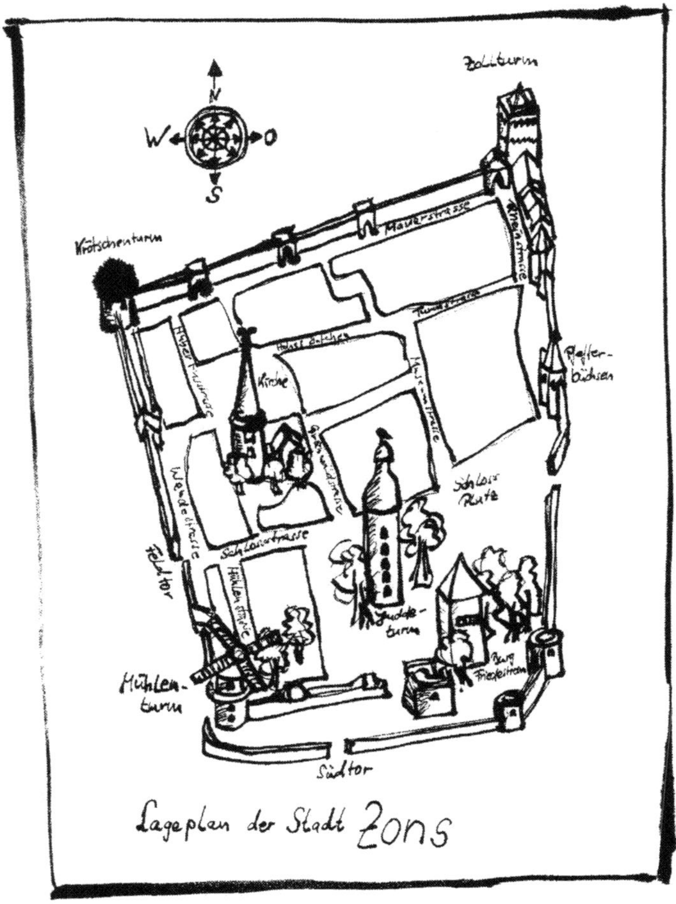

Lageplan der Stadt Zons

Prolog

Seine Hände glitten über die Tasten des Instruments, als streichelten sie den Körper einer Geliebten. Die Fingerspitzen vibrierten bei jeder Berührung und der Klang der Melodie drang direkt in sein Herz. Er kannte die Noten auswendig und er hätte dieses Lied jederzeit aus dem Tiefschlaf heraus spielen können. Am liebsten hörte er die Klänge auf einem Klavier oder noch besser auf einem Flügel, doch heute war ihm dieser Genuss nicht vergönnt. Seine Finger schwebten über den Tasten eines Keyboards, das er extra für diesen Anlass mit hierher gebracht hatte. Er bewegte seinen Oberkörper im Rhythmus, die Augen fest geschlossen. Die Lautstärke hatte er auf die höchste Stufe gestellt. So konnte er die Schreie der Frau, die hinter ihm gefesselt auf dem Bett lag, zunächst kaum hören. Doch das würde sich gleich ändern.

Die Melodie näherte sich einer langsamen Passage, die sehr viel Gefühl von ihrem Pianisten verlangte. Er hoffte, dass die Frau den Mund halten würde, sobald er an diese Stelle seines Stücks kam. Überhaupt wunderte es ihn, wie wenig diese Frau seine herrliche Musik genoss. Es war eine Komposition, die seit Hunderten von Jahren existierte und unmittelbar das Herz ihrer Zuhörer berührte. Zumindest erging es ihm so. Er spielte diese Melodie heute nur für sie, doch dieses undankbare Geschöpf wollte seine Mühen einfach nicht würdigen. Aus seiner Kehle drang ein tiefer Seufzer, als er dem Höhepunkt seines Stücks näher kam. Gleich würde der Zauber der Liebe entstehen und sein Herz zum Schlagen bringen.

Seine Finger wurden langsamer und allmählich verwandelte sich der klopfende Rhythmus in ein zartes Säuseln, das an einen leichten Sommerregen erinnerte. Die Frau hinter ihm bemerkte die Veränderung und hielt inne. Benommen sog er die stickige Luft des winzigen Raumes ein und konnte sein Glück kaum fassen. Die Frau war ruhig und lauschte seiner Melodie. Doch der Genuss hielt nicht lange an. Als er das Tempo weiter verlangsamte, zerstörte sie mit einem gellenden Schrei den Rausch, in den er gerade eintauchen wollte.

Er neigte den Kopf zur Seite und betrachtete sie aus dem Augenwinkel. Sie lag da, vollkommen nackt mit weit gespreizten Beinen, die an den Bettpfosten festgebunden waren. Ihre schweißnassen Haare klebten am Kopf und verwandelten sie in eine hässliche, dumme Gans. Abrupt drehte er sich weg und wechselte die Geschwindigkeit zurück ins Allegro. Er spürte, wie die aufkeimende Wut in ihm immer stärker wurde und schlug wild auf die Tasten seines Keyboards ein, die jetzt nicht mehr sanft säuselten, sondern bei jeder seiner Berührungen ächzend aufschrien. Er hatte den Takt verloren. Seine Melodie stolperte wie die stümperhafte Tonfolge eines Anfängers durch den Raum, die Dissonanzen krochen ins Ohr und sorgten für ein grausames Stechen mitten im Hirn. Die Schmerzen schwollen zu einem ohrenbetäubenden Pfeifen an, das ihm fast die Sinne raubte. Er schüttelte sich, während er immer weiter auf das Instrument einhämmerte. Er wollte dieses grässliche Geräusch aus seinem Kopf vertreiben. Plötzlich bewegten sich die Wände auf ihn zu und schrumpften den ohnehin schon winzigen Raum auf unerträgliche Enge.

Seine Brust schnürte sich zusammen. Er rang nach Luft, war jedoch unfähig zu atmen. Sein Brustkorb war wie versteinert und so sehr er auch versuchte einzuatmen, seine starren Rippen ließen den Sauerstoff nicht mehr in die Lungen strömen. Ihm wurde schwarz vor Augen. Die Wände schienen ihn einzukeilen. Mit letzter Kraft hieb er die Faust auf das Keyboard. Er traf den Schieber, der das Instrument in den Automatikmodus versetzte, so dass es seine Melodie einfach weiterspielte, als wäre nichts gewesen. Vor seinem geistigen Auge erschien seine Mutter. Sie hatte den Zeigefinger drohend erhoben und drängte ihn hinaus in den Flur. An der Treppe riss sie wütend die Tür zu der kleinen muffigen Abstellkammer unterhalb der Stufen auf und trieb ihn vorwärts. Verzweifelt krallte er sich an ihrer Bluse fest. Seine Fingerknöchel verfärbten sich vor Anstrengung. Doch seine Mutter ließ sich nicht beirren und stieß ihn unsanft in die dunkle Kammer hinein. Er stolperte, schrie und landete weinend mit den Knien auf dem harten Boden. Die Bluse hatte er losgelassen. Ein einzelner Knopf rollte über die kalten Fliesen.

»Nein. Lass mich hier raus, Mutter.« Seine Stimme

war um eine ganze Oktave höher als sonst. Mit den Fäusten hämmerte er an die dicke Holztür, die jedoch keinen Zentimeter nachgab. Zwischen seinen Hieben erklang die Melodie. Ihre sanften Töne griffen mit seidigen Fingern nach ihm, legten sich um seinen Hals und drohten ihn langsam zu ersticken. Seine Schreie verstummten, doch mit den Händen schlug er weiter auf die Tür ein. Jeder Schlag schmerzte und riss die Haut auf. Blut verschmierte das dunkle Holz und benetzte die alten Krusten, die sich dort im Laufe der Zeit gebildet hatten. Er konnte sie nicht sehen, aber fühlen. Blut, das in unregelmäßigen Mustern auf der Tür getrocknet war und jetzt eine Landschaft aus Kratern und langgezogenen Tropfen bildete. »Stopp.«

Die eigene Stimme ließ ihn ruckartig hochfahren. Das Trugbild verschwand. Er drehte sich um. Schweiß lief ihm über die Stirn und brannte in seinen Augen. Er zwinkerte und wischte sich fahrig die Tropfen aus dem Gesicht. Die Frau lag noch immer auf dem Bett. Nackt, mit obszön gespreizten Beinen und weit aufgerissenen Augen. Augen, die ihn ängstlich und vorwurfsvoll anblickten. Genauso vorwurfsvoll wie die seiner Mutter. Ihr Mund öffnete sich zu einem verzerrten Schrei, der ihm bis ins Mark drang. Ein Zittern durchlief seinen Körper, als er sich mit wackligen Beinen dem Bett näherte. Die Frau zerrte wie verrückt an ihren Fesseln.

Dummes Ding, fuhr es ihm durch den Kopf. Je mehr sie an den Stricken zog, umso fester wurden die Knoten. Er schloss die Augen und konzentrierte sich wieder auf die Melodie, die ohne Unterlass aus dem

Keyboard drang. Er schluckte. Die Starre, die ihn bis eben am Atmen gehindert hatte, war aus seinem Brustkorb gewichen. Gierig schnappte er nach Luft und bewegte sich dabei im Takt der Musik. Immer heftiger schwang er im Rhythmus mit, ganz darauf konzentriert, jede einzelne Note dieses grandiosen Stücks in sich aufzusaugen. Die Schreie der Frau störten ihn nicht mehr. Solange er die Augen geschlossen hielt und ihre hässliche Visage nicht sah, bildete er sich ein, dass ihre Schreie dem Takt der Musik folgten. Sie komplettierten geradezu seine Komposition, an der er jahrelang gearbeitet hatte.

Es war nicht einfach gewesen, dieses uralte Werk zu vollenden. Ihm die Perfektion zu verleihen, die diese Melodie unvergesslich machte und ihr die Macht über die Zuhörer verlieh, die sie verdient hatte. Er warf die Arme hoch und ließ sie im Rhythmus wieder fallen. Er saß rittlings auf der Frau, die Augen weiterhin geschlossen und vollkommen versunken in der Welt der Töne.

Erst als die Wiederholung einsetzte, öffnete er die Augen einen Spalt und bewunderte das rote Muster auf der Wand vor ihm. Ein zufällig entstandenes Ornament aus Spritzern und Rinnsalen, wie es nur Gott erschaffen konnte. Das Rot war noch feucht und glänzte im spärlichen Licht der unscheinbaren Deckenleuchte. Seine Knie trieften vom Blut, das sich nicht nur an der Wand, sondern auf dem ganzen Bett und dem Boden ausgebreitet hatte. Die Frau unter ihm war verstummt; nur ihre Augen waren immer noch weit aufgerissen. Die Furcht in ihnen war einer kalten Starre gewichen. Endlich war auch das Vorwurfsvolle aus ihrem Blick verschwunden.

Erleichtert sank er zur Seite, das blutige Messer weiterhin fest in der rechten Hand. Ein Augenblick verstrich, bevor er aufstand und zum Keyboard zurückging. Er schaltete das Gerät ab und wunderte sich einen Moment lang über die friedliche Stimmung, die die plötzliche Stille mit sich brachte. Dann zog er seinen Overall und die Gummihandschuhe aus, verpackte gewissenhaft sein Instrument in einer Reisetasche und verließ lautlos das dunkle Appartement. Verborgen von den Schatten der Nacht erreichte er unbemerkt die Hauptstraße, die ihn unmittelbar zu seinem nächsten Ziel führen würde. Seine Füße bewegten sich fortwährend im Takt der Melodie, die noch vor wenigen Minuten das jetzt totenstille Appartement erfüllt hatte.

I
Vor fünfhundert Jahren

Es war das schönste Geschenk, das Jakob in seinem ganzen Leben bekommen hatte. Beinahe zärtlich strich er über die hölzernen Rundungen der Laute, die er zu seinem zwanzigsten Geburtstag erhalten hatte. Sie hatte wunderschöne Verzierungen an den Seiten und war aus besonders wertvollem Holz gefertigt. Es war eine Laute mit birnenförmigem Korpus und fünf Saitenpaaren, die mit einem Federkiel gespielt wurde. Seine Mutter hatte das Instrument bei einem berühmten Lautenmacher in Köln erstanden. Die Anschaffung war sehr teuer gewesen, doch Jakob wusste, dass er seiner Mutter alles bedeutete. Er war ihr einziges Kind und schon immer hatten sie eine ausgesprochen enge Verbindung gehabt, die die anderen Familienmitglieder bereits als unnatürlich empfanden.

Jakob ergriff den Federkiel und zupfte zart an den Saiten. Ein hoher Ton brachte das Holz zum Vibrieren. Die Saiten waren aus Schafdarm gemacht und leicht zu stimmen. Jakob liebte die höheren Töne. Sein Vater bezeichnete ihn oft als missraten, weil er nicht nur einen schmächtigen, fast mädchenhaften Körper hatte, sondern auch all die Dinge mochte, die eher das weibliche Geschlecht bevorzugte. Schon als kleiner Junge war er wegen seiner großen blauen Augen und der blonden Locken häufig für ein Mädchen gehalten worden. Sein Vater Henrich Heckhoven hatte dennoch nichts unversucht gelassen, aus Jakob einen richtigen Jungen zu machen. Er lehrte ihn früh in der Kampfkunst und nahm ihn, so oft es möglich war, mit auf die Jagd. Doch Jakob hatte wenig Talent im Umgang mit Pfeil und Bogen und sein zartes Gemüt konnte den Anblick von Blut nicht ertragen. Regelmäßig schwanden ihm die Sinne, sobald er gezwungen war, ein totes Tier vom Waldboden aufzunehmen. In Henrichs Augen war Jakob eine Schande für die Familie.

Mutter Johanna hingegen hatte im Sohn einen echten Seelenverwandten gefunden. Jakob konnte geschickt mit Pinsel und Farben umgehen, besaß ein geübtes Auge für schöne Dinge und war ein äußerst talentierter Musiker. Bereits mit vier Jahren hatte er auf einer kleinen Flöte zu spielen begonnen und seine Zuhörer verzaubert. Jetzt, mit zwanzig, konnte Jakob sogar eigene Melodien komponieren. Es gab Tage, da bedauerte er es inständig, dass seine Mutter ihn nicht ins Kloster geschickt hatte. Sein Vater wollte ihn schon im Alter von fünf Jahren ins Kloster nach Brauweiler geben, doch Johanna verhinderte das. Sie flehte Henrich auf Knien an, und nach ein paar Wochen gab er auf. Ihm war klar geworden, dass er Johanna das Herz brechen und sie ihn den Rest seines Lebens nicht mehr bei sich liegen lassen würde. Henrich hatte sich ihren Wünschen gefügt und Jakob bei seiner Mutter gelassen.

Zunächst war Jakob froh darüber gewesen. Die Mönche in ihren dunklen Kutten jagten ihm Angst ein. Doch später, als er ihren Gesang und das Orgelspiel zum ersten Mal gehört hatte, war ein Stich durch sein Herz gegangen. Er hatte sich gewünscht, mit ihnen zu singen und seine Finger über die schweren Tasten der Orgel gleiten zu lassen. Abermals ließ er den Federkiel über die Saiten streifen und genoss die hohen Töne, die wie von Zauberhand aus dem bauchigen Körper der Laute emporstiegen. Sie drangen in sein Ohr und entfachten ein unbeschreibliches Glücksgefühl in seinem Inneren.

»Verdammt, Jakob, wo zum Henker steckst du schon wieder?«

Die strenge Stimme seines Vaters schreckte ihn auf. Jakob hatte sich in das hintere Atrium des Hauses zurückgezogen. Außer seiner Familie wohnte seine Tante Emma mit ihren beiden Töchtern und ihrem Ehemann in dem riesigen, verwinkelten Haus. Der hintere Innenhof, der an den Garten eines Wirtshauses angrenzte, war abgelegen und Jakobs Lieblingsplatz. In diesem Hof stand der hauseigene Brunnen, eine echte Seltenheit in Zons. Es gab mehrere öffentliche Zisternen innerhalb der Stadtmauern, aber die wenigsten Zonser Bürger konnten sich einen eigenen Hausbrunnen leisten. Das sachte Plätschern des Wassers beruhigte Jakob und schenkte ihm die schönsten Melodien, wenn er nur genau hinhörte. Oft saß er bei Regenwetter hier. Auch dann schob er den schweren Holzdeckel von der Brunnenöffnung und lauschte dem Regen, dem Aufprall der einzelnen Tropfen und ihrem Säuseln, wenn sie auf der Wasseroberfläche zerstoben. Doch die Stimme seines Vaters hatte die Harmonie dieses Ortes abrupt zerstört. Ängstlich wandte Jakob den Kopf. Er wagte kaum, seinem Vater in die Augen zu sehen.

»Warum bist du nicht am Mühlenturm?« Es klang mehr wie eine Drohung als eine Frage. Jakob hielt den Blick gesenkt. Alles, was er sehen konnte, waren die Lederschuhe seines Vaters. Krampfhaft überlegte er, was sein Vater mit dem Mühlenturm meinte. Dann fiel es ihm siedend heiß ein. Heute hatte er sich bei Bastian Mühlenberg von der Zonser Stadtwache vorstellen sollen. Sein Vater hatte vor einigen Wochen mit Mühlenberg gesprochen. Er wollte, dass Jakob in die Stadtwache eintrat und sich endlich ein eigenes rechtschaffenes Leben aufbaute. Jakob war jedoch so mit seiner neuen Laute beschäftigt gewesen, dass er nicht an die Verabredung gedacht hatte.

»Es tut mir leid, Vater. Ich habe es vergessen.« Jakobs Stimme glich einem zittrigen Hauch. Er wusste, was ihn jetzt erwartete. Noch ehe er den Blick heben konnte, traf ihn die flache Hand des Vaters im Gesicht. Der brennende Schmerz ließ Jakob zusammenzucken. Er sank auf die Knie und hielt schützend die Hände über den Kopf. Schon prasselte der nächste Schlag auf ihn nieder. Diesmal war es ein Fausthieb, dem er rechtzeitig ausweichen konnte.

»Du tust gefälligst, was ich von dir verlange! Wie kannst du es wagen, dich mir zu widersetzen?«

Henrich brüllte so laut, dass jeder im Haus es mitbekommen musste. Jakob konnte nicht mehr denken.

Er krümmte sich so gut es ging zusammen und hoffte, dass sein Vater sich bald an ihm ausgetobt hatte. Die Laute hatte er zwischen die Rosenranken am Brunnen geschoben. Er konnte nur beten, dass sein Vater sie nicht entdecken würde. Obwohl Jakob mittlerweile ein junger Mann war, kam es ihm nicht in den Sinn, sich gegen den Vater zur Wehr zu setzen. Henrich war trotz des fortschreitenden Alters groß und kräftig, und Jakob hatte ihm mit seiner zarten Gestalt wenig entgegenzusetzen. Die Hiebe prasselten unerbittlich auf ihn nieder. Schmerz flutete seinen ganzen Körper. Wie ein Hexenfeuer drohte er, ihn zu verbrennen. Die Rippen krachten.

»Vater, ich will Euch doch gehorchen«, kreischte Jakob verzweifelt. »Bitte, lasst von mir ab.«

Doch Jakobs Worte erreichten Henrich in seiner Wut nicht. Er schlug wie von Sinnen auf den Sohn ein. Der Schmerz riss Jakob in die Dunkelheit hinab. Blitze zuckten durch die Schwärze, dann verschwanden auch sie und nahmen das letzte Licht mit, als Jakob das Bewusstsein verlor.

…

Er hörte seine Melodie. Eine zarte Weise, die dem Plätschern des Regens im Brunnen glich. Sanft tropften die Töne auf Jakob nieder und holten ihn behutsam aus der Dunkelheit. Er stöhnte leise.

»Jakob, mein Sohn. Wie geht es dir?«

Jakob erkannte die Stimme seiner Mutter. Er schluckte schwer. Statt zu antworten, ließ er sich von der Melodie treiben, die in seinem Kopf schwebte und ihn heilsam einlullte. Er leckte sich über die trockenen Lippen. Langsam begann sein Körper zu erwachen, und mit dem Leben, das in ihn zurückkehrte, kam auch der Schmerz wieder.

»Du bist wieder in Ohnmacht gefallen, mein Liebling.« Seine Mutter flüsterte. »Du warst fast einen ganzen Tag nicht bei Sinnen und das, obwohl ich dich sofort von deinem Vater erlöst habe.«

Jakob horchte in seinen Körper hinein. Er spürte eine dicke Beule an seinem Hinterkopf, die geschwollenen Rippen am Rücken und etliche Prellungen an Armen und Beinen. Es fühlte sich nicht so an, als wenn seine Mutter rechtzeitig da gewesen wäre, um ihn zu retten. Vielmehr nahm er die schmerzhafte Zerstörung wahr, die sein Vater angerichtet hatte. Wenigstens war diesmal kein Knochen gebrochen. Diesen Schmerz kannte er nur zu gut. Ein starkes Stechen, das von einem unheilvollen Puckern begleitet wurde. Er erinnerte sich noch genau an die Pein, als sein Vater ihm einen Finger gebrochen hatte. Monatelang hatte Jakob in der Angst gelebt, nie wieder richtig ein Instrument spielen zu können. Nur den Heilkünsten des Zonser Arztes Josef Hesemann hatte er es zu verdanken, dass der Finger nicht steif geblieben war.

»Wo ist meine Laute?«

Die Sorge um seinen neuen Schatz war mit einem Mal so groß, dass Jakob den Schmerz verdrängte und sogar die Augen öffnete. Seine Mutter Johanna betrachtete ihn ernst. In ihre Stirn hatte sich eine tiefe Sorgenfalte gegraben. Doch dann lächelte sie und hielt ihm die Laute vors Gesicht.

»Ich dachte mir schon, dass du danach fragst. Sie ist unversehrt.«

Jakob streckte die Hände nach dem Instrument aus und berührte sie ehrfurchtsvoll.

»Es ist das schönste Geschenk, das Ihr mir je gemacht habt, Mutter.«

Da er den Federkiel nicht zur Hand hatte, zupfte er mit den Fingern an den Saiten. Es war nur eine kurze Klangfolge, doch sie kam aus seinem tiefsten Herzen. Johanna atmete tief.

»Mein lieber Jakob, wie schön du doch spielen kannst.« Ihr kurzes Lächeln wich einer ernsten Miene, in der sich erneut die scharfe Sorgenfalte zeigte.

»Ich habe mit Josef Hesemann über deine Ohnmachtsanfälle gesprochen. Er sagt, er könne nichts dagegen tun.« Sie schüttelte traurig den Kopf.

»Ach Mutter, die Ohnmacht begleitet mich schon mein ganzes Leben. Ich kann das ertragen.«

»Aber die Anfälle dauern immer länger an. Ich mache mir solche Sorgen, dass du eines Tages gar nicht mehr aufwachst.« Sie strich ihm sanft über den Kopf. In ihren Augen glitzerte es verdächtig. Jakob richtete sich auf und ergriff ihre Hand.

»Es geht mir gut, Mutter. Macht Euch keine Sorgen.«

...

Eine Woche später war Jakob fast vollständig genesen. Zwar war sein Körper von einer ganzen Schar gelblich leuchtender Flecken verunstaltet, aber die abheilenden Prellungen und Blutergüsse taten längst nicht mehr so weh. Er hatte seinem Vater versprochen, sich bei der Zonser Stadtwache vorzustellen, und heute wollte er diesen Plan in die Tat umsetzen. Johanna, die jeden Tag seine Verletzungen mit einer Heilsalbe versorgt hatte, wollte ihn am liebsten nicht gehen lassen. Sie wusste genauso gut wie Jakob, dass er mit seinem zarten Gemüt überhaupt nicht in die Zonser Stadtwache passte. Doch Jakob war längst zu alt, um noch in ein Kloster aufgenommen zu werden und so schien dies der einzige Weg, der ihm für seine Zukunft offenstand.

Erst gestern hatte Jakob wieder einen Ohnmachtsanfall erlitten, aber glücklicherweise hatte es außer seiner Mutter niemand bemerkt. Die Nacht hatte ausgereicht, um ihn wieder vollständig zu Bewusstsein zu bringen. Trotz ihres Drängens wollte Jakob sein Vorhaben nicht noch einmal verschieben. Er konnte keine weitere Tracht Prügel von seinem Vater gebrauchen und außerdem zögerte sich mit einer erneuten Verschiebung das Unvermeidliche nur länger hinaus. Es gab für ihn kein Entrinnen und er musste hoffen, dass Bastian Mühlenberg ihn trotz seiner schmächtigen Gestalt in die Stadtwache aufnahm.

Zögerlich pochte er an die Tür des kleinen Hauses, das direkt neben dem Mühlenturm stand. Bastian Mühlenberg war der jüngste Sohn des Zonser Müllers und von hünenhafter Gestalt. Er hatte ein ausgesprochen hübsches Gesicht, tiefbraune Augen und blonde Strubbelhaare. Was hätte Jakob dafür gegeben, ein solches Antlitz zu besitzen. Obendrein war Bastian nicht dumm. In der Zonser Stadtwache hatte er schon in jungen Jahren einige Morde und Fälle von Täuscherei aufgeklärt und die Täter ihrer gerechten Strafe zugeführt. Diese Erfolge hatte er weniger seinen Muskeln als seinem scharfen Verstand zu verdanken. Die Tür öffnete sich. Jakob biss die Zähne zusammen und ging ein letztes Mal die Worte durch, mit denen er Bastian Mühlenberg begrüßen wollte. Doch statt der erwarteten riesigen Gestalt öffnete eine zierliche Frau mit einem kleinen Mädchen im Arm.

Jakob blinzelte verwirrt, erlangte jedoch schnell seine Fassung wieder.

»Seid gegrüßt, Marie. Ist Euer Gemahl zugegen?«

Marie schüttelte den Kopf. »Nein, er ist vor den Stadttoren und wählt gerade Burschen für die Stadtwache aus. Hat Euch Wernhart nicht Bescheid gegeben?«

»Nein, vor welchem Stadttor finde ich ihn?«

»Vor dem Feldtor. Sie treffen sich dort jedes Jahr im Wäldchen an der Weggabelung nach Stürzelberg.«

»Oh«, Jakob schlug sich an die Stirn. »Das hatte ich ganz vergessen. Mein Vater hat es mir zugerufen, doch ich war wohl zu sehr in meine Musik versunken.«

Marie schenkte Jakob ein mitleidiges Lächeln. Jakob machte kehrt und wollte gerade in Richtung Feldtor verschwinden, als sie ihn zurückrief.

»Habt Ihr Pfeil und Bogen dabei?« Sie deutete mit hochgezogenen Brauen auf seine leeren Hände. Jakobs Gefühlslage sank schlagartig auf einen Tiefpunkt. Er hatte tatsächlich auch Pfeil und Bogen vergessen. Dabei wusste er doch, dass der Umgang mit der Waffe zur Aufnahmeprüfung gehörte. Verzweifelt rieb er sich das Kinn. Er konnte jetzt auf keinen Fall nach Hause zurückkehren. Wenn er dort seinem Vater in die Arme lief, dann gnade ihm Gott.

»Wartet. Nehmt diesen hier.«

Maries Stimme riss Jakob aus seinen Gedanken. Erleichtert ergriff er den Bogen und die Pfeile, die Marie hinter der Holztür hervorgeholt hatte.

»Er ist schon alt und nicht mehr in Gebrauch, aber für Eure Zwecke sollte er reichen.«

Jakob bedankte sich bei Marie und rannte zum Feldtor. Der Vormittag war bereits weit fortgeschritten, und wenn er Bastian Mühlenberg noch antreffen wollte, dann musste er sich beeilen. Sein Blick glitt prüfend zur aufsteigenden Sonne. Nicht mehr lang und es würde zur Mittagsstunde schlagen. Jakob hastete durch das Feldtor, das zu dieser Tageszeit weit geöffnet war. Die Wachsoldaten nahm er kaum wahr. Er nickte nur knapp und hatte die Augen in die Ferne gerichtet. An die Stadtmauern von Zons grenzten zunächst Felder und Wiesen, deren Ränder von hohen Bäumen gesäumt waren.

Der Frühling hatte längst Einzug gehalten und die Landschaft in ein buntes Durcheinander blühender Pflanzen getaucht. Jakob sehnte sich nach dem Sommer, der endlich lange Tage und wohltuende Wärme brachte. Doch in diesem Moment hatte er nur Augen für das kleine Wäldchen, das sich an die Felder in der Ferne anschloss. Die Sonne trug in ihrem noch kühlen

Frühlingslicht bereits die Verheißung des Sommers in sich, und so kam Jakob unweigerlich ins Schwitzen. Er trug feine Lederstiefel und hatte einen dünnen Fellmantel über sein Wams geworfen. Ein untrügliches Zeichen für den Wohlstand der Familie, aus der er stammte.

Sein Vater Henrich Heckhoven war Zollschreiber in Zons. Ein Amt, das sowohl Vermögen als auch ein hohes Ansehen einbrachte. Immerhin hatte der Erzbischof Friedrich von Saarwerden vor über einhundert Jahren die Zollrechte von Neuss nach Zons verlegt, weil der Verlauf des Rheins sich über die Jahrhunderte verändert hatte. Die Lage von Zons war ideal. Keines der stromaufwärts getreidelten Schiffe konnte diese Stelle passieren, ohne Zoll zu entrichten. Die Stadt Zons nahm jedes Jahr eine stattliche Summe damit ein. Der Wohlstand, der mit diesen Zolleinnahmen einherging, war der Stadt und vielen ihrer Bürger deutlich anzusehen. In Zons gab es im Vergleich zu anderen benachbarten Städten die ältesten Menschen und eine geringe Kindersterblichkeit.

Kurz vor der Weggabelung blieb Jakob stehen und lauschte. Lautes Lachen. Er spähte in den Wald hinein, ohne jemanden zu entdecken. Abermals wehte das Lachen mehrerer Männer zu ihm hinüber. Das mussten die Männer der Stadtwache sein. Jakobs Herz klopfte bis zum Hals, trotzdem ging er weiter. Hinter dem Stamm einer dicken Eiche entdeckte er schließlich Wernhart, der gerade einen Pfeil aus einer Strohmatte, die am Fuße des Baumes angebunden war, herausriss.

»So werdet Ihr niemanden auf der Flucht aufhalten.« Sein Lachen hallte durch den Wald.

»Ihr habt noch einen letzten Versuch, wenn Ihr dann nicht näher in die Mitte trefft, müsst Ihr es im nächsten Jahr noch einmal probieren.«

Jakob stockte der Atem. Er hatte wenig Talent im Umgang mit Pfeil und Bogen und keinesfalls wollte er sich vor den Männern der Stadtwache blamieren. Bisher war er davon ausgegangen, mit Bastian Mühlenberg unter vier Augen sprechen zu können. Natürlich hätte er in jedem Fall seine Waffenkunst zeigen müssen, aber was Jakob da vor sich sah, glich einem Wettbewerb. Auf eine solche Situation war er überhaupt nicht vorbereitet.

Mehrere junge Burschen standen im Halbkreis vor einer Linie, die hastig mit Stroh ausgelegt worden war. Jeder von ihnen hielt Pfeil und Bogen in der Hand und zielte auf die Strohmatte, die als Zielscheibe diente. Die Entfernung zwischen den Bewerbern und dem Ziel maß mindestens achtzig Fuß. Ein Abstand, der hohe Konzentration und einen sicheren Umgang mit Pfeil und Bogen erforderte, wenn man das Ziel in der Mitte treffen wollte.

Jakob spürte, wie Übelkeit in ihm aufstieg. Wenn er nicht traf, würde er sich der Lächerlichkeit preisgeben. Doch das war nicht das Schlimmste. Sein Vater würde ihn ohne Zweifel zum Krüppel schlagen, wenn er es nicht in die Stadtwache schaffte. Seine Mutter hatte jahrelang die schützende Hand über ihn gehalten, doch jetzt war er zu alt, um sich noch länger hinter ihrem Rock zu verstecken. Henrich würde ihrem Flehen nicht länger nachgeben.

Mit zittrigen Beinen ging Jakob auf Bastian Mühlenberg zu, der umringt von Mitgliedern der Stadtwache Punkte für die Schießkünste der einzelnen Kandidaten vergab. Als Jakob sich näherte, hob Bastian den Kopf und nickte ihm aufmunternd zu.

»Ihr seid spät dran, Jakob Heckhoven. Euer Vater hat ein gutes Wort für Euch eingelegt.« Bastian legte ihm zum Gruß die Hand auf die Schulter. »Wollt Ihr zunächst Eure Fertigkeiten im Umgang mit Pfeil und Bogen unter Beweis stellen?« Mit diesen Worten schob Bastian Jakob an die Strohlinie und winkte mit einer einzigen Handbewegung die anderen Bewerber zur Seite.

Jakobs Herz schlug bis zum Hals. Er hatte das Gefühl, kurz vor der nächsten Ohnmacht zu stehen. Er betrachtete die Gesichter der umstehenden Burschen, die ihn neugierig musterten. Ihr Raunen schwoll in seinen Ohren zu einem unheilvollen Rauschen an. Ihm wurde schwindlig, trotzdem rührte er sich keinen Zentimeter von der Linie weg.

»Atmet tief durch und fixiert mit den Augen das Ziel. Nur Mut.« Bastians freundliche Stimme und die Hand, die immer noch beruhigend auf Jakobs Schulter lag, milderten die Angst für den Augenblick. Er hatte jahrelang mit seinem Vater das Schießen geübt. Auch wenn er so gut wie nie einen Hasen oder Fuchs erlegt hatte, weil ihm lebende Ziele unheimlich waren und er den Bogen nicht gut genug kontrollieren konnte, so hatte er doch das eine oder andere Mal unbewegliche Ziele aus einer solchen Entfernung getroffen. Er redete sich gut zu und legte den Pfeil an. Jakob spannte den Bogen so weit, bis die Sehne schmerzhaft in seine Fingerkuppen einschnitt. Er zielte und ließ los. Der Pfeil schoss zitternd durch die Luft. Seine Flugbahn glich der eines sterbenden Vogels. Zunächst ging der Pfeil beinahe senkrecht in die Luft, drehte sich dann, geriet ins Schleudern und landete schließlich im Waldboden neben der Strohmatte. Belustigendes Gelächter erhob sich und Jakob schoss augenblicklich Schamröte ins Gesicht. Er hatte den Bogen beim Loslassen der Sehne verzogen. Das Ergebnis war katastrophal.

»Ihr solltet nicht so viel Musik für die Nonnen spielen, sondern Euch lieber in der Schießkunst üben.« Der Satz kam von einem der Stadtsoldaten, dessen Namen Jakob nicht kannte. Bastian Mühlenberg baute sich neben Jakob auf und hob beschwichtigend die Arme.

»So schweigt auf der Stelle. Jeder Anwärter hat drei Versuche.« Bastian bedeutete Jakob fortzufahren.

Nervös legte Jakob erneut an und zielte. Diesmal traf der Pfeil den Rand der Matte. Ohne zu zögern nahm Jakob den letzten Pfeil und spannte den Bogen. Jetzt musste er treffen, wenn er nicht versagen wollte. Er fixierte sein Ziel und hielt die Luft an. Dann spannte er seinen Körper an und ließ die Sehne los. Der Pfeil schoss durch die Luft und blieb in der Strohmatte stecken. Die Mitte hatte er nur um wenige Zentimeter verfehlt. Das anerkennende Raunen der Männer verriet ihm, dass er beim dritten Mal gut gezielt hatte. Er ließ den Bogen sinken und drehte sich zu Bastian Mühlenberg um, der ihm freundlich zunickte.

»Trotzdem hat er zu wenige Punkte. Ein guter

Schuss genügt nicht.« Der Einwand kam von einem der Anwärter, der vor Jakob geschossen und ebenfalls jede Menge Gelächter von den Umstehenden geerntet hatte.

Bastian nickte. »Die Prüfung ist auch noch nicht zu Ende. Alleine körperliche Geschicklichkeit genügt nicht, um in die Dienste der Stadtwache aufgenommen zu werden.« Bastian hielt kurz inne und warf einen vielsagenden Blick in die Runde. »Ihr erhaltet jetzt eine Rechenaufgabe von mir. Nur wer mir am Ende sagen kann, wie viele Zolleinnahmen der Stadt Zons zustehen, erhält einen Punkt.«

Die Männer der Stadtwache trennten die Kandidaten so voneinander, dass sie sich nicht mehr besprechen konnten. Dann trug Bastian Mühlenberg die Aufgabe vor. Jakob, dessen Herz immer noch wie verrückt gegen den Brustkorb schlug, hörte aufmerksam zu. Mit Mathematik kannte er sich aus. Sein Vater führte die Bücher über die Zolleinnahmen von Zons und Jakob hatte sich bereits als kleiner Junge für die Zahlen interessiert, die sein Vater aufs Pergament kritzelte. Schon bald hatte er festgestellt, dass die Welt der Zahlen viele Gemeinsamkeiten mit der Welt der Musik hatte. Die Aufgabe war für ihn leicht zu lösen.

Die Zolleinnahmen dreier Schiffe mussten addiert werden und anschließend waren die Zehnten der Güter, die von Zonser Bürgern stammten, wieder abzuziehen. Zons selbst genoss das Zollprivileg, wonach alle Waren, die ein Schiff in Zons rheinaufwärts oder rheinabwärts ein- oder auslud, zollfrei waren. Wer sich mit diesen Gepflogenheiten nicht auskannte, hatte es allerdings schwer mit der Aufgabe.

Neben Jakob waren noch acht weitere Anwärter anwesend, aber nur drei Männer konnten dieses Jahr in die Stadtwache aufgenommen werden. Jakob betrachtete seine Gegner. Ihm gegenüber stand der Sohn des Schmiedes. Er war muskulös gebaut und sicherlich geschickt im Umgang mit Waffen, aber seine Augen sahen stumpf aus und Jakob war sich fast sicher, dass er die Aufgabe nicht werde lösen können. Rechts von ihm dachten drei Burschen angestrengt nach. Wenn Jakob sich richtig erinnerte, waren es die Söhne von Wirtsleuten, die sich recht zahlreich in Zons niedergelassen hatten. Ihre Nasen waren allesamt auffallend rot, was für einen übermäßigen Genuss von Met und Wein sprach. Auch sie würden wahrscheinlich Schwierigkeiten mit der Lösung der Aufgabe haben. Hinter Jakob stand der Sohn eines bekannten Zonser Kaufmanns. Dieser würde die Aufgabe vermutlich lösen können. Die drei anderen Kandidaten waren Jakob unbekannt.

Nach ein paar Minuten rief Bastian Mühlenberg die Anwärter einzeln zu sich und befragte sie nach ihrem Ergebnis. Jakob platzte aufgeregt mit seiner Lösung heraus und hoffte, dass Bastian ihm sofort eine Antwort geben würde. Doch dieser nickte nur bedächtig und rief den nächsten Kandidaten auf.

Nervös wippte Jakob mit den Füßen. Wann nur würde Mühlenberg die Namen der neuen Mitglieder der Stadtwache preisgeben? In der Runde breitete sich ein angestrengtes Schweigen aus. Nur die Vögel, die die Frühlingssonne hoch oben über ihnen in den

Ästen der hohen Eichen genossen, zwitscherten vergnügt. Gerade als die Stille ein unerträgliches Ausmaß annahm, hörte Jakob das Donnern von Pferdehufen, die sich mit schnellem Tempo näherten. Bastian Mühlenberg, der gerade den letzten Anwärter befragte, hielt inne und wandte den Kopf in die Richtung, aus der die Geräusche kamen.

Ein Reiter der Stadtwache preschte halb in den Steigbügeln stehend heran. Als er der Gruppe gewahr wurde, zügelte er sein Tempo. Schweiß rann über seine Schläfen, die Augen waren weit aufgerissen. Er suchte Bastians Blick. Offensichtlich hatte er eine wichtige Nachricht zu überbringen. Der Mann sprang vom Pferd und stolperte hastig auf Bastian zu.

»Was ist geschehen?«, fragte dieser, noch bevor der Mann seine Nachricht vorbringen konnte.

Atemlos stieß der Reiter die Worte hervor, die die raunende Menge auf der Stelle verstummen ließen.

»Wir haben in der Kirche eine Tote gefunden.« Der Mann holte Luft und bekreuzigte sich. »Der Herr sei uns gnädig. Es ist eine der Novizinnen.«

II
Gegenwart

Kriminalkommissar Oliver Bergmann ließ den Hörer auf die Gabel fallen. Das hatte ihm gerade noch gefehlt. Sein Blick blieb an der Uhr hängen. Es war jetzt genau 17 Uhr. In zwei Stunden war er mit seiner Freundin Emily verabredet. Er seufzte. Das würde verdammt knapp werden. Der Polizeibeamte, den er eben in der Leitung hatte, hatte ihm einen Leichenfund in Zons gemeldet.

Eine Frau lag tot, mit mehreren Messerstichen übersät, in ihrer Wohnung. Ein Nachbar, der einen Haustürschlüssel besaß und regelmäßig nach dem Rechten schaute, hatte die Tote entdeckt und sofort den Notruf gewählt. Mehr Details waren bisher nicht bekannt.

Oliver erhob sich widerwillig von seinem Stuhl und griff nach dem Handy. Dann verließ er das Büro in Richtung der Kaffeeküche, wo er seinen Partner Klaus vermutete. Auf dem Weg tippte er, ohne auf seine Schritte zu achten, eine SMS an Emily. Er kannte ihr italienisches Temperament nur zu gut und wusste, dass sie ihm eine Riesenszene machen würde, wenn er ihr erst kurz vor ihrer Verabredung Bescheid gab. Er liebte ihre Leidenschaft. Sie war die erste Frau in seinem Leben, die ihn vollkommen in ihren Bann zog. Alleine der Gedanke an ihre nussbraunen Augen und ihren schlanken, wohlgeformten Körper ließ seinen Mund vor Begierde trocken werden.

Aus der Kaffeeküche drang Gelächter. Oliver schob die Tür auf und entdeckte Klaus, der gerade mit einer hübschen neuen Kollegin schäkerte. Klaus war seit einiger Zeit Single. Seine Lebensgefährtin hatte ihn in die Wüste geschickt, als herauskam, dass er sich regelmäßig mit einer Prostituierten getroffen hatte.

Oliver konnte diesen Umstand bis heute nicht begreifen. Um nichts in der Welt würde es ihn in dieses Milieu ziehen. Für ihn gab es nur eine einzige Frau auf dem Planeten, die er ganz für sich haben wollte: Emily. Mit keiner anderen wollte er sein Leben verbringen. Das war ihm im Grunde von Anfang an klar gewesen. Es hatte ihn zunächst selbst verwundert. Oliver war nie ein Kind von Traurigkeit gewesen und hatte schon immer gute Karten beim anderen Geschlecht gehabt. Er war groß und muskulös gebaut, hatte stahlblaue Augen und ein markantes Gesicht. Sein volles schwarzes Haar rundete seine attraktive Erscheinung ab. Eine Zeit lang hatte er die Frauen reihenweise gewechselt, doch seit dem Tag, an dem er Emily begegnet war, hatte sich alles schlagartig verändert. Damals war sie noch Studentin gewesen und Oliver hatte sich Hals über Kopf in sie verliebt.

»Klaus, wir müssen los. Es kam gerade ein Notruf rein. In Zons wurde eine Frauenleiche gefunden.«

Klaus reagierte ähnlich wie Oliver. Er seufzte, den Blick starr auf die Uhr über der Kaffeemaschine gerichtet.

»Warum muss so etwas eigentlich wieder kurz vor Feierabend passieren?«, fragte er missmutig. Er warf seiner Kollegin einen enttäuschten Blick zu und folgte Oliver mit niedergeschlagenem Gesichtsausdruck.

»Sie scheint dich zu mögen.« Oliver warf sich gegen eine schwere Feuerschutztür, die quietschend den Weg in die Tiefgarage freigab.

»Wen meinst du?«, fragte Klaus, der immer noch miesepetrig dreinblickte.

»Na, die Neue.« Oliver gab Klaus einen Schubs. »Du weißt doch genau, von wem ich rede.«

Eine leichte Röte zog über Klaus' Gesicht. »Carina ist in der Tat sehr nett«, antwortete Klaus zögerlich.

Oliver kramte seinen Autoschlüssel aus der Tasche und drückte einen Knopf. Das Blinklicht im hinteren Teil der Garage zeigte ihm, wo er den Dienstwagen am frühen Morgen geparkt hatte. Mit wenigen, schnellen Schritten erreichten sie den Wagen und stiegen ein. Oliver startete den Motor.

»Es wäre doch schön, wenn du endlich wieder eine Beziehung hättest, oder?« Im Augenwinkel bemerkte Oliver Klaus' zögerliches Nicken.

»Was stimmt denn mit Carina nicht?« Oliver konnte sich Klaus' Reaktion nicht erklären. Er war sich ziemlich sicher, dass Klaus an dieser neuen Kollegin interessiert war und das helle Kichern, das er gerade eben von ihr in der Kaffeeküche vernommen hatte, schien ein ähnliches Interesse auszudrücken. Als Klaus nicht antwortete, schwieg Oliver und gab ihm Zeit.

Nach einer Weile erwiderte Klaus trocken: »Sie hat einen Freund.«

»Oh«. Mehr brachte Oliver bei dieser Nachricht nicht heraus. Damit hatte er nicht gerechnet. Er beschloss, das Thema vorerst lieber nicht mehr anzusprechen und drehte das Radio auf. Den Rest der Fahrt schwiegen sie.

Als sie in der Innenstadt von Zons ankamen, verriet ein neongelbes Absperrband Oliver schon von Weitem den Tatort. Er erkannte außerdem das Auto von Ingrid Scholten, der Leiterin der Spurensicherung, die direkt vor dem Haus in der Schloßstraße geparkt hatte. Sie war offensichtlich erst kurz zuvor eingetroffen.

Oliver entdeckte sie vor dem Hauseingang neben einem der Streifenpolizisten, der wild gestikulierte. Der Mann wirkte regelrecht aufgelöst. Oliver stoppte neben Scholtens Wagen und sprang hinaus, dicht gefolgt von Klaus. Ingrid Scholten sah wie immer perfekt gestylt aus. Den langen Arbeitstag, den sie bereits hinter sich haben musste, sah man ihr trotz ihres Alters keinesfalls an. Ihre Haare waren makellos frisiert, ihr Blick hing fest an den Augen des Polizisten und ihre aufrechte Körperhaltung signalisierte Erfahrung und Stärke. Im Rhein-Kreis Neuss war Ingrid Scholten die unbestrittene Eminenz der Spurensicherung, die sich seit über zwanzig Jahren mit Hingabe dieser Aufgabe widmete und der bisher kaum ein Hinweis entgangen war. Oliver schätzte die Zusammenarbeit mit ihr sehr. Für ihn war Ingrid Scholten im Laufe der Zeit zu einer Freundin geworden.

»Bergmann, da sind Sie ja endlich.« Scholtens Augen blitzten, als Oliver näher trat und grüßte.

»Ich wollte nicht ohne Sie hinaufgehen. Die Frau wurde sehr brutal erstochen und wir sollten den Tatort erst einmal auf uns wirken lassen.«

Oliver nickte. Scholten hatte recht. Jeder Mord hinterließ eine ganz eigene Atmosphäre am Ort des Verbrechens. Manchmal war es fast so, als wäre der Geist des Opfers immer noch anwesend und würde fortwährend die Qualen seines Dahinscheidens erleiden. Oliver glaubte bei weitem nicht an Esoterik. Für ihn zählten Fakten und Beweise, aber ein unberührter Tatort verschaffte ihm die Möglichkeit, sich in die Tat hineinzuversetzen und das Grauen unverstellt in sich aufzunehmen. Oft waren es genau diese ersten Momente, die unbewusst das Denken in eine bestimmte Richtung lenkten, die sich später als richtig herausstellte.

»Ist Ihr Kollege oben?«, fragte Oliver den Polizisten, der nach wie vor kreidebleich neben ihnen stand.

Der Mann nickte kaum merklich. »Die Frau ist schlimm zugerichtet. Alles ist voller Blut. Wir sind nicht in das Zimmer reingegangen, sondern haben nur von der Tür aus hineingeschaut. Mein Partner sitzt mit dem Nachbarn, der die Leiche entdeckt hat, in der Küche.«

Oliver bemerkte, dass die Stimme des Polizisten zitterte. Er wirkte noch sehr jung. Wahrscheinlich war er noch nicht lange im Polizeidienst. Im rechten Mundwinkel klebte etwas, das wie der Rest von Erbrochenem aussah. Oliver starrte darauf, und wie zur

Bestätigung hob der Mann die Hand und wischte sich mit einem zerknitterten Taschentuch über den Mund.

»Tut mir leid«, murmelte er. »Ich habe so etwas noch nie gesehen.«

Oliver erwiderte nichts und klopfte ihm stattdessen auf die Schulter. Dann kramte er seine Gummihandschuhe hervor und schlüpfte in Überschuhe aus weißem Plastik. Das Haus war relativ groß. Das Appartement des Opfers erstreckte sich über zwei Etagen. Vermutlich befand sich die Küche im Erdgeschoss, während die Leiche im Schlafzimmer in der oberen Etage lag. Oliver stieß die Tür auf und ließ Ingrid Scholten den Vortritt. Sein Partner Klaus betrat als Letzter das Haus.

Zunächst hielten sie sich rechts. Aus einer Ecke schimmerte bläuliches Licht, scheinbar von der Küchenlampe. Es war beinahe totenstill. Nur das Ticken einer großen Uhr an der Wand unterbrach die Ruhe, die sich trügerisch friedlich über das Haus gelegt hatte. Der andere Polizeibeamte, ein Mann Mitte fünfzig, saß schweigend mit dem Nachbarn des Opfers am Küchentisch. Als Ingrid Scholten die Küche betrat, hoben sie stumm die Köpfe. Beide Männer wirkten blass. Der Schock stand ihnen deutlich ins Gesicht geschrieben.

Oliver beendete das Schweigen. »Wo haben Sie die Tote gefunden?«

Der Nachbar, ein Mann der weit über sechzig Jahre alt sein musste, trug einen zerzausten Schnurrbart und einen dicken Bauch vor sich her. Er hob die Hand und deutete mit dem Zeigefinger nach oben.

»Sie liegt im Schlafzimmer, direkt über uns.«

»Wir schauen uns den Tatort erst einmal an und kommen dann wieder zu Ihnen.« Oliver machte kehrt und folgte seinem Partner, der bereits die ersten Treppenstufen genommen hatte. Er fasste nach der Mentholsalbe, die er stets griffbereit in seiner Tasche verwahrte. Der Gestank des Todes brachte seinen Magen immer wieder aufs Neue zum Rumoren und er wollte keinesfalls so enden, wie der junge Polizist vor der Haustür.

Er betrat einen kleinen Flur, der sich direkt an das enge Treppenhaus anschloss. Die Luft war kühl und bisher drang keinerlei Verwesungsgeruch in Olivers Nase. Ingrid Scholten hatte das Licht im Schlafzimmer angeschaltet und stand konzentriert im Türrahmen. Ihre Augen scannten den Raum. Klaus stand hinter ihr. Er überragte Scholten um fast zwei Köpfe. Oliver trat neben die Leiterin der Spurensicherung und blickte wie gebannt auf das Bild des Grauens, was sich unvermittelt vor seinen Augen auftat.

Die Luft im Zimmer wirkte verbraucht und war mit einem Gemisch aus metallischem Geruch und dem Gestank beginnender Verwesung geschwängert. Eine stechende Note verriet Oliver, dass die Tote Blase und Darm in dem Bett, auf dem sie lag, entleert hatte. Die Arme und Beine der Frau waren an den Bettpfosten festgebunden. Das Gesicht machte im Vergleich zum Rest des Körpers einen seltsam friedlichen Eindruck. Die Augen waren geschlossen, die Haut hing kraftlos und blutleer auf den Gesichtsknochen und der Mund war leicht geöffnet. Das Einzige, was den friedlichen

Gesichtsausdruck störte, waren die Blutspritzer, die unregelmäßig auf der Stirn und den Wangen klebten. Beim Anblick des Körpers musste Oliver schlucken. Die Frau war nackt und über und über mit blutigen Einstichen bedeckt. Der Täter musste an die hundert Mal zugestochen haben. Die Brüste waren regelrecht zerfetzt. Der Bauch sah aus wie ein blutiges Sieb und an den Armen und Beinen klafften tiefe Wunden, die Oliver irgendwie an offene Münder erinnerten.

»Der Täter muss rittlings auf ihr gesessen haben, als er sie tötete. So wie es aussieht, hat er mit unbändiger Wut auf sie eingestochen. Das Ganze gleicht einer bestialischen Hinrichtung.« Die Stimme von Ingrid Scholten klang seltsam belegt. Sie war dicht an das Bett getreten, darauf bedacht, nicht mit den Füßen in die Blutlachen zu gelangen, die sich auf dem Boden ausgebreitet hatten. Sie deutete auf die Oberschenkel der Toten und ihre Scham, die nahezu unversehrt wirkten.

»Er hat genau hier gesessen und mit dem Messer sowohl nach vorne als auch nach hinten gestochen.« Scholten maß den Leichnam mit den Augen ab. »Ich denke, der Täter ist nicht besonders groß. Seine Armweite reichte bis knapp unter das Brustbein und für die hinteren Stiche bis kurz unter das Knie. Die Waden und Füße haben keine Messerstiche abbekommen.«

Oliver runzelte die Stirn. »Könnte der Täter auch eine Frau gewesen sein?«

Ingrid Scholten zuckte die Schultern. »Ich kann es zumindest nicht ausschließen. Genaueres werde ich nach der Laboruntersuchung sagen können. In jedem Fall kann ich versuchen, die Körpergröße des Täters anhand des Stichmusters zu schätzen.«

Das würde den Täterkreis schon einmal eingrenzen, dachte Oliver, während seine Augen unablässig den Körper der Toten absuchten.

Ein Stück Papier, das unter der Fessel am linken Handgelenk feststeckte, erregte plötzlich seine Aufmerksamkeit. Oliver zog das Papier vorsichtig heraus.

»Was ist das?«, fragte Ingrid Scholten überrascht.

»Sieht aus wie Noten.«

»Was denn für Noten? Hat der Mörder Schulnoten für die Schreie seines Opfers verteilt?« Klaus' Stimme dröhnte durch den Raum. Er hatte den hinteren Teil des Zimmers abgesucht und kam jetzt neugierig auf Oliver zu.

»Nein. Musiknoten.« Oliver drehte das Papier so, dass sein Partner es sehen konnte. »Das muss ein Teil eines Musikstücks sein.«

»Wieso ein Teil?«, fragte Klaus, der die Augen zusammengekniffen hatte. Er hatte sich noch immer keine Brille oder Kontaktlinsen zugelegt, und das, obwohl er jetzt seit fast zwei Jahren Schwierigkeiten beim Lesen hatte.

»Wenn du eine Brille aufsetzen würdest, könntest du es lesen«, erwiderte Oliver belustigt. »Hier unten steht: Fortsetzung folgt.«

Ingrid Scholten schlug erschrocken die Hände vors Gesicht. »Oh mein Gott, das ist doch hoffentlich nicht ernst gemeint.«

Scholtens Worte hingen unheilvoll in der Luft. Niemand sagte etwas, ein eisiges Schweigen füllte den kleinen Raum. Erst das laute Trampeln, das die

Ankunft weiterer Mitarbeiter der Spurensicherung ankündigte, löste die drei aus ihrer Starre.

Oliver rieb sich nervös das Kinn. »Wenn wir es hier mit einem Serientäter zu tun haben, sollten wir unmittelbar Verstärkung bei Steuermark anfordern. Wir müssen den Kerl schnappen, bevor er ein weiteres Mal zuschlägt.«

Klaus nickte und griff nach seinem Handy. Während sein Partner den Leiter des Kriminalkommissariates Neuss über den Mordfall informierte, blickte Oliver sich weiter im Raum um. Ingrid Scholten hatte sich abgewandt und untersuchte konzentriert die Wunden der Toten.

Oliver blieb vor einem leeren Schreibtisch stehen, der unter dem einzigen Fenster des Raumes stand. An der Wand gleich neben dem Fenster hing eine Urkunde, auf der ihm in fetten Buchstaben der Name der Toten entgegensprang. **Mandy Siebert**. „Beste Mitarbeiterin des Monats" stand klein darunter, gefolgt von dem Firmenlogo des einzigen Supermarktes in Zons.

Doch es war etwas anderes, das Olivers Aufmerksamkeit auf sich zog. Sein Blick klebte auf der staubigen Schreibtischoberfläche, auf der sich Umrisse abzeichneten. Oliver erkannte mehrere kleine, rechteckige Abdrücke an den Rändern und vier Punkte, die in der Mitte des Schreibtisches ein großes Rechteck erscheinen ließen. Sein Blick glitt über das Fensterbrett, auf dem einige Bücher lagen. Er nahm ein Exemplar in die Hand und hielt es über einen der kleineren Umrisse. Es passte genau.

Er zog ein Buch aus dem nächsten Stapel hervor und wiederholte den Vorgang. Auch diesmal passten die Maße des Buches perfekt zum Abdruck. Oliver suchte weiter nach einem Gegenstand, der die Abdrücke der vier Punkte erzeugt haben könnte. Auf dem Fensterbrett wurde er nicht fündig. Auch die restlichen Sachen, die sich in dem Raum befanden, der offensichtlich als Schlaf- und Arbeitszimmer gleichzeitig genutzt wurde, lieferten keine Erklärung. Oliver rieb sich nachdenklich das Kinn. Er fühlte, wie seine Nervenenden vibrierten. Das war immer dann der Fall, wenn er etwas Wichtiges entdeckt hatte.

»Wie lange dauert es eigentlich, bis sich eine solche Staubschicht bildet?«

Ingrid Scholten hob gedankenverloren den Kopf. »Wie bitte?«

»Hier auf dem Schreibtisch sehe ich Abdrücke von Büchern. Irgendjemand hat sie erst vor kurzem auf das Fensterbrett gelegt.«

»Schwer zu sagen, wie schnell sich hier eine Staubschicht bildet.« Ingrid Scholten fuhr mit dem Zeigefinger durch den unberührten Staub und betrachtete angestrengt ihre Fingerspitze. »Zwei oder drei Wochen dauert es sicherlich«, fügte sie nach einer Weile hinzu.

Ihr Blick blieb an der eingerahmten Urkunde hängen. Sie leuchtete den Rahmen mit der Taschenlampe aus.

»Halten Sie mich einmal fest«, forderte sie Oliver auf.

Oliver ergriff ihre Hand und Ingrid Scholten kletterte auf den Schreibtischstuhl. Dann richtete sie sich auf und leuchtete den oberen Rand des Bilderrahmens ab.

»Hier liegt ungefähr genauso viel Staub wie auf dem Schreibtisch. Ich frage mich, warum das Opfer die Bücher so fein säuberlich vom Tisch auf das Fensterbrett geräumt hat?«

»Vielleicht war es gar nicht das Opfer«, räumte Oliver ein und deutete auf die vier runden Punkte.

»Das sieht aus wie die Füße von irgendeinem Gerät.« Klaus hatte mittlerweile aufgehört zu telefonieren und sich wieder zu ihnen gesellt.

»Könnte es von einer Kamera stammen? Möglicherweise hat der Mörder die Tat gefilmt.«

Oliver schüttelte den Kopf. »Ich glaube nicht. Dann hätte er ein Stativ verwendet, und das hat nur drei Füße.«

Oliver winkte eine junge Frau heran, die die ganze Zeit Fotos vom Tatort gemacht hatte. »Machen Sie hiervon auch ein paar Fotos. Ich brauche eine Vergrößerung von diesen Abdrücken, vielleicht lässt sich darauf mehr erkennen.«

Das Blitzlichtgewitter prasselte auf die staubige Schreibtischplatte nieder. Staubpartikel waberten durch die Luft. Oliver spürte, wie seine Nase bei dem Anblick kribbelte. Nur mühsam verkniff er sich ein Niesen. Er musste unbedingt herausfinden, was es mit diesen Abdrücken auf sich hatte. Ein unbestimmtes Gefühl sagte ihm, dass diese vier Punkte ihn zum Täter führen könnten.

Gedankenverloren ließ er seine Blicke weiter

durch das Zimmer wandern. Da war nichts mehr, das seine Aufmerksamkeit erregte. Er gab Klaus ein Zeichen und beschloss, mit der Befragung des Nachbarn fortzufahren, der immer noch unten in der Küche wartete.

Zügig verließ er das nach Tod stinkende Obergeschoss und stieg die knarrende Holztreppe hinab. Die beiden Männer hatten ihre Haltung nicht verändert. Oliver hatte das unangenehme Gefühl eines Déjà-vus, als er die Küche betrat. Erst nachdem er eine Frage gestellt hatte, regte sich der Nachbar.

»Mein Name ist Herbert Molden und ich wohne direkt gegenüber. Frau Siebert ist ...«, er hielt inne und verbesserte sich. »Also, sie war eine vielbeschäftigte Frau und ich habe ihr ein wenig unter die Arme gegriffen.«

»Und was wollten Sie heute in ihrem Appartement?«, hakte Oliver nach.

Molden strich sich selbstgefällig über den dicken Bauch.

»Sie wissen ja, wie die jungen Damen heutzutage sind. Sie vergessen einfach alles. Morgen kommt die Müllabfuhr.« Der Alte pochte auf seine Armbanduhr. »Als die Mülltonne bis vier immer noch nicht am Straßenrand stand, habe ich das für Frau Siebert erledigt und wollte direkt noch den Abfall aus der Wohnung entsorgen.«

Oliver stutzte. »Der Abfalleimer befindet sich doch sicherlich hier unten in der Küche. Was hatten Sie dann im Obergeschoss zu suchen?«

»Nun, Frau Siebert hätte eigentlich zu Hause sein

müssen und ich habe mich gewundert, dass sie nicht in der Küche oder im Wohnzimmer war. Sie hat jeden Dienstag Spätschicht im Supermarkt und am nächsten Tag frei.«

Herbert Molden setzte eine stolze Miene auf. Er schilderte Oliver den genauen Tagesablauf von Mandy Siebert und kannte erstaunlich viele Details. Mehrfach betonte er, wie sehr die Tote seine Unterstützung geschätzt hatte. Aber irgendetwas ließ Oliver aufhorchen. Was zunächst wie die übertriebene Fürsorglichkeit eines Rentners aussah, der sich die Langeweile vertrieb, entpuppte sich mehr und mehr als eine Art Obsession. Spätestens als Molden einen Kalender aus der Hemdtasche zog, in dem er feinsäuberlich jede Bewegung seiner Nachbarin notiert hatte, setzte Oliver ihn gedanklich auf die Liste der Verdächtigen.

Er unterbrach den Redefluss des Mannes und fragte: »Ist es Ihnen denn nicht seltsam vorgekommen, dass Sie den ganzen Tag kein Lebenszeichen von Mandy Siebert erhalten haben? Sie sagen doch selbst, dass Frau Siebert heute frei hatte. Warum haben Sie bis vier Uhr gewartet, bis Sie nachgesehen haben?«

Oliver betrachtete den alten Mann, dessen Gesicht bei seiner Frage einen deutlich sichtbaren Rotton angenommen hatte. Molden fummelte nervös an seinem Schnauzbart herum, während er nach einer Antwort suchte.

»Ich wollte ihr nicht das Gefühl geben, sie zu kontrollieren«, sagte er dann.

»Das verstehe ich. Aber haben Sie sich keine Sorgen gemacht?«

Oliver fand diesen Umstand verdächtig. Der Mann kannte den Tagesablauf des Opfers in- und auswendig. So, wie er auf Mandy Siebert fixiert war, hätte er sich doch über ihre Abwesenheit wundern müssen. Herbert Molden verschwieg etwas, da war sich Oliver ganz sicher. Unauffällig schätzte er die Körpergröße des Mannes ab. Besonders groß war er nicht. Wenn Ingrid Scholten recht behielt, war auch der Täter nicht von hohem Wuchs.

Der Mann kam ins Stottern.

»Ich weiß nicht. Ich habe gedacht, sie ist zu Hause. Frau Siebert war ja nie sonderlich laut.« Er blickte zu Oliver auf, hielt dessen Blick jedoch nicht stand.

»Herr Molden, waren Sie denn selbst den ganzen Tag hier, in Ihrer Wohnung?« Die Stimme gehörte Olivers Partner, der der Befragung bis jetzt schweigend beigewohnt hatte.

Molden kratzte sich hinter dem Ohr.

»Ich war schon zu Hause ...«, er zögerte kurz und fixierte seine Schuhspitzen. »Es ging mir heute Morgen nicht besonders gut.«

Oliver verlor langsam die Geduld. Mussten sie diesem Mann alles aus der Nase ziehen?

»Herr Molden. Sie würden uns sehr weiterhelfen, wenn Sie einfach bei der Wahrheit blieben und uns erzählen, was tatsächlich los war.« Seine Stimme duldete keinen Widerspruch und Molden zuckte sichtlich zusammen.

»Ich habe ein körperliches Leiden und deshalb bis spät in den Vormittag geschlafen. Das passiert mir wirklich nicht oft und ausgerechnet heute ...«, Moldens

Gesicht verzog sich mit einem Mal voller Schmerz. »Vielleicht hätte ich sie retten können.« Er biss sich in den Handballen und schüttelte fassungslos den Kopf.

»Wissen Sie, diesen Anblick werde ich in meinem ganzen Leben nicht vergessen. Sie war eine so wunderschöne Frau. Ich hatte sie sehr gerne und ich hätte für sie da sein müssen.«

Das Gespräch nahm eine unerwartete Wendung. Plötzlich hatte Oliver einen Funken Mitleid mit dem alten Mann, der offenbar die ganze Zeit um Fassung gerungen hatte. Die großen, dunkelroten Poren auf Moldens Nase sprangen ihm ins Auge. Ob der Mann ein Alkoholproblem hatte?

»Haben Sie etwas dagegen, wenn wir uns kurz in Ihrer Wohnung umschauen?«

Erstaunt hob Herbert Molden die Augenbrauen. Oliver konnte ihm ansehen, dass ihm dieser Vorschlag nicht behagte. Trotzdem stimmte Molden zu und erhob sich umständlich. Oliver suchte Blickkontakt zu seinem Partner. Dieser nickte stumm und folgte ihm.

Moldens Wohnung lag im Dachgeschoss. Sie war dunkel und klein. Offenbar lüftete der Rentner die Räumlichkeiten nicht sonderlich oft, denn die Luft war abgestanden und muffig. Als Herbert Molden sie zunächst ins Wohnzimmer führen wollte, bestand Oliver darauf, die Küche zu sehen, deren Fenster zur Straßenseite lagen und somit den Blick auf das Appartement der Ermordeten freigaben. Außerdem lieferte der Besuch der Küche eine mögliche Antwort auf Olivers Frage.

Auf dem Küchentisch reihten sich leere Schnapsflaschen aneinander, die der Alte jetzt hektisch in einem Müllbeutel verschwinden ließ. Es war ihm sichtlich unangenehm. Trotz seines offenkundigen Alkoholproblems zweifelte Oliver an der Unschuld des Mannes, denn vom Küchenfenster aus hatte man einen nahezu perfekten Blick auf Mandy Sieberts Haus. Und nicht nur das, die Gebäude standen in einem Winkel zueinander, der auch die Sicht in die Wohnräume des Opfers preisgab. Oliver konnte den Kollegen der Spurensicherung, die sich immer noch im Schlafzimmer zu schaffen machten, beinahe in die Augen sehen. Es war fast ausgeschlossen, dass Molden die tote Frau auf dem Bett entgangen war. Von seinem Küchenfenster aus hätte er den Mord hautnah beobachten können. Als wenn der alte Mann Olivers Gedanken gelesen hätte, hob er erneut an, sich zu entschuldigen.

»Wissen Sie, Frau Siebert war mein Augapfel. Ich verstehe selbst nicht, warum ich nicht mitbekommen habe, was dort drüben vorging.« Er deutete mit dem Kopf auf das Haus des Opfers, ohne jedoch die Augen dort hinzulenken. Offenbar wollte er sich kein weiteres Mal diesem Anblick aussetzen. Oliver hakte nach.

»Aber Herr Molden, Sie haben doch bestimmt einen Blick auf das Haus geworfen, bevor Sie hinübergegangen sind?«

Molden schwieg.

»Herr Molden, es ist ganz sicher zu Ihrem eigenen Besten, uns endlich über alle Details aufzuklären.« Klaus, der sichtlich genervt wirkte, bemühte sich um eine verständnisvolle Stimme. Er wusste genauso gut wie Oliver, dass es keinen Sinn hatte, den alten Mann übermäßig unter Druck zu setzen.

»Ich habe Frau Siebert im Bett liegen sehen.« Molden holte tief Luft. »Ich dachte, sie hätte wieder Besuch. Die Uhrzeit war auffällig, das gebe ich zu.« Er stotterte. »Ich bin jedoch erst in ihre Wohnung gegangen, als die Mülltonnen um vier Uhr immer noch nicht draußen standen.«

Oliver wurde hellhörig. Da steckte doch noch mehr dahinter.

»Das verstehe ich nicht. Was haben denn Besucher mit Mandy Sieberts Schlafgewohnheiten zu tun?«, fragte er den Rentner, ohne ihn aus den Augen zu lassen.

Der Alte setzte sich auf einen Küchenstuhl.

»Sie hatte oft Besuch von Männern. Das heißt, sie hat im Schlafzimmer diese Spielchen veranstaltet. Sie wissen schon, mit Fesseln und Lack und so. Ich ...« Abermals überzog eine tiefe Röte Moldens Gesicht. »Ab und zu habe ich sie dabei beobachtet. Ich glaube, sie hat diese Typen übers Internet kennengelernt. Sie hat ständig vor ihrem PC gesessen.«

Er zuckte mit den Achseln, als wolle er sich für das Stalking entschuldigen. »Es kam mir jedenfalls zunächst nicht ungewöhnlich vor, als ich sie im Bett liegen sah. Nur als sie sich länger nicht mehr bewegt hat, bin ich rübergegangen. Anfangs dachte ich, einer ihrer Typen hätte sie ans Bett gefesselt und sich dann aus dem Staub gemacht. Erst als ich die Schlafzimmertür öffnete, habe ich bemerkt, dass sie tot war. Ich hatte gestern ein wenig getrunken und habe die eigentliche Tat einfach verschlafen.«

Molden richtete seinen Blick auf Oliver. »Glauben Sie mir, ich habe nichts mit ihrem Tod zu tun. Ich hätte alles für diese Frau getan.« Er verstummte und schüttelte traurig den Kopf. Oliver neigte dazu, ihm die Geschichte abzunehmen. Trotzdem würde er Herbert Molden im Auge behalten. Er zückte seine Visitenkarte und reichte sie dem Alten.

»Wenn Ihnen noch etwas einfällt, egal wie unwichtig es erscheinen mag, rufen Sie mich bitte an.«

...

Anna klopfte das Herz bis zum Hals. Sie vergrub die Hände in den Manteltaschen, während sie sich auf dem leeren Bahnsteig umsah. Genau an dieser Stelle war sie tags zuvor hektisch in den Zug gesprungen. In ihren Ohren hallten noch die Schritte des Mannes wider, der die Bahn um Haaresbreite verpasst hatte. Die Erinnerung an seine strubbeligen blonden Haare und tiefbraunen Augen hatten sich tief in ihr Gedächtnis eingegraben. Seit Stunden fragte Anna sich, ob sie kurz vorm Durchdrehen stand.

Konnte ein Mensch, oder vielmehr eine gestandene, rationale Bankerin, sich tatsächlich einbilden, dem Mann aus ihren Träumen auf diesem Bahnsteig zu begegnen? War sie mittlerweile so einsam, dass sie unter Halluzinationen litt und in jedem dahergelaufenen Kerl Bastian Mühlenberg sah? War es denkbar, dass eine moderne Frau sich in ein jahrhundertealtes

Trugbild verliebte? In einen Mann, der in ihrer Gegenwart gar nicht existieren konnte?

Erneut hörte sie die Schritte und sah den erstaunten Ausdruck des Erkennens in diesen unglaublich braunen Augen. Verdammt, sie zwang sich zur Vernunft und schob ärgerlich die Gedanken an Bastian beiseite. Ihr Blick blieb an der Bahnhofsuhr hängen. Noch zehn Minuten, dann würde der nächste Zug in den Bahnhof einfahren. Wenn Anna sich gestern nicht getäuscht und tatsächlich die lebendige Version von Bastian Mühlenberg vor ihr gestanden hatte, dann müsste er in circa zehn Minuten erneut hier auftauchen. Zumindest war das Annas Plan. Was sonst würden Verliebte tun, um sich wiederzufinden? Die Antwort war ganz einfach. Sie mussten sich einen Tag später zu genau derselben Uhrzeit und am selben Ort treffen. Eine andere Möglichkeit gab es am Ende nicht.

Und wenn er nicht kam? Was sollte Anna in diesem Fall tun? Sich einer Psychotherapie unterziehen? Nein. Energisch schüttelte sie den Kopf. Sie hatte diesen Mann tatsächlich gesehen und er war definitiv keine Einbildung. Genauso wenig hatte sie die Träume über Bastian Mühlenberg erfunden.

Seit Jahren erschien er in ihren Träumen und stellte ihr Leben auf den Kopf. Mehr als einmal hatte er sie vor Gefahren beschützt, und das war nicht nur Annas Fantasie entsprungen. Ihr war klar, dass Bastian vor fünfhundert Jahren gelebt hatte. Schließlich hatte sie sein Porträt gesehen und ihn eindeutig erkannt. Und trotzdem hatte sie eine Verbindung zu dem berühmten Zonser Stadtsoldaten. Dafür legte Anna die

Hand ins Feuer. Sie war doch nicht auf den Kopf gefallen. Zahlen und Fakten bestimmten ihr Leben, und ihre Arbeitskollegen in der Düsseldorfer Bank bescheinigten Anna stets eine hohe Kompetenz. Wenn sie tatsächlich dem Wahnsinn verfallen wäre, müsste es an ihrem Arbeitsplatz längst aufgefallen sein.

Ihr Blick ging erneut zur Uhr und im selben Moment hörte sie das Rattern des Zuges, der pünktlich auf die Minute in den Bahnhof einfuhr. Menschen drängten sich eilig an ihr vorbei, und innerhalb von wenigen Augenblicken war der Bahnsteig wieder geisterhaft leer. Unsicherheit breitete sich in Anna aus. Verkrampft kniff sie die Augen zusammen und hoffte darauf, ihn aus dem Nichts auftauchen zu sehen.

Annas Handy klingelte und sie erschrak. Es war ihre beste Freundin Emily.

»Wo steckst du?« Emily klang beleidigt.

»Wieso?«, entgegnete Anna vorsichtig. Sie wusste, dass Emily Bastian nicht für real hielt, und wollte sich jetzt keine Blöße geben.

»Hast du etwa vergessen, dass wir zum Frühstück verabredet waren? Ich sitze seit fünfzehn Minuten im Café und warte auf dich.«

Das hatte Anna völlig verschwitzt.

»Das war ein Scherz. Ich bin doch längst unterwegs und gleich da.« Es war eine Notlüge, aber etwas Besseres fiel ihr auf die Schnelle nicht ein. Was hätte sie auch sagen sollen? Dass sie hier auf dem Bahnhof in Dormagen stand und auf die lebende Version von Bastian Mühlenberg wartete? Dass er ihr gestern hier begegnet war und sie ihn unbedingt wiedersehen wollte? Dass sie sich aus diesem Grund die Beine in den Bauch stand und sich langsam echt bescheiden fühlte, weil er nämlich gar nicht aufgetaucht war?

Anna stoppte ihre Gedanken und sprintete los. Wenn sie sich beeilte, würde sie in einer Viertelstunde bei Emily sein. Morgen war ein neuer Tag und vielleicht würde sie es einfach wieder versuchen. Jetzt musste sie erst einmal ihre beste Freundin besänftigen. Anna rannte die Treppen in Höchstgeschwindigkeit hinunter und bog dann nach links ab. Ein paar Meter weiter hatte sie ihr Auto geparkt. Den Mann, der sich von der anderen Seite näherte, bemerkte sie nicht. Stattdessen sprang sie in ihr Auto und fuhr mit quietschenden Reifen in Richtung Zons davon.

III
Vor fünfhundert Jahren

Die Nonnen hatten ihre Unterkunft am Zollturm. Ein ärmliches Haus, das nicht besonders viel Platz bot, beherbergte die Frauen in seinen dünnen, muffigen Mauern. Teresia war noch nicht lange in Zons gewesen. Vor genau drei Wochen war das dürre Mädchen mit den großen, traurigen Augen in die Obhut von Katharina von Weinfels, die das Kloster führte, gekommen. Teresia hatte dort nach dem Tod ihrer Eltern Zuflucht gesucht. Obwohl sie fast sechzehn Jahre alt war, hatte die schmale Mitgift ihrer Eltern kaum Freier angelockt. Die dürre Gestalt des Mädchens ließ zudem an ihrer Gebärfähigkeit zweifeln, was ein weit gewichtigerer Grund für das Ausbleiben eines ernsthaften Freiers war. Die Flucht in ein Leben mit Gott war ihr einziger Ausweg gewesen. Das Leben einer Novizin ging zwar mit vielen Entbehrungen einher, doch dies war für Teresia jetzt nicht mehr von Bedeutung.

Offensichtlich war dem armen Mädchen ein weit schlimmeres Schicksal beschieden gewesen, denn ihr Körper hing nun leblos an dem großen Holzkreuz in der Kirche, das eigentlich für die hölzerne Jesusfigur vorgesehen war. Aus den Händen und Füßen des Mädchens ragten blutige Nägel hervor und durch ihr Herz war ein Pfahl gebohrt. Bastian blieb bei diesem Anblick die Luft weg. Still bekreuzigte er sich und trat näher an die Tote heran. Das Gesicht sah trotz des grausamen Todes seltsam friedlich aus. Die Pupillen waren nach oben verdreht, fast wie zum Gebet. Der Mund war leicht geöffnet und gab den Blick auf ein paar verfaulte Zähne frei, die stummen Zeugen der Armut, in der das Mädchen gelebt hatte. Der dürre, weiße Hals wies typische Würgemale auf und Bastian hoffte, dass sie erst erwürgt und dann ans Kreuz geschlagen worden war. Doch Josef Hesemann, den Wernhart zum Ort des Verbrechens gerufen hatte, zerschlug diese Hoffnung.

»Mein Gott, das arme Ding lebte noch, als es ans Kreuz genagelt wurde.« Der Arzt deutete auf die Blutspur, die rot und klebrig vom Handgelenk bis hinunter auf den Boden reichte.

»Ihr Herz hat zu diesem Zeitpunkt noch geschlagen, andernfalls wäre nicht so viel Blut ausgetreten.« Hesemann zeigte auf ein paar Spritzer, die sich an der Wand hinter dem Kreuz in einem eigenartigen Muster verteilt hatten.

»Wie hat er sie denn erwürgt?«, fragte Bastian, ohne den Blick von der Toten zu wenden.

Das Kreuz war gut zwei Meter hoch und Teresias Mörder musste einen Schemel benutzt haben, um an ihren Hals zu kommen. Wernhart, der bisher stumm vor der toten Novizin gestanden hatte, entdeckte den umgestoßenen Hocker ein paar Meter weiter zwischen den Kirchenbänken.

»Seht doch«, rief er aufgeregt, als er den Schemel emporhob. »Ich kann Fußabdrücke erkennen.«

Bastian betrachtete die Abdrücke stirnrunzelnd und hielt seinen eigenen Stiefel dagegen.

»Nicht besonders groß«, murmelte er.

Bastian konnte sich keinen Reim auf die Fußspuren machen, die auf eine kleine Person hindeuteten. Das passte eigentlich nicht ins Bild, denn der Täter musste über außergewöhnliche Stärke verfügen, die normalerweise mit einer großgewachsenen Statur einherging. Obwohl Teresia eine schmächtige Frau gewesen war, hatte es viel Kraft gebraucht, um sie ans Kreuz zu nageln. Außerdem war die Kirchentür aufgebrochen worden. Das schwere Holz war an einigen Stellen regelrecht zertrümmert. Ein weiteres Zeichen für einen kräftigen Körperbau des Mörders.

»Er kann auch klein und stämmig gebaut sein«, warf der Arzt Josef Hesemann ein. »Die Abdrücke zeugen jedenfalls von einem Männerstiefel.«

Bastian griff sich in den verspannten Nacken und zog sein Notizbuch aus der Tasche. Mit dem schmalen Federkiel, den er genau wie ein Tintenfässchen stets bei sich trug, skizzierte er die Lage der Toten. Später könnte diese Zeichnung von Bedeutung sein. Manchmal, wenn eine Spur sich als Sackgasse erwies, war es klug, zum Ausgangspunkt zurückzukehren. Genau in diesen Momenten leisteten Bastians Federzeichnungen und Notizen gute Dienste. Oft richtete man das Augenmerk nur auf bestimmte Ausschnitte, die sich im Nachhinein als unwichtig herausstellten. Bastians Notizen zeichneten ein umfangreiches Bild der Wirklichkeit und erlaubten ihm, jederzeit über den Fall und seine Einzelheiten nachzudenken.

Bastian war sehr froh darüber, zu den wenigen Zonser Bürgern zu gehören, die des Lesens und Schreibens mächtig waren. Für ihn war es keine Selbstverständlichkeit, insbesondere als sechster Sohn des Zonser Müllers, dieses Privileg zu genießen. Doch Pfarrer Johannes hatte ihn schon in seiner frühesten Kindheit unter die Fittiche genommen und ihn in die Kunst des Lesens und Schreibens eingeführt. Bastian hatte ihm vieles in seinem Leben zu verdanken und er liebte Johannes wie einen Vater.

Es war schade, dass Johannes sich dieser Tage im Kloster aufhielt, das sich in Brauweiler befand und weniger als einen halben Tagesritt von Zons entfernt war. Der Pfarrer besuchte dort einen alten Freund und wurde erst am morgigen Tag zurückerwartet. Bastian hätte sich jetzt gerne mit ihm ausgetauscht. Die tote Novizin hing noch immer an dem Kreuz und er zögerte, sie herunterzunehmen. Der Arzt hatte seine Untersuchungen abgeschlossen. Es gab nicht viel mehr zur Ursache ihres Dahinscheidens zu sagen. Teresia war zuerst ans Kreuz genagelt und dann erwürgt worden. Der Pfahl wurde erst nach dem Tod durch ihr Herz getrieben. Hesemann hatte das aus den wenigen Blutspuren geschlossen, die aus der tiefen Wunde ausgetreten waren.

Da das arme Mädchen als Waisenkind keine weiteren Verwandten hatte, gab es niemanden, den Bastian über ihren Tod hätte informieren können. Es war entsetzlich, dass ein junges Leben einfach so ausgelöscht worden war, ohne dass auch nur eine Menschenseele darum trauerte.

Bastian ging nochmals um die Tote herum. Seine Notizen schienen vollständig. Er warf einen letzten Blick auf die hölzerne Jesus-Figur, die der Mörder achtlos auf den harten Kirchenboden geworfen hatte. Er konnte deutlich die Stellen des Aufpralls im weichen Holz erkennen.

Der Täter hatte sich nicht einmal die Mühe gemacht, die Statue beiseitezuschieben. Bastian rekonstruierte gedanklich den Vorgang. Der Täter hatte in aller Ruhe die massiven Eisennägel aus dem Holz entfernt. Hierzu hatte er ein Hebelwerkzeug benutzt, dessen Abdrücke Bastian auf dem Kreuz wiederfand. Dann hatte der Mörder die Skulptur herunterfallen und einfach an Ort und Stelle liegen lassen. Wenn Pfarrer Johannes die so zugerichtete Jesus-Figur sah, würde er die Hände über dem Kopf zusammenschlagen. Denn eines zeigte diese abscheuliche Tat ganz eindeutig, der Mörder war genauso gottlos wie der Teufel persönlich.

»Was er wohl mit Teresia in der Zeit angestellt hat, in der er damit beschäftigt war, das Kreuz herzurichten?« Bastian sprach mehr zu sich selbst, trotzdem antwortete Wernhart überaus schnell.

»Er hat sie an diese Kirchenbank gebunden.« Wernharts Finger hielten die losen Enden eines Strickes. »Den habe ich gerade entdeckt.«

Josef Hesemann ergriff das Seil und betrachtete ausgiebig das Flechtmuster. Seine Augen wanderten zu den Handgelenken der Toten.

»Wernhart hat recht. Es ist haargenau dasselbe Muster. Ich frage mich, ob sie ohnmächtig war.«

»Lasst uns die Tote vom Kreuz nehmen. Vielleicht finden wir dann eine Antwort auf diese Frage.«

Bastian stieg auf einen Schemel und machte sich an einem der Eisennägel zu schaffen. Während er an dem schweren Nagel zog, beschlich ihn das unangenehme Gefühl, von der Toten beobachtet zu werden. Ihre verdrehten Augen starrten ihn regelrecht an. Schnell sah Bastian weg und versuchte, das Trugbild zu verscheuchen. Er konzentrierte sich beharrlich auf den Nagel, doch sein Blick wurde immer wieder von Teresias toten Augen angezogen. Langsam bildeten sich Schweißperlen auf Bastians Stirn.

Als er den Nagel endlich weit genug gelockert hatte, bemerkte Bastian, dass Wernhart, der mit der anderen Hand des Opfers beschäftigt war, bereits auf ihn wartete. Auch Josef Hesemann hatte Teresias Füße vom Kreuz gelöst, so dass sie jetzt lose in der Luft baumelten. Die schlaffen Beine erinnerten Bastian an eine Marionette. Mit einem Ruck nahmen sie den Leichnam vom Kreuz. Ein Gegenstand löste sich vom Gewand der Toten und fiel zu Boden.

»Was ist das?« Bastian stieg vom Schemel, ergriff das Objekt und drehte es stirnrunzelnd zwischen Daumen und Zeigefinger. Es sah aus wie der abgebrochene Stil einer Blume oder vielmehr einer Rose. Ein Dorn grub sich in das Fleisch seines Fingers und rasch hörte Bastian auf, den Stängel zu drehen. Die Rose hatte keine Blütenblätter mehr. Jemand hatte sie abgezupft.

»Eine Rose ohne Blätter. Was hat das zu bedeuten?«

Der Arzt schnappte nach Luft. »Wir haben es mit einem gottlosen Menschen zu tun. Ich glaube, er hat diese Rose als Symbol hinterlassen.«

Bastian dachte nach. Wollte der Mörder ihnen tatsächlich eine Botschaft überbringen oder war dieser Stängel frei von Bedeutung? Es konnte ja genauso gut möglich sein, dass der Mörder mit Blumen handelte oder anderweitig an die Rose gekommen war. Erneut betrachtete er den Blütenkopf. Die Blätter waren anscheinend mit Sorgfalt herausgerissen worden. Nicht der kleinste Rest eines Blütenblattes war übrig geblieben.

»Lasst uns nachher die Kirche und die umliegenden Gassen nach Rosenblättern absuchen. Zunächst sollten wir das Opfer von hier fortschaffen. Josef, hast du alles überprüft?«

Der Arzt, der einen Blick unter Teresias Kleidung geworfen hatte, nickte.

»Die Haut ist unversehrt. Ihr wurde ansonsten keine Gewalt angetan.«

Bastian war erleichtert. Wenigstens hatte der Mörder Teresia nicht auch noch die Unschuld geraubt. Sie schafften die Tote hinaus und legten ihren Leichnam auf einen Karren. Bastian hatte drei wichtige Fragen zu klären. Wer hatte Teresia gestern Nacht als Letztes gesehen? Welches Schäfchen aus Pfarrer Johannes' Herde war in jüngster Zeit der Messe ferngeblieben oder zeigte andere Anzeichen der Abwendung von Gott? Und schließlich musste Bastian herausfinden, wer Zugriff auf Rosen hatte. Er warf einen letzten

Blick auf Teresia und bekreuzigte sich. Möge Gott ihrer Seele gnädig sein.

...

Jakob spitzte die Ohren. Fünf Anwärter hatten die letzte Runde erreicht. Er konnte sein Glück kaum fassen, denn er war einer von ihnen. Doch nur für drei der Kandidaten würde der Wunsch, in die Zonser Stadtwache aufgenommen zu werden, in Erfüllung gehen. Außer Jakob hatten es der Sohn des Schmiedes, Roprecht Peltzer, ein kräftiger Bursche mit prallen Muskeln, und der Sohn eines bekannten Zonser Kaufmannes mit dem Namen Lorenz Schlebusch geschafft. Zudem befanden sich die beiden Brüder Georg und Dederich Quadt, Söhne eines Amtsmannes, unter den Teilnehmern der Endrunde. Allesamt hatten sowohl die Prüfung mit Pfeil und Bogen als auch die Rechenaufgabe gemeistert. Die meisten Punkte hatte jedoch Lorenz Schlebusch vorzuweisen. Er stand selbstsicher mit geschwellter Brust neben ihm. Jakob konnte ihm deutlich ansehen, dass sich Lorenz schon jetzt als Mitglied der Stadtwache betrachtete.

Bastian Mühlenberg stellte sich vor ihnen auf und erklärte die Regeln der letzten Prüfung. Seine Haut wirkte blass. Unter den Augen hatten sich dunkle Ränder gebildet, die von einer schlaflosen Nacht zeugten.

Jakob hatte ebenfalls wenig geschlafen. Zum einen hatte er ständig über die tote Novizin nachdenken müssen. Er hatte Teresia einige Male am Brunnen vor der Kirche getroffen und sie sehr gemocht. Sie hatte so große, traurige Augen und ein Gesicht, durch das man direkt in ihre Seele blicken konnte. Sie war für Jakob das Inbild der Unschuld gewesen. Ein Mädchen, das weder zur Lüge noch zu anderen Sünden fähig schien. Warum ausgerechnet Teresia von Gott ein solch grausames Schicksal zugedacht wurde, war Jakob vollkommen unverständlich. Vielleicht hatte Gott ihre liebe Seele aber auch einfach nur ganz schnell in den Himmel holen wollen. Jakob seufzte.

Der andere Grund, warum er in der Nacht wach gelegen hatte, war seine Aufnahme in die Endrunde. Obwohl die Prüfung nach Bekanntwerden von Teresias Ermordung abgebrochen worden war, hatte Bastian Mühlenberg noch am frühen Abend einen Boten zu jedem Kandidaten geschickt und das vorläufige Ergebnis ausrichten lassen. Empfänger der Botschaft war Jakobs Vater gewesen, der ihm mit hocherfreuter Miene die frohe Nachricht verkündet hatte. Nie zuvor hatte sein Vater beim Abendmahl so viel Notiz von Jakob genommen oder sich gar ernsthaft mit ihm unterhalten.

Am gestrigen Abend hatte Jakob sich zum ersten Mal wie der Sohn seines Vaters gefühlt. Der Stolz Henrich Heckhovens hatte Jakobs Herz höher schlagen lassen und jetzt wollte er um jeden Preis gewinnen. Sein Vater sollte sich nie wieder um seinetwillen schämen müssen. Jakob würde in die Stadtwache aufgenommen werden und dann genauso selbstbewusst wie Lorenz Schlebusch durch Zons schreiten. Alle Augen würden auf ihn gerichtet sein, besonders die der jungen Damen, und Jakob würde endlich dazugehören.

»Jeder geht für sich alleine.«

Die Stimme Bastian Mühlenbergs holte Jakob aus seinen Gedanken zurück zum Waldesrand, an dem sie standen. Obwohl die Sonne schien, warfen die Bäume lange kalte Schatten und Jakob fröstelte. Mühlenberg schaute kritisch in die Runde.

»Habt Ihr Eure Aufgabe verstanden? Wer mir als Erster das Abzeichen bringt, der hat gewonnen und erhält zudem eine beträchtliche Summe von Gulden. Darüber hinaus sind zwei weitere Abzeichen im Wald versteckt. Jeder von Euch, der mit dem kleinen Wappen der Zonser Stadtwache zurückkommt, hat sich einen Platz in unseren Reihen verdient.« Mühlenbergs dunkelbraune Augen funkelten.

Jakob bewunderte diesen hochgebauten Mann, der trotz seines jungen Alters schon so viel für Zons getan hatte. Bastian Mühlenberg wies jedem der Bewerber einen Startplatz zu. Die heutige Prüfung bestand aus einer Spurensuche. Mühlenberg und seine Männer hatten zahlreiche Hinweise im Wald versteckt, die die Anwärter zu einer Truhe führen sollten, in der sich ein Abzeichen befand. Im engeren Umkreis der Kiste lagen auch die beiden anderen Wappen, die ihren Findern einen Platz in der Stadtwache sicherten. Jakob war es gleich, ob er den Sieg davontrug oder nicht. Hauptsache, er ergatterte eines der drei Abzeichen. Er warf einen letzten Blick auf seine Widersacher. Ihre Gesichter wirkten allesamt hoch konzentriert. Jakob schluckte. Das würde nicht leicht werden.

Bastian Mühlenberg gab das Startsignal und sofort stoben die Kandidaten davon. Nur Jakob war stehengeblieben und blickte überrascht hinterher. Wohin liefen sie nur so hastig? Hatte er die Aufgabe nicht richtig verstanden?

»Ihr tut gut daran, zunächst die Richtung herauszufinden.«

Bastians Worte beruhigten Jakob ein wenig. Er warf ihm ein verkrampftes Lächeln zu und machte dann vorsichtig ein paar Schritte vorwärts. Das Dickicht zwischen den Bäumen war kniehoch und zerkratzte Jakobs Waden. Er suchte nach einem ersten Hinweis, doch vor ihm breitete sich undurchdringliches Gestrüpp aus.

Jakob legte die Hand an die Stirn und blinzelte. Vor ihm erhob sich ein großer Baum, dessen gewaltige Äste den Blick in den Himmel versperrten. Auf der Rinde erkannte Jakob eine unscheinbare Unregelmäßigkeit. Mit klopfendem Herzen trat er näher und entdeckte einen Pfeil, der zart in den Baum geritzt war. Er wies nach rechts. Jakob atmete auf. Seine Rivalen waren geradeaus davongestürmt. Hoffentlich verschaffte ihm dieser Hinweis einen Vorsprung. Schnell bewegte er sich in die angezeigte Richtung und schob mit seinen Händen das Dickicht auseinander.

Wo konnte eine Truhe im Wald versteckt sein? Hatten die Mitglieder der Stadtwache sie vergraben oder gar an einem Baum aufgehängt? Beides war nicht leicht herauszufinden. Jakob lief halb geduckt durch den Wald. Sein Blick durchforstete den Untergrund. Bastian Mühlenberg hatte sie vor Fallen gewarnt, die für die Prüfung aufgestellt worden waren. Sobald ein Kandidat in eine Falle trat, aus der er sich nicht mehr befreien konnte, war die Prüfung verloren. Mit Grauen dachte Jakob an die vielen Schlingen, die sein Vater stets bei der Jagd auszulegen pflegte. Wenn man mit dem Fuß hineingeriet, zog sich das Seil zusammen. Das Opfer wurde durch die Luft katapultiert, bis es kopfüber an einem Ast hängenblieb. Eine solche Falle würde jeden Anwärter sofort außer Gefecht setzen. Deshalb achtete Jakob akribisch auf verdächtige Anzeichen. Er vermied jeden Zweig, der unnatürlich auf dem Waldboden drapiert war, da sich darunter eine Schlinge verbergen konnte.

Hinter ihm knackte es. Erschrocken drehte Jakob sich um und versuchte das Dickicht zu durchdringen. Erleichtert stellte er fest, dass es sich um Wernhart Tillmanns von der Stadtwache handelte, der ihm folgte. Alle Bewerber wurden von einem Stadtsoldaten begleitet, der im Anschluss an die Prüfung darüber berichten würde, wie der Anwärter vorgegangen war. Bei Täuschungen oder der Nutzung von unzulässigen Hilfswerkzeugen konnte das Prüfungsergebnis für ungültig erklärt werden. Bastian Mühlenberg hatte ihnen von einer Spurensuche vor zwei Jahren berichtet, bei der ein Kandidat die anderen Anwärter überwältigt und an Bäume gefesselt hatte, um sie am Auffinden der Abzeichen zu hindern. Seitdem wurden alle Teilnehmer ununterbrochen beobachtet. Messer oder andere Waffen waren genauso verboten wie Kieselsteine, die als Wegmarkierung dienen konnten, oder auch Seile.

Jakob blieb vor einem Haufen aus Zweigen stehen. Die feinen Äste folgten keiner natürlichen Ordnung und er vermutete eine Falle darunter. Vorsichtig lief er um den Haufen herum. Ein rotes Stofftuch, das an einem Ast hinter dem nächsten Baum wehte, zeigte Jakob, dass er sich der Truhe mit dem Abzeichen näherte. Jakobs Herz schlug schneller. Seine Augen suchten hektisch die Umgebung ab. Ein Vogel stieg kreischend auf und versetzte Jakob erneut einen Schrecken. Er drehte sich um und stellte fest, dass Wernhart verschwunden war. Mit einem Mal legte sich eine merkwürdige Stille über den Wald. Jakob konnte es sich nicht erklären, aber ihn überkam das Gefühl, dass etwas Böses auf ihn lauerte.

Er lehnte sich gegen einen Baumstamm und verscheuchte die Übelkeit, die in ihm aufstieg. Er hatte am Morgen zu wenig gegessen und sein Magen fühlte sich flau an. Jakob atmete tief ein und warf einen Blick auf die Baumkronen. Ein Schatten verdunkelte die Sonne und Jakob zuckte zusammen. Seine Augen verengten sich zu schmalen Schlitzen. Ein riesiger Falke zog düster seine Kreise am Himmel. Die majestätischen Schwingen lieferten Jakob die Erklärung für das unheimliche Gefühl der Bedrohung, das ihn überfallen hatte. Dort oben am Firmament erhob sich der Tod und spähte nach seinem nächsten Opfer. Instinktiv waren die Lebewesen des Waldes verstummt und hatten sich tief ins Gehölz verkrochen.

Die unheilvolle Stille wurde jäh unterbrochen. Lorenz, der Kaufmannssohn, stürmte auf Jakob zu.

»Verräter, was zum Henker macht Ihr hier? Ihr seid doch lange nach mir losgelaufen.« Lorenz baute sich vor Jakob auf.

Ängstlich suchten Jakobs Augen die Umgebung ab. Wernhart war noch immer verschwunden und auch vom Stadtsoldaten, der Lorenz beobachtete, gab es keine Spur.

»Glaubt Ihr, die Männer von der Stadtwache könnten Euch aus Eurer Notlage erlösen?« Lorenz lachte hämisch. »Die habe ich schon längst abgehängt.«

Er kam jetzt so nahe, dass Jakob den fauligen Atem des Kaufmannssohns riechen konnte. Er drehte den Kopf weg, aber eine kräftige Hand zwang ihn, nach vorne zu blicken. Lorenz grinste und entblößte einen schwarzen Stumpf, der einmal ein Eckzahn gewesen war. Jakob schloss angewidert die Augen.

»Ihr stinkt aus dem Maul wie ein erbärmlicher Hurensohn.«

Die fremde Stimme brummte bedrohlich. Jemand stand plötzlich hinter Lorenz‘ breitem Rücken. Jakob traute seinen Ohren nicht.

»Lasst ihn los oder ich bohre Euch mein Messer in die Rippen.«

Jetzt erkannte Jakob den Fremden. Es war Roprecht, der Sohn des Schmiedes, der sich von hinten an Lorenz angeschlichen hatte.

»Warum helft Ihr diesem Schwachkopf?« Lorenz versuchte, sich aus der Zwickmühle zu befreien. »Der trifft doch noch nicht einmal ein Schaf aus fünf Fuß Entfernung. Jakob gehört nicht in die Zonser Stadtwache. Und wenn Ihr mich jetzt loslasst, verrate ich auch niemandem, dass Ihr ein Messer bei Euch tragt.«

Die Stimme des Kaufmannssohns hatte sich zu

einem vertraulichen Flüstern gesenkt. Vorsichtig begann Lorenz, sich zu Roprecht herumzudrehen.

»Rührt Euch nicht von der Stelle.«

Die Drohung ließ keine Widerworte zu und augenblicklich versteifte sich Lorenz.

»Ich kann Euch nicht ausstehen, und wenn Jakob nicht in die Stadtwache gehört, dann erklärt mir doch einmal, warum er dann vor uns hier war?«

Jakob, der die ganze Zeit angespannt geschwiegen hatte, bemerkte, wie der Kaufmannssohn das Gewicht von einem Fuß auf den anderen verlagerte. Blitzschnell beschloss er, die Gelegenheit zu nutzen. Es war fast so, als wenn er seine Laute spielte und das Tempo wechselte. In dem Augenblick, als Lorenz am wenigsten Halt hatte, hob er sein Knie und stieß es dem Kaufmannssohn mit aller Kraft in den Unterleib. Lorenz schrie auf und stolperte rückwärts. Roprecht, der nicht mit einer solchen Reaktion gerechnet hatte, verlor ebenfalls das Gleichgewicht und landete auf dem Hosenboden.

Erst jetzt erkannte Jakob, dass Roprecht gar kein Messer, sondern nur einen spitzen Zweig in Lorenz‘ Rücken gehalten hatte. Auch Lorenz sah die Täuschung und begann, brutal mit den Fäusten auf Roprecht einzudreschen.

Jakob eilte Roprecht zu Hilfe und stürzte sich auf den Kaufmannssohn. Er legte seinen Arm um Lorenz‘ Hals, konnte jedoch den Schlag nicht mehr verhindern. Roprecht wurde mit voller Wucht an der Schläfe getroffen und ging zu Boden, wo er stöhnend auf dem Rücken liegenblieb. Jakobs Würgegriff zeigte keine

Wirkung. Mit der freien Faust trommelte er dem immer noch auf Roprecht einprügelnden Kaufmannssohn in die Rippen. Gerade als Lorenz zu einem erneuten Schlag ansetzte, der den Sohn des Schmiedes mit Sicherheit völlig außer Gefecht gesetzt hätte, lockerte Jakob seinen ohnehin zwecklosen Würgegriff und warf sich stattdessen dazwischen. Lorenz' Schlag verfehlte Roprecht und traf Jakob in der Leistengegend. Ein unerträglicher Schmerz flutete Jakobs Körper. Er biss die Zähne zusammen und blieb schwer atmend auf Roprecht liegen.

»Wollt Ihr noch mehr, elender Schwächling?« Lorenz hatte innegehalten und starrte Jakob verächtlich an. Roprecht stöhnte und Jakob rückte rasch ein wenig zur Seite, damit der Verletzte unter ihm Luft bekam.

»Ich bin kein Schwächling, nur weil ich mich nicht zu den Raufbolden zähle so wie Ihr«, konterte Jakob und versuchte, eine entschlossene Miene aufzusetzen.

»Ach, Ihr haltet mich also für einen Raufbold?«

Lorenz schien langsam Spaß an dem grausamen Spiel zu finden. Er stellte sich breitbeinig auf und winkte Jakob mit dem Finger heran.

»Dann zeigt doch mal, dass Ihr überhaupt ein Mann seid.«

Jakob sprang auf. Er wusste, dass er Lorenz körperlich unterlegen war und im Faustkampf nicht den Hauch einer Chance hatte. Doch eines hatte er von seinem Vater gelernt. Wenn der Gegner stärker und nicht unmittelbar zu besiegen war, galt es, Zeit zu gewinnen und auf einen Fehler zu warten.

»Was wäre so schlimm daran, wenn wir drei uns einfach gemeinsam die Abzeichen holen? Oder wollt Ihr so lange raufen, bis die Brüder Georg und Dederich uns zwei von ihnen wegschnappen?«

Lorenz pfiff erstaunt durch die Zähne. »Solche Gedanken hätte ich Euch gar nicht zugetraut.« Er ballte die Hände zu Fäusten. »Aber wenn Ihr ein Abzeichen wollt, dann müsst Ihr trotzdem mit mir kämpfen.«

Lorenz holte zum Schlag aus und Jakob wich im allerletzten Augenblick zurück. Diesen Kampf würde er nicht lange durchhalten. Verzweifelt suchte er die Umgebung nach Wernhart oder einem anderen der Stadtsoldaten ab. Er war mit Lorenz und dem immer noch am Boden liegenden Roprecht alleine. Geschickt wich er Lorenz‘ Schlägen erneut aus, die jetzt wie ein Hagelschauer auf ihn niederprasselten. Zwei, drei Mal wurde er getroffen, doch die ständigen Prügeleien seines Vaters hatten Jakob weitgehend schmerzunempfindlich gemacht. Geschwind wirbelte er herum und erkannte, dass Roprecht sich wieder erholt hatte. Der hochgewachsene Mann wankte noch ein wenig, hatte jedoch die Fäuste zum Kampf erhoben.

Als Lorenz Roprecht erblickte, stürzte er sich auf ihn. Beide landeten im Unterholz und wälzten sich stöhnend herum. Jakob ergriff einen Ast. Er wollte Lorenz damit außer Gefecht setzen und lauerte auf den richtigen Augenblick. Doch die beiden Kampfhähne waren die ganze Zeit in Bewegung. Sobald Jakob zum Schlag ausholte, war Lorenz‘ Kopf im Gewühl verschwunden. Langsam ergriff Jakob die Panik. Wo waren nur die Stadtsoldaten, die diese Prügelei beenden konnten?

Roprecht landete einen harten Treffer auf dem Kinn seines Gegners, der benommen innehielt. Diese Gelegenheit nutzte Roprecht und löste sich eilig aus dem Knäuel. Er lief drei Schritte vorwärts. Lorenz folgte ihm wankend.

Jakob sah die Gefahr kommen und brüllte aus voller Seele: »Bleibt stehen, Roprecht!«

Doch dieser preschte, ohne Jakob Gehör zu schenken, genau auf den Haufen voller Zweige zu, unter dem sich nach Jakobs Einschätzung eine Falle verbarg. Aufgeregt wiederholte Jakob seine Worte und hastete Roprecht hinterher. Lorenz zerrte indessen an seinem Wams. Roprechts Stiefel zertraten die ersten Zweige und Jakob schrie erneut lauthals. Vergeblich. Hilflos musste er mit ansehen, wie das Unvermeidliche geschah. Mit einem gellenden Schrei stürzte der jüngste Sohn des Schmiedes in das Gewirr aus zerberstenden Zweigen hinein und verschwand augenblicklich aus Jakobs Blickfeld. Erschrocken blieb Lorenz stehen, während Jakob immer noch in vollem Lauf auf die Unglücksstelle zupreschte. Roprecht war in eine riesige Grube gefallen. Das klaffende Loch schien mehr als mannshoch. Eigentlich konnte man die Falle kaum übersehen, doch der Kampf hatte Roprecht für die Gefahr blind gemacht. Jakob erreichte den Rand und blickte hinein. Roprecht saß auf dem Boden, die Hände über dem Kopf zusammengeschlagen. Offenbar war er unverletzt.

»Wir müssen ihm da raus helfen.« Jakob keuchte.

Lorenz sah ihn voller Verachtung an.

»Warum sollte ich das tun?« Er hob die Hand und deutete auf das leuchtend rote Tuch, das anzeigte, dass sich die Schatzkiste ganz in der Nähe befand. Dann grinste er.

»Ich habe es eilig. Ihr habt doch selbst gesagt, wir müssen die Kiste finden, bevor uns die beiden Brüder Georg und Dederich die Abzeichen vor der Nase wegschnappen. Wahrscheinlich sind sie jeden Moment hier.« Mit diesen Worten ließ er Jakob einfach stehen und lief auf den Baum zu, an dem das rote Stofftuch befestigt war. Die Kiste konnte nicht mehr weit entfernt sein.

»Verflucht. So helft mir doch. Die Grube ist so tief, dass ich Roprecht unmöglich alleine herausziehen kann.«

Lorenz reagierte nicht. Er hatte offenbar eine neue Markierung gefunden und stieß einen erfreuten Laut aus. Wenige Augenblicke später war er im Dickicht verschwunden.

»Habt Ihr ein Seil dabei?« Roprecht schaute hoffnungsvoll zu Jakob empor.

Dieser schüttelte missmutig den Kopf.

»Nein, genauso wenig, wie Ihr ein Messer dabei hattet.«

Roprecht lachte bei Jakobs Worten laut auf. Jakob fiel mit ein, wurde dann aber wieder ernst.

»Ich bin Euch wirklich sehr dankbar für das, was Ihr getan habt.«

Noch nie hatte ein anderer Mann für ihn eingestanden und ihn aus einer Notlage befreit. Der einzige

Mensch, der immer für Jakob da war, war seine Mutter. Sein Vater hätte ihn sicher nicht vor den Grausamkeiten des Kaufmannssohns beschützt.

»Ich mag Eure Musik.«

»Was?«

»Nun, ich habe Euch neulich bei den Nonnen spielen hören und es hat mir gefallen.«

»Wirklich?«

Jakob war gerührt. Roprecht hatte ihm aus der Zwangslage geholfen und offenbar mochte er sogar seine Musik. Er musste ihm unbedingt aus diesem Loch helfen. Sie waren so kurz davor, die Abzeichen zu finden, und noch war es nicht zu spät. Ihm kam eine Idee. Wenn er schon kein Seil dabei hatte, dann konnte er etwas Ähnliches aus seiner Kleidung knoten. Schnell trat er von der Grube zurück und entblößte sich bis auf die Brouche. In Windeseile knotete er die Hosenbeine mit den Ärmeln seines Wamses zusammen.

»Was habt Ihr vor?« Roprechts Stimme klang spöttisch, als er den fast nackten Jakob erblickte.

Triumphierend hob dieser das notdürftig hergestellte Seil empor und ließ es dann in die Grube gleiten.

»Nehmt das Ende und wickelt es um Euer Handgelenk.«

Roprecht tat wie ihm geheißen. Jakob ergriff das andere Ende mit beiden Händen und zog aus vollen Kräften. Er schaffte es, Roprecht ein gutes Stück aus der Grube zu ziehen. Dann wurde der Waldboden immer glitschiger und mit einem Mal verlor er den

Halt. Verflucht, er musste es anderweitig versuchen. Direkt neben der Grube stand ein schmächtiges Bäumchen, das jedoch für seine Zwecke geeignet erschien. Er legte das Seil um den Stamm, genauso wie er es schon am Brunnen in Zons gesehen hatte. Dort hielten Seilwinden das hohe Gewicht der gefüllten Wassereimer. Ganz langsam begann Jakob erneut zu ziehen. Diesmal fühlte es sich zunächst viel schwerer an. Doch jedes Mal, wenn Jakob die Kräfte schwanden, wurde das Seil von dem Baumstamm abgebremst und glitt nicht zurück in die Grube. Stück für Stück hievte er den massigen Körper von Roprecht aus der Falle. Oben angekommen, blieben beide erschöpft auf dem Waldboden liegen.

»Das habt Ihr gut gemacht. Jetzt bin ich Euch ebenfalls zu Dank verpflichtet.« Roprecht klopfte Jakob freundschaftlich auf die Schulter.

»Zieht Eure Kleider an. Vielleicht können wir noch etwas ausrichten.«

Jakob tat wie ihm geheißen. Dann folgten sie gemeinsam der Spur, die der arrogante Lorenz im Dickicht hinterlassen hatte. Nach kurzer Zeit erreichten sie ein Erdloch. Gespannt näherten sie sich und warfen einen Blick hinein. Der Deckel der Kiste stand offen. Sie war leer.

»Verflucht, wir sind zu spät.« Roprecht rieb sich verzweifelt das Kinn.

»Wisst Ihr, ich bin der jüngste Sohn und kann meinem Vater nicht noch ein weiteres Jahr auf der Tasche liegen.«

Jakob nickte verständnisvoll. Er hatte ein ähnliches Problem. Ohne die Aufnahme in die Zonser Stadtwache brauchte er seinem Vater nicht mehr unter die Augen zu treten. Alles wäre verloren und Jakob würde sich zurück in den missratenen Sohn verwandeln, für den sein Vater ihn immer gehalten hatte.

»Vielleicht finden wir die anderen beiden Abzeichen.« Hoffnung schwang in Jakobs Stimme mit.

Doch diese wurde jäh zerstört. Direkt in Augenhöhe entdeckte er ein Astloch. Ein helles Band lag darin, mehr nicht. Wahrscheinlich hatte das Abzeichen an diesem Band gehangen. Roprecht blickte sich verzweifelt um und lief ein paar Schritte nach rechts. Schließlich fand er ein weiteres Versteck unter einem Haufen verwelkter Blätter. Es war eine alte Holzkiste, die ebenfalls nicht mehr enthielt als ein helles Band.

»Wir sind zu spät. Alle drei Abzeichen sind weg.«

Mit hängenden Köpfen machten Jakob und Roprecht kehrt. Jeder war mit seinen eigenen Gedanken beschäftigt und so sprachen sie kaum ein Wort miteinander. Schweigend traten sie aus dem Wald und gingen auf die Männer der Stadtwache zu, die sie mit ernsten Mienen erwarteten.

»Ihr seid spät dran«, stellte Bastian Mühlenberg mit tiefer Stimme fest.

»Was hat Euch aufgehalten?«

Jakob blickte Roprecht an. Er wusste nicht, was er sagen sollte. Roprecht erging es offensichtlich genauso.

»Die anderen waren wohl schneller.«

»Aha«, Bastian Mühlenberg zog die Augenbrauen hoch. »Dann ist die Prüfung wohl entschieden.«

Jakob spürte, wie das Blut aus seinem Gesicht wich. Mit wackligen Beinen erwartete er das Urteil, das gleichbedeutend mit dem Ende seines Lebens schien. Sein Vater würde ihn auf ewig verstoßen. Jakobs Blick blieb an Lorenz haften. Irgendwie wirkte Lorenz wütend. Überhaupt nicht glücklich. Nein, er freute sich augenscheinlich keineswegs darüber, sein Ziel erreicht zu haben. In der Linken hielt er immer noch das Abzeichen, das er wahrscheinlich aus der Kiste geholt hatte. Neben Lorenz standen die beiden Brüder Georg und Dederich, die ebenfalls Zonser Wappen in der Hand hielten. Ihre Gesichter strahlten vor Glück. Jakob seufzte neidisch. Wie gerne wäre er jetzt an ihrer Stelle gewesen.

»Diese Prüfung hat sich anders entwickelt als in den letzten Jahren, daher waren wir gezwungen, eine Änderung bei der Bewertung vorzunehmen.« Mühlenbergs Worte hingen bedeutungsschwanger in der Luft.

Eine Änderung der Bewertung? Was sollte das heißen? Plötzlich huschte ein Lächeln über Mühlenbergs Gesicht.

»Wir haben beschlossen, in diesem Jahr vier neue Anwärter in die Stadtwache zu berufen.« Mühlenberg machte eine Pause. »Folgende vier Männer haben sich heute als absolut würdig erwiesen.«

Jakob stutzte. Was hatten Bastians Worte zu bedeuten? Verwirrt schaute er zu Roprecht, der ebenso ratlos schien.

»Die Gebrüder Quadt, weil sie als Erste mit Abzeichen zurückkamen«, Bastian machte eine Pause und ließ den Blick in die Runde schweifen. Dann hefteten sich seine Augen auf einen Punkt zwischen Jakob und dem Sohn des Schmieds. Daraufhin fuhr er fort: »Die anderen beiden Männer sind Roprecht und Jakob.«

Jakob traute seinen Ohren nicht. »Aber wie ist das möglich?«, stotterte er.

»Nun, zu den wichtigsten Eigenschaften eines Soldaten der Zonser Stadtwache gehören Loyalität und Mut. Beides habt Ihr bewiesen. Meine Männer haben genau beobachtet, wie Roprecht Euch aus den Fängen von Lorenz Schlebusch befreit hat und wie Ihr, Jakob, anschließend Roprecht aus der Grube herausgeholfen habt.« Bastian Mühlenberg räusperte sich. »Ich muss gestehen, dass die Methode, derer Ihr Euch bedient habt, durchaus - wie soll ich es ausdrücken - ungewöhnlich und vielleicht sogar unschicklich war. Aber Ihr habt Roprecht beigestanden, anstatt den Abzeichen hinterherzujagen. Ihr habt selbstlos gehandelt und das Wohl Eures Kameraden über Euer eigenes gestellt. Für dieses Verhalten werdet Ihr beide belohnt.«

Mühlenberg hob seine Stimme und fixierte Schlebusch. »Ihr hingegen, Lorenz, habt Jakob angegriffen und Roprecht in der Grube im Stich gelassen. Ihr seid nur Eurem eigenen Ziel gefolgt und kennt weder Rücksicht noch Loyalität. Das Wohlergehen Eurer Kameraden scheint für Euch nicht allzu viel an Wert zu besitzen. Euer Charakter ist für die Stadtwache nicht geeignet. Deshalb zählt das Auffinden des Abzeichens bei Euch nicht. Ihr habt die Prüfung nicht bestanden.«

Lorenz' Gesichtsfarbe glich einer Tomate. Seine

Lippen waren zu dünnen Strichen verzogen und seine Augen zornig auf Jakob gerichtet.

»Das werdet Ihr mir büßen, Ihr elender Jammerlappen!« Mit diesen Worten wandte Lorenz sich ab und stob wütend davon, ohne sich noch einmal umzuschauen.

In Jakobs Ohren klingelte es. Er wusste nicht, ob er lachen oder weinen sollte vor Glück. Er hatte es tatsächlich geschafft. Ab sofort gehörte er zur Zonser Stadtwache. Mit wackligen Beinen stand er da und konnte sich nicht rühren. Erst als Roprecht ihm um den Hals fiel, platzte die ganze Freude aus ihm heraus. Er sprang auf und nieder und jubelte solange, bis er keine Luft mehr bekam. Völlig außer Atem ließ er sich auf den Boden plumpsen und lachte. Das war der glücklichste Tag in seinem Leben.

IV
Gegenwart

»Anna, da bist du ja endlich.«

Emily erhob sich, als Anna das Café im Herzen von Zons betrat. Anna hastete auf den Tisch zu.

»Tut mir echt leid. Ich habe mich einfach verspätet.«

Emily winkte ab. »Hier, wirf mal einen Blick auf die Karte. Du bist heute eingeladen.«

»Eingeladen? Habe ich etwas verpasst?« Anna durchforstete hektisch ihr Gedächtnis. Auf keinen Fall wollte sie in das nächste Fettnäpfchen treten. Genau in dem Moment, in dem Emily die Lippen zu einem beleidigten Schmollmund verzog, fiel es Anna wieder ein.

»Hast du den Auftrag bekommen?«

Emily strahlte.

»Herzlichen Glückwunsch. Ich gratuliere.« Anna ging um den Tisch herum und nahm Emily in die Arme. »Du bist die Beste! Das sage ich doch immer.«

»Ich hätte nie gedacht, dass ich das schaffe.« Emily war euphorisch. Sie hatte es tatsächlich in ein bekanntes amerikanisches Magazin geschafft. Die komplette Reportage über die historischen Zonser Morde sollte übersetzt und in den kommenden Monaten veröffentlicht werden. Der erste Teil, der sich mit den Gräueltaten des sogenannten Puzzlemörders beschäftigte, würde unter dem Titel »Fatal Puzzle« erscheinen. Emily war völlig aus dem Häuschen und plapperte ununterbrochen. Sie bestellten Croissants mit Butter und Latte macchiato. Anna ertappte sich dabei, nur mit halbem Ohr den Schwärmereien ihrer Freundin zu folgen. Immer wieder schweiften ihre Gedanken ab. Sie setzte einen verträumten Blick auf und dachte an Bastian Mühlenberg. Anna stellte sich seine tiefbraunen Augen vor. Sie sah das hübsche Gesicht mit den hohen Wangenknochen und den blonden Strubbelhaaren. Und dann, wie von selbst, verwandelte sich dieses Gesicht. Es wurde älter. Sie schätzte den Mann, den sie jetzt vor sich sah, auf Anfang dreißig. Seine Haare waren ebenfalls blond, doch kürzer und ein wenig ordentlicher. Aber die Augen und die Gesichtszüge waren identisch. Anna blieb bei der bloßen Vorstellung fast das Herz stehen.

»Was denkst du?« Emily hatte ihren Redefluss unterbrochen und sah sie forschend an.

»Was?«, erwiderte Anna zerstreut.

Emily grinste. »Okay«, sagte sie gedehnt. »Wie heißt er?«

Anna lief rot an. »Ich verstehe nicht ...«

»Ach komm schon, Anna. Ich bin deine beste Freundin und ich kenne dich. Als du das letzte Mal diesen Blick drauf hattest, warst du bis über beide Ohren verliebt. Also rück schon raus mit der Sprache. Wie heißt er?« Emily beugte sich über den Tisch und fixierte Anna grinsend mit ihren großen braunen

Augen. Anna schluckte. Sie fühlte sich ertappt.

»Ich weiß es nicht.«

»Was?«

Anna zuckte mit den Achseln. »Na ja. Ich habe jemanden gesehen, aber nur ganz kurz. Der Zug fuhr ab und er blieb auf dem Bahnhof zurück.«

»Du meinst, du hast dich in einen Mann verknallt, den du bloß ein paar Sekunden lang auf dem Bahnsteig beobachtet hast?« Emily verzog den Mund und fügte schnippisch hinzu: »Ich glaube dir kein Wort!«

Anna überlegte, was sie Emily antworten konnte, damit sie endlich Ruhe gab. Wenn sie ihr jetzt erzählte, dass sie die moderne Version von Bastian Mühlenberg gesehen hatte, würde Emily sie für verrückt halten. Aber vielleicht brauchte Anna auch genau diese Reaktion, um wieder auf den Boden der Tatsachen zu kommen. Sie grübelte weiter. Wollte sie das wirklich hören? Und würde es sie tatsächlich davon abbringen, an diesen Mann zu denken?

»Ehrlich gesagt, sah er aus wie Bastian Mühlenberg«, platzte Anna mit einem Mal heraus.

Emily verschluckte sich an ihrem Latte macchiato. Auf eine solche Erklärung war sie ganz offensichtlich nicht gefasst gewesen. Dann erwiderte sie etwas, mit dem Anna im Leben nicht gerechnet hätte.

»Und warum bist du nicht rausgesprungen und hast diese verdammte S-Bahn einfach angehalten?«

...

»Was zum Teufel soll das heißen: Fortsetzung folgt?« Hans Steuermark, der Leiter des Kriminalkommissariates 11, das im Gebiet des Rhein-Kreises Neuss für Todesermittlungen und schwere Straftaten zuständig war, stand kurz vor der Explosion. Seine Adleraugen waren scharf auf Oliver und dessen Partner Klaus gerichtet.

»Ich befürchte, der Täter meint es wörtlich«, erwiderte Oliver tonlos.

Er wusste, dass Steuermark einen Tatverdächtigen brauchte, und zwar schnell. Die Presse hatte von dem Fall bereits Wind bekommen und die Telefone klingelten unaufhörlich. Dabei war das Opfer nicht einmal achtundvierzig Stunden tot. Oliver lagen bisher keinerlei Untersuchungsergebnisse vor. Ingrid Scholten war ganz sicher von der schnellen Sorte, doch auch sie konnte keine Wunder vollbringen.

»Hören Sie, wir warten noch auf die Ergebnisse der Obduktion. Außerdem habe ich ein Technikteam auf die Spuren, die wir auf dem Schreibtisch des Opfers gefunden haben, angesetzt. Ein weiteres Team analysiert gerade Mandy Sieberts PC und durchforstet die E-Mail-Kontakte der letzten Monate.« Oliver überreichte Hans Steuermark eine vergrößerte Aufnahme des Schreibtisches. Die vier Punkte auf der staubigen Oberfläche waren deutlich zu erkennen.

»Was soll das sein? Hat der Täter den Mord gefilmt?«

»Das habe ich auch zuerst gedacht, aber Bergmann meinte, dass das Stativ einer Videokamera nur drei Füße hat, und ich musste ihm recht geben«, warf

Klaus ein, bevor Steuermark seine Theorie vertiefen konnte.

Der hagere Mann lief vor seinem Schreibtisch auf und ab. Das war ganz typisch für ihn. Je mehr Sorgen sich Steuermark machte, desto schneller wurde sein Tempo.

»Also gut. Bergmann, Sie haben da vorhin noch einen Musikprofessor erwähnt. Was genau haben Sie vor?«

»Professor Engelbert von der Universität zu Köln ist bereit, die Noten zu analysieren. Wir haben in zwei Stunden einen Termin bei ihm.«

Steuermark nickte zufrieden. »Dann hoffe ich, dass er die Botschaft unseres Mörders entschlüsseln kann. Geben Sie mir sofort Bescheid, wenn Sie etwas herausgefunden haben.«

Mit diesen Worten ging der Leiter des Kriminalkommissariates zum Fenster und blickte hinaus. Es war das untrügliche Signal dafür, dass das Gespräch für ihn beendet war.

...

Die Tür schlug mit einem lauten Knall zu. Er war in der Dunkelheit gefangen. Die Schritte seiner Mutter entfernten sich. Selbst an ihrem Gang konnte er noch erkennen, wie wütend sie war. Er hatte sie geärgert und jetzt wurde er bestraft. Er wusste, was als Nächstes geschehen würde, und hielt sich vorsorglich die Ohren zu. Sie positionierte das grauenvolle Ding genau vor der Tür der Abstellkammer, in der er eingesperrt war. Er verstärkte den Druck auf die Ohren. Trotzdem konnte er genau hören, wie sie die Plattennadel auf die Rille setzte. Ein charakteristisches Knistern ertönte und dann begann die Melodie zu spielen. Der Plattenspieler war uralt, aber zuverlässig. Stunde um Stunde quälte seine Mutter ihn mit immer demselben Lied. Ein Lied, das er hasste und zugleich liebte. Verzweiflung überkam ihn und er trommelte gegen die dicke Holztür. Splitter bohrten sich in seine Hände und Unterarme, doch er konnte nicht aufhören, gegen das Holz zu hämmern.

»Mutter, lass mich hier raus!« Er brüllte aus Leibeskräften, versuchte die Lautstärke der Musik zu übertönen, aber es half nichts. Panisch stellte er sich auf die Zehenspitzen.

Etwas hatte ihn angesprungen. Er trat nach der Ratte, ohne sie zu treffen. Er fürchtete sich so sehr, dass seine Blase sich entleerte. Das Biest sprang ihn erneut an. Er konnte die scharfen Zähne spüren, die in seine Waden bissen. Erneut brüllte er aus Leibeskräften und warf sich gegen die Tür. Doch er war gefangen und Mutter würde ihn erst wieder herauslassen, wenn sie es für richtig hielt. So war es immer. Wenn er völlig kraftlos an der Tür hinuntersank, würde seine Mutter die Musik abstellen und die Kammer öffnen.

Doch heute konnte er nicht so lange ausharren. Er wollte hinaus, koste es, was es wolle. Er ballte die Hände zu Fäusten und schlug wieder auf die Tür ein. Ein winziges Areal in seinem Hirn registrierte, dass diesmal etwas anders war. Das schwere Holz bot keinerlei Widerstand. Er drosch noch einmal auf die Tür ein, verwundert, dass er keinen Schmerz empfand. Er öffnete die Augen und starrte in die Dunkelheit. Schweiß lief über sein Gesicht. Abermals hob er die Fäuste und boxte in etwas Weiches. Verwirrt schlug er zu und stellte gleichzeitig fest, dass es vollkommen still war.

Die Melodie war verklungen. Er schnaufte, immer noch umnachtet von der Dunkelheit, und mit einem Mal wurde ihm klar, dass er sich gar nicht in der Abstellkammer, sondern in seinem Bett befand und auf sein Kopfkissen einschlug. Seine Mutter war gar nicht hier. Sie wurde seit Jahren im Altersheim gepflegt und konnte ihm nichts mehr anhaben. Er hatte einen Albtraum gehabt. Mehr nicht.

Erleichtert grinste er und setzte sich aufrecht. Er war jetzt Herr über sein Leben. Niemand konnte ihn mehr bestrafen. Endlich hatte er die Rollen getauscht. Er war es, der nun richtete.

Er stand auf und ging im Dunkeln bis zu dem kleinen Tisch, der fast neben dem Bett stand. Sanft strich er über die Tasten des Keyboards. Die ersten Töne seiner geliebten Melodie zerrissen die Finsternis und brachten sein Herz zum Leuchten. Er hatte diese Schlampe bestraft. Zum ersten Mal in seinem Leben hatte er sich zur Wehr gesetzt und die Erniedrigung durch diese Frau nicht kampflos hingenommen. Er war so nett zu ihr gewesen, und wenn sie einfach nur sein Lächeln erwidert hätte, dann hätte er ihr vielleicht sogar Blumen geschenkt. Doch dieses Weibsbild hatte ihn zuerst ignoriert und dann auch noch dumm angemacht.

Abermals huschte ein zufriedenes Grinsen über sein Gesicht. Sie hatte dafür bezahlt. Genüsslich erinnerte er sich an ihre letzten Augenblicke. An die Angst, die in ihrem Blick gelegen hatte. Die Arroganz war vollständig verschwunden. Es war köstlich gewesen, diese Verwandlung zu erleben. Er musste das unbedingt wiederholen. Ihm kam eine Idee. Er knipste das Licht an und traf eine Entscheidung. Sein Handy lag neben dem Keyboard. Er wählte eine Nummer und lauschte dem Freizeichen. Als jemand am anderen Ende der Leitung endlich abhob, war er sich sicher, das Richtige zu tun.

…

Die Fahrt nach Köln dauerte länger als geplant. Die Klimaanlage war ausgefallen und Oliver schwitzte. Die Sonne stand hoch am Himmel und brannte erbarmungslos auf die Frontscheibe seines Dienstwagens nieder. Oliver war froh, als sie das Universitätsgelände erreichten und sich im Schatten der hohen Gebäude ein wenig abkühlen konnten. Zu seiner Beruhigung stellte er fest, dass sein Partner Klaus noch viel schlimmer dran war als er selbst. Die grauen Haare waren im Nacken verklebt und das Hemd wies deutliche Schweißflecken auf.

Unauffällig lüftete Oliver sein Shirt und atmete

tief ein. Er hatte mit dem Gedanken gespielt, Emily einen Überraschungsbesuch abzustatten. Doch als er die Luft einsog, entschied er sich dagegen. Nein. So verschwitzt, wie er war, durfte er Emily nicht unter die Augen treten. Er wollte keinesfalls abschreckend auf sie wirken und würde nach Dienstschluss als Erstes unter die Dusche springen, bevor er zu ihr fuhr.

Das musikwissenschaftliche Institut der Universität zu Köln befand sich im dritten Stock des Hauptgebäudes. Es wimmelte nur so von jungen Menschen und Klaus schaute sich mehr als einmal nach hübschen Studentinnen um. Oliver musste an die neue Kollegin denken, die offenkundig etwas für seinen Partner übrig hatte. Es war zu schade, dass sie sich anscheinend in festen Händen befand. Oliver wünschte Klaus von Herzen eine neue Beziehung. Er selbst konnte sich ein Leben als Single überhaupt nicht mehr vorstellen. Seit er Emily bei seinen Ermittlungen im Fall des Zonser Puzzlemörders kennengelernt hatte, drehte sich alles um sie.

Sie stiegen die breiten Treppen des Universitätsgebäudes hinauf und klopften am Sekretariat von Professor Engelbert. Eine ältere Dame mit dünnen roten Haaren begrüßte sie freundlich.

»Gehen Sie direkt durch. Professor Engelbert erwartet Sie schon.«

Die Sekretärin stand auf und öffnete eine schmale Tür hinter ihrem Schreibtisch. Das Büro des Musikprofessors wirkte schmucklos. Oliver hatte gedacht, dass der Raum vollgepackt mit Instrumenten und Notenständern wäre, aber er konnte nichts dergleichen entdecken. Der einzige Hinweis auf die Fakultät waren Notenblätter, die an ein Whiteboard geheftet waren.

»Wie kann ich Ihnen denn weiterhelfen?« Ein Mittfünfziger mit schneeweißen halblangen Haaren erhob sich von seinem Schreibtischstuhl und kam auf Oliver und Klaus zu.

»Setzen Sie sich doch. Darf ich Ihnen etwas zu trinken anbieten?« Der Blick des Professors war auf Klaus' schweißnasses Haar gerichtet. »Es ist wirklich warm heute. Wie wäre es mit einem Wasser?«

Klaus lächelte dankbar und setzte sich. »Ein Wasser nehmen wir gerne.«

Oliver kramte eine Kopie der Noten aus der Tasche, die der Mörder am Tatort hinterlassen hatte. Vorsichtig schob er das Blatt über den Besprechungstisch.

»Wir benötigen Ihre Mithilfe in einem Mordfall«, eröffnete Oliver das Gespräch freundlich. »Diese Notenpassage wurde am Tatort gefunden. Könnten Sie uns vielleicht ein paar Informationen zu diesem Musikstück geben?«

Professor Engelbert erhob sich und ging zurück zu seinem Schreibtisch. Er öffnete eine Schublade und holte eine randlose Brille hervor.

»Meine Augen sind nicht mehr die besten«, erklärte der Professor, als er wieder am Tisch Platz nahm. Umständlich ergriff er das Papier und studierte es stirnrunzelnd.

»Das sind keine klassischen Noten, sondern eine spezielle Griffschrift. Lassen Sie mich einmal schauen ...«, brummte Engelbert in sich hinein. Dann stand er erneut auf und ging diesmal zu einem Schrank, aus dem er ein abgegriffenes Buch hervorholte.

»Diese Griffschrift wurde im Mittelalter für die Laute entwickelt. Die Laute hat heutzutage mehr oder weniger ausgedient.« Professor Engelbert drehte das Buch so herum, dass Oliver und Klaus einen Blick hineinwerfen konnten. Oliver konnte überhaupt keine Noten lesen. Für ihn hätten die Zeichen ebenso gut in Chinesisch dargestellt sein können. Er hätte kein Wort verstanden.

»Ich erkläre es Ihnen. Man muss eigentlich keine Noten lesen können, um diese Lautentabulatur zu spielen. Es ist ganz einfach, jede Linie stellt eine Saite dar. Die Laute war eines der beliebtesten Hausinstrumente im Mittelalter.« Als Professor Engelbert der verständnislosen Mienen von Oliver und Klaus gewahr wurde, hielt er kurz inne, als wolle er seine Zuhörer nach Luft schnappen lassen.

»Dieser Abschnitt hier«, er deutete auf die erste Zeile, »stellt den Beginn oder das Anfangsstück der Komposition dar. Das erkennen Sie an diesen Zeichen.« Engelbert rieb sich das Kinn, bevor er weitersprach. »Die Melodie bricht allerdings recht schnell ab. Aus meiner Sicht handelt es sich nur um einen kleinen Teil eines längeren Stücks.«

Er machte eine kurze Pause.

»Fortsetzung folgt«, murmelte er dann. »Ich habe keine Ahnung, warum an dieser Stelle extra auf eine Fortsetzung hingewiesen wird.«

Oliver wurde blass, als ihm die Bedeutung dieser Worte klar wurde.

»Bedeutet das, dass es noch weitere Teilstücke geben könnte?«

Der Professor nickte. »Ich vermute, dass dieses Stück höchstens ein Zehntel der gesamten Komposition ausmacht.«

Er erhob sich und holte ein dickes Buch aus dem Regal.

»Sehen Sie hier«, bemerkte er, während er eine Seite mit Noten aufschlug. »Das ist eine typische Lautenkomposition des 15. Jahrhunderts. Wenn Sie die Länge des Werkes vergleichen, kommen Sie etwa auf zehn Prozent.«

Oliver sog scharf Luft ein. Ein Zehntel? Wenn Professor Engelbert mit seiner Einschätzung richtig lag und es sich zudem noch um einen Serientäter handelte, bedeutete dies im schlimmsten Fall, dass ein Wahnsinniger unterwegs war, der neun weitere Frauen töten wollte.

»Ich kann Ihnen das Stück gerne einmal vorspielen, wenn Sie möchten«, fuhr Professor Engelbert in einer Stimmlage fort, die erkennen ließ, dass ihm die Tragweite seiner Analyse nicht im Ansatz klar war. Oliver brachte ein zögerliches Nicken zustande. Was, wenn der Mörder es tatsächlich auf zehn Opfer abgesehen hatte? Er erschauderte und schielte zu Klaus hinüber, der die Augen starr auf die Tischkante gerichtet hatte. Offensichtlich hatten ihm die Ausführungen des Professors die Sprache verschlagen. Oliver beschloss zu antworten.

»Gerne. Es wäre sicherlich hilfreich, die Melodie einmal zu hören.«

Professor Engelbert führte Oliver und Klaus über den langen grauen Flur bis ins Treppenhaus. Sie stiegen ein Stockwerk hinauf und gelangten dann in einen anderen Raum.

»Das hier ist unser Klangstudio. Die Ausstattung hat die Universität ein Vermögen gekostet.« Der Professor war plötzlich ganz in seinem Element und erläuterte ihnen zunächst die verschiedenen Musikanlagen und Instrumente.

»Dies hier ist das Kernstück unseres Klangstudios: Eine mehrkanalige, digitale Audio-Produktions- und Reproduktionsanlage und ein EDV-basiertes Audioanalyse-System. Es ist das Neueste vom Neuesten. Mancher Musiker würde vor Neid erblassen bei den Möglichkeiten, die dieses Studio bietet.« Engelberts Augen blitzten vor Vergnügen, als er die Anlage einschaltete.

Er setzte sich vor ein Keyboard und legte das Notenpapier in den Ständer. Dann griff er in die Tasten und eine altertümliche Melodie ertönte. Für Olivers Ohren hätte es auch eine der bekannten klassischen Kompositionen von Beethoven bis hin zu Mozart sein können. Doch dann fiel ihm ein, dass die Melodie über einhundert Jahre früher entstanden sein musste, denn die Laute hatte nur bis ins 16. Jahrhundert hinein Bedeutung und wurde dann von anderen Zupfinstrumenten abgelöst. Soviel war Oliver von Professor Engelberts Ausführungen im Gedächtnis geblieben.

»Ich schätze das Entstehungsalter der Melodie auf Ende des 15. Jahrhunderts. Es ist eine typische Lautenkomposition. Wenn Sie mögen, kann ich versuchen, den Komponisten in unserer Datenbank herauszufinden«, bot Engelbert an.

»Das wäre wirklich sehr hilfreich«, erwiderte Oliver. Sobald sie den Komponisten kannten, konnten sie recherchieren, wie der Täter Zugang zu dieser Musik bekommen hatte. Kompositionen für ein so altes Instrument lagen schließlich nicht in der Zeitschriftenecke eines Supermarktes aus.

»Haben Sie noch weitere Fragen?« Professor Engelbert blickte auf die Uhr. »Meine nächste Vorlesung beginnt in fünf Minuten und ich möchte meine Studenten ungern warten lassen.«

Oliver verneinte. Er hatte erst einmal genug gehört. Zumindest wussten sie jetzt, dass sie es mit einem brutalen Irren zu tun hatten, der auf mittelalterliche Lautenmusik stand. Professor Engelbert drückte ihm zum Abschied eine CD in die Hand.

»Ich habe Ihnen die Melodie gerade eben aufgenommen. Vielleicht hilft Ihnen das bei Zeugenbefragungen. Sobald ich den Komponisten herausgefunden habe, melde ich mich.«

...

»Wie oft willst du dir das denn noch anhören?«, stöhnte Klaus, als Oliver zum fünften Mal die Wiederholungstaste drückte. Sie saßen im Dienstwagen auf dem Rückweg nach Neuss und Oliver hatte die CD von Professor Engelbert eingelegt. Er hatte zunächst gehofft, dass die Melodie irgendetwas in ihm wachrufen würde. Doch das kurze Stück plätscherte schnell vor sich hin und war zu Ende, bevor er die Melodie richtig in sich aufnehmen konnte.

Oliver stellte sich vor, wie der Mörder die Melodie spielte und sich dabei rittlings auf das Opfer setzte, um es mit mehreren Messerstichen zu töten. Er sah die ängstlichen Augen von Mandy Siebert, als sie erkannte, dass es keine Rettung für sie gab und der Mistkerl sie einfach abstechen würde. Was wollte der Mörder mit dieser Musik erreichen? Sollte sie das Opfer beruhigen oder kam er erst durch die Töne so richtig in Fahrt? Oliver grübelte. Die Melodie könnte ein fester Bestandteil des Tötungsrituals sein. Etwas, das der Täter für sich brauchte. Oliver konnte sich nicht vorstellen, dass das Opfer sich dadurch beruhigte oder sonst irgendetwas tat, was der Mörder von ihm wollte. Als ihm das Entstehungsalter der Melodie erneut in den Sinn kam, hatte er eine Idee.

Er zückte sein Handy und wählte Emilys Nummer.

»Hi Schatz, wie geht es dir?«

Es tat so gut, ihre Stimme zu hören, dass Oliver für eine Sekunde den Grund seines Anrufes vergaß.

»Kennst du dich eigentlich auch mit mittelalterlicher Musik aus?«, fragte er schließlich. »Ich habe einen neuen Fall und muss alles über Lautenmusik am Ende des 15. Jahrhunderts wissen.«

Oliver hoffte, dass Emily ihm weiterhelfen konnte. Sie war Journalistin und Mittelalterfan. Außerdem hatte sie ihm bei anderen Mordfällen schon so manchen wertvollen Hinweis gegeben. Er spielte ihr die Melodie am Telefon vor und Emily hatte bereits eine Idee, wie sie das Thema recherchieren konnte. Schweren Herzens legte Oliver auf. Er hätte sich gerne noch stundenlang mit ihr unterhalten. Doch jetzt musste er sich auf seinen Fall konzentrieren. Wenn sie es tatsächlich mit einem Serientäter zu tun hatten, dann war er wahrscheinlich schon auf der Jagd nach dem nächsten Opfer.

Zurück im Büro begann Klaus, die bisherigen Erkenntnisse an das Whiteboard zu schreiben.

»Wir haben bisher einen Verdächtigen. Herbert Molden, Nachbar des Opfers. Er hat die Tote obsessiv bespitzelt, ist offensichtlich Alkoholiker und hat Erinnerungslücken, in denen er Gott weiß was getan haben könnte. Zudem ist er für sein Alter noch recht kräftig und wäre körperlich sicherlich in der Lage, eine Frau zu töten.«

Oliver nickte. »Das Motiv könnte ganz klassisch Eifersucht gewesen sein. Schließlich hat er das Opfer mehrmals bei Sexspielchen mit Internetbekanntschaften beobachtet. Außerdem ist er nicht besonders groß.«

Oliver pochte mit dem Kugelschreiber auf den Schreibtisch.

»Hat Ingrid Scholten eigentlich schon etwas zu den Obduktionsergebnissen oder der vermutlichen Körpergröße des Täters verlauten lassen?«

»Ich habe noch nichts von ihr gehört«, erwiderte Klaus und zeichnete einen Zeitstrahl auf das Whiteboard.

Oliver stöhnte. Irgendwie dauerte alles viel zu lange. Er hatte das Gefühl, auf der Stelle zu treten. Weder Ingrid Scholten noch das Technikteam, das den PC des Opfers unter die Lupe nehmen sollte, hatten sich bisher mit Ergebnissen zurückgemeldet. Was er jetzt brauchte, waren Resultate. Genervt klopfte er weiter mit dem Stift auf ein leeres Blatt Papier. Vier Punkte entstanden. Sie lieferten ein ähnliches Rechteck wie die Flecken auf dem Schreibtisch des Opfers. In Olivers Gedanken spielte immer noch die Melodie, die sie auf der Rückfahrt unaufhörlich gehört hatten. Plötzlich begannen seine Fingerspitzen zu kribbeln und in seinem Hinterkopf formierte sich eine Erkenntnis. Das war es. Oliver ließ den Stift fallen und hob den Telefonhörer ab.

»Kommissar Bergmann hier. Überprüfen Sie bitte die Abdrücke auf dem Schreibtisch des Opfers. Ich möchte wissen, ob es sich bei dem gesuchten Gegenstand um ein Keyboard oder ein anderes Musikinstrument handeln könnte.«

Klaus ließ vom Whiteboard ab. »Wow, wie zum Teufel bist du jetzt darauf gekommen?«

»Ich habe die ganze Zeit darüber nachgegrübelt. Ist nur so eine Idee.« Oliver fühlte sich geschmeichelt. Etwas in seinem Inneren sagte ihm, dass er richtig lag. Der Täter hatte schließlich einen Zettel mit Noten am Tatort hinterlassen. Musik war zum Hören da und mit einem Keyboard hatte der Mörder die Möglichkeit, selbst zu spielen oder den Automatikmodus einzuschalten. Im Geist rekonstruierte er den denkbaren

Tathergang.

»Ich glaube, er hat sie nicht bloß ans Bett gefesselt, damit er sie ungehindert erstechen konnte, sondern auch, um ihr diese verdammte Melodie vorzuspielen.«

Klaus runzelte die Stirn. Er notierte gerade die Beweisstücke auf dem Whiteboard und unterstrich das Wort Noten mit einer doppelten Linie.

»Du könntest recht haben. Er hat uns die Noten hinterlassen, weil es für ihn von Bedeutung ist. Er ist in ihre Wohnung eingedrungen, hat sie aufs Bett geworfen und gefesselt.« Klaus machte eine nachdenkliche Pause. »Dann hat er die Bücher von ihrem Schreibtisch ordentlich auf das Fensterbrett geräumt und Platz für sein Keyboard gemacht.«

»Genau«, warf Oliver ein. »Er hat das Lied gespielt, während sein Opfer nackt und hilflos ans Bett gefesselt war. Und dann, als er so richtig in Stimmung war, hat er sich auf sie gestürzt und sie in einem regelrechten Wahn durchlöchert. Wahrscheinlich hat die Melodie die ganze Zeit gespielt. Ich bin mir eigentlich fast sicher. Jedes handelsübliche Keyboard hat einen Automatikmodus.«

Klaus nickte. »Dann könnte doch jemand die Musik gehört haben. Wir sollten die angrenzenden Nachbarn noch einmal danach befragen.«

Oliver wollte gerade zu einer Antwort anheben, als die Bürotür aufging. Carina, die neue Kollegin, stand im Türrahmen und grinste, als sie Klaus erblickte. Eine feine Röte überzog ihr Gesicht, als Klaus ihr zuzwinkerte.

»Frau Hoffmann ist hier. Ich habe sie in Raum Nummer fünf gebracht.«

»Das ist wirklich total nett von dir«, erwiderte Klaus, der sich bereits von seinem Whiteboard gelöst hatte und wie ein verliebter Volltrottel auf Carina zutänzelte. Oliver verdrehte die Augen. Sein Partner machte sich langsam lächerlich. Noch bevor Klaus seine Angebetete erreichen konnte, stellte er sich dazwischen. Er musste auf jeden Fall verhindern, dass Klaus sich da in etwas verrannte, was ihm am Ende nur das Herz brechen würde.

»Danke, Carina. Kannst du mir einen Gefallen tun und Termine mit diesen Leuten hier ausmachen? Das sind die unmittelbaren Nachbarn des Opfers und wir müssen alle noch einmal befragen. Die Streifenpolizei hat im Wesentlichen nur die Personalien aufgenommen und allgemein nach Auffälligkeiten gefragt. Wir müssten aber einen konkreten Aspekt unserer Untersuchung mit den Anwohnern besprechen. Ich möchte das so schnell wie möglich erledigen.«

Carina nickte, während ihre Augen an Klaus hingen. Oliver konnte nicht fassen, dass sie einen festen Freund haben sollte. Ob Klaus sich möglicherweise irrte? Die Blicke dieser Frau sprachen Bände und Oliver hätte ein Vermögen darauf gewettet, dass sie bis über beide Ohren in seinen Partner verschossen war.

Geschickt bugsierte Oliver die neue Kollegin aus dem Türrahmen und zog Klaus mit sich. Die Befragung von Sophie Hoffmann könnte entscheidende Hinweise liefern. Sie war die beste Freundin des Opfers und gleichzeitig ihre Kollegin im Supermarkt von Zons. Der Verhörraum Nummer fünf befand sich im Erdgeschoss und war eigentlich nicht mehr als ein normales Besprechungszimmer. Oliver öffnete die Tür zum Treppenhaus und schob Klaus, der immer noch sehnsuchtsvoll zu Carina blickte, vor sich her.

»Du solltest sie nicht so anstarren«, zischte Oliver, als die Tür hinter ihnen ins Schloss gefallen war.

»Wieso?«

»Du hast doch selbst gesagt, dass sie einen festen Freund hat. Willst du in dein Unglück rennen?« Oliver war stehengeblieben und hielt sich mit einer Hand am Treppengeländer fest. Das Lächeln, das eben noch die Gesichtszüge seines Partners erhellt hatte, war verschwunden. Stattdessen hatte sich eine dicke Sorgenfalte auf Klaus' Stirn breitgemacht.

»Du hast recht, ich sollte die Finger von ihr lassen.«

»Woher weißt du eigentlich, dass sie einen festen Freund hat?«, wollte Oliver wissen.

»Hartmut hat ein paar Mal gesehen, wie er sie abgeholt hat. Sie haben sich geküsst«, brummte Klaus und ließ den Kopf hängen. »Ich habe mich noch nicht getraut, sie selbst zu fragen.«

Oliver grinste. »Hartmut von der Anmeldung? Der ist doch blind wie eine Eule. Mensch, Klaus. Du solltest sie ansprechen.« Er hielt inne und klopfte ihm auf die Schulter. »Aber wenn sie einen Freund hat, dann halte dich von ihr fern.«

Klaus seufzte und nahm eine Treppenstufe. »Ich denke darüber nach. Einverstanden?«

Sie beendeten das Thema und liefen schweigend

die letzten Stufen hinunter. Raum Nummer fünf befand sich direkt neben dem Treppenhaus. Sophie Hoffmann saß mit blassem Gesicht auf einem hässlichen grünen Stuhl, der nicht weniger als zwanzig Jahre auf dem Buckel hatte. Die ausgeblichene Farbe verstärkte das Weiß ihrer Haut. Die grellen Neonleuchten an der Decke taten ihr Übriges. Die Frau hatte die Hände wie zu einem stummen Gebet gefaltet. Als Oliver und Klaus eintraten, erschrak sie.

»Guten Tag, Frau Hoffmann.« Oliver stellte sich und seinen Partner kurz vor. »Es freut mich sehr, dass Sie Zeit für uns gefunden haben.«

Sophie Hoffmann nickte knapp und schaute Oliver aus rotgeweinten Augen an.

»Ich kann es immer noch nicht glauben, dass Mandy so etwas passiert ist«, schluchzte sie.

»Wann haben Sie Frau Siebert zum letzten Mal gesehen?«

»Ich hatte mit ihr zusammen Spätschicht am Dienstagabend. Der Supermarkt hat bis 22 Uhr geöffnet. Nach Ladenschluss haben wir saubergemacht und alles verschlossen. Gegen halb elf waren wir raus. Wir verabschiedeten uns.« Sophie Hoffmann schnäuzte in ein Taschentuch.

»Wussten Sie denn, ob Frau Siebert an diesem Abend etwas vorhatte?«, hakte Oliver nach.

»Nein, sie hatte nichts mehr vor nach dem langen Tag. Sie hoffte nur noch, dass der Alte ihr nicht schon wieder auflauern würde. Sie wissen schon, dieser Widerling, der ihr gegenüber wohnt und überall hineinschnüffelt.«

Oliver tat unwissend. »Können Sie uns genau verraten, wen Sie meinen?«

»Ich glaube, er heißt Moldau oder so ähnlich. Ein Kerl mit Bierbauch und ungepflegtem Schnauzbart. Er hat uns wer weiß wie oft zu einem Kaffee in seiner Wohnung überreden wollen. Ich fand ihn von Anfang an abscheulich, aber Mandy war zu gutherzig. Sie hat ihn für einen einsamen alten Kerl gehalten, der nur ein wenig Abwechslung brauchte. Außerdem hat er auf ihre Wohnung aufgepasst und alles Mögliche für Mandy erledigt, während sie arbeiten war.« Sophie Hoffmann seufzte und wischte sich eine Träne weg. »Ich habe ihr immer gesagt, mit dem Kerl stimmt was nicht. Aber sie wollte einfach nicht auf mich hören.«

»Sie meinen also Herbert Molden?«

»Ja, genau so heißt der Kerl«, erwiderte Hoffmann.

»Herr Molden hat uns von einem guten und freundschaftlichen Verhältnis zu Frau Siebert berichtet.«

Sophie Hoffmann machte eine wegwerfende Handbewegung. »Das glaube ich Ihnen aufs Wort. Aus seiner Sicht war das auch so. Aber Mandy hatte mittlerweile Angst nach Hause zu gehen. Ständig hat er ihr aufgelauert und sie in Gespräche verwickelt. Ich sage Ihnen eines, am Dienstagabend war sie total kaputt. Sie wollte einfach nur ins Bett. Auf keinen Fall wollte sie dem Alten in die Arme laufen. Das hat sie mir noch gesagt, bevor sie sich verabschiedet hat.«

»Konnten Sie denn einmal beobachten, dass er handgreiflich oder aggressiv gegenüber Frau Siebert geworden ist?«

Hoffmann schüttelte den Kopf. »Nein, er war nur irgendwie eklig. Sie wissen schon. Aber er hatte etwas Merkwürdiges in seinem Blick. Ich glaube, der Alte ist irre. Außerdem schaut er dauernd zu tief ins Glas. Ständig läuft er mit einer Alkoholfahne durch die Gegend. Ich habe immer befürchtet, dass er eines Tages ausflippt.« Hoffmann schniefte. »Wenn ich gewusst hätte, dass er ihr auflauert, wäre ich natürlich mit ihr nach Hause gegangen.«

Oliver spürte die Verzweiflung der Frau und die Selbstvorwürfe, die sie sich wahrscheinlich die ganze Zeit machte. Er dachte über ihre Aussage nach. Auch er hatte Herbert Molden im Visier. Bislang stand der Rentner sowieso als Erster auf der Liste der Verdächtigen. Aber da waren ja auch noch die Internetbekanntschaften, die Mandy Siebert gehabt haben sollte. Wiederum ärgerte er sich darüber, dass das Technikteam mit der Analyse des PCs noch nicht fertig war. Vielleicht konnte er zu diesem Thema etwas aus Sophie Hoffmann herausbekommen.

»Hatte Frau Siebert einen festen Freund?«

Hoffmann riss erstaunt die Augen auf. »Wie kommen Sie darauf? Mandy war eine absolut heiße Braut. Sie hatte es nicht nötig, sich an einen Kerl zu binden. Was glauben Sie denn, warum der Alte so scharf auf sie war? Sie hatte eine Unmenge an Bekanntschaften und er hat geglaubt, sie wäre leicht zu haben. Dabei hat sie sich jeden einzelnen Kerl selbst ausgesucht.«

Oliver zog fragend die Augenbrauen hoch und Sophie Hoffmann fuhr fort. »Es gibt da so eine Internetseite. Da kann man verschiedene Vorlieben angeben und sich völlig unverbindlich verabreden.«

»Und Sie haben diese Männer ebenfalls gekannt?«, hakte Oliver nach.

»Na ja, nicht persönlich. Aber Mandy hat mir ab und zu die Profile gezeigt. Es waren ein paar echt hübsche Typen dabei.«

»Aber am Dienstagabend war Frau Siebert nicht verabredet?«, diesmal meldete sich Klaus zu Wort.

»Nein, nicht dass ich wüsste. Wie gesagt, sie war ziemlich kaputt.« Sophie Hoffmann kratzte sich am Hinterkopf. »Ich weiß nur, dass ihr letzter Kerl ein Musiker war, wenn Ihnen das irgendwie weiterhilft.«

Eine rote Warnleuchte begann in Olivers Kopf zu blinken. Ein Musiker. Wenn das kein Zufall war. Gerade, als er nachhaken wollte, wurde die Tür des Besprechungsraumes aufgerissen. Carina, die Neue, stand mit hochrotem Kopf im Türrahmen.

»Ihr müsst sofort kommen. Es ist etwas passiert.« Ihr Tonfall schien keinen Aufschub zu dulden. Oliver und Klaus entschuldigten sich und traten vor die Tür.

»Es gibt ein Geständnis«, stotterte Carina.

»Was?« Oliver verstand kein Wort.

»Ein gewisser Thomas Mulch hat den Mord an Mandy Siebert gestanden.«

V
Vor fünfhundert Jahren

»Was erkennt Ihr?« Bastian war neugierig auf die Einschätzung seines neuen Schützlings. Sicher, Jakob Heckhoven war nicht der beste Kämpfer, aber er war ein kluger und sensibler junger Mann. Bastian mochte ihn. Jeder in Zons wusste, dass Henrich Heckhoven von seinem Sohn nicht sonderlich viel hielt. Er hatte vor ein paar Wochen bei Bastian vorgesprochen, weil er Jakob den Weg in die Stadtwache ebnen wollte. Er hätte Bastian jede geforderte Summe gezahlt, wenn dieser ihn einfach so aufgenommen hätte. Aber Bastian hatte verlangt, dass Jakob, wie jeder andere auch, die jährliche Prüfung absolvieren und bestehen musste. Sicher, hin und wieder hatte der Burggraf Söhne hochgestellter und gut betuchter Persönlichkeiten auch ohne eine Prüfung in die Stadtwache berufen, aber Bastian selbst würde so etwas nicht zulassen.

Heckhoven war damals wütend von dannen gezogen und Bastian hatte schon befürchtet, sich einen mächtigen Feind gemacht zu haben. Er war sehr froh, dass Jakob alles andere als unfähig war und die Prüfung bestanden hatte. Henrich Heckhoven war wohl zunächst davon ausgegangen, dass Bastian etwas nachgeholfen haben musste und bedankte sich daher mehr als überschwänglich bei ihm. Da Bastian das Prüfungsergebnis jedoch überhaupt nicht beeinflusst hatte, war ihm dieser Dank unangenehm. Als er diese Tatsache endlich klargemacht hatte, unterbrach Heckhoven ungläubig seine Dankesrede. Nie würde Bastian das Strahlen in den Augen des Zollschreibers vergessen, als er erkannte, dass sein Sohn ganz allein für den Erfolg verantwortlich war. Und der schüchterne, zurückhaltende Jakob war fortan aufgeblüht.

Bastian deutete auf das Kreuz, das unverändert an der Kirchenwand hing. Er hatte die Jesus-Figur noch nicht wieder anbringen lassen, weil er den Ort des Verbrechens erst noch mit Pfarrer Johannes, seinem Ziehvater, in Augenschein nehmen wollte. Johannes war heute Morgen aus dem Kloster Brauweiler zurückgekehrt und Bastian hatte ihn sofort über den Mord informiert.

»Jakob Heckhoven, seid gegrüßt.« Johannes nickte dem Neuling flüchtig zu und zog Bastian beiseite. Im Flüsterton begann er, auf ihn einzureden.

»Bastian, ich muss mit Euch sprechen. Ich habe die letzte Stunde damit zugebracht, über den schrecklichen Tod der armen Teresia nachzudenken.« Der Pfarrer bekreuzigte sich. »Ich bin zu der Erkenntnis gelangt, dass der Mörder unserem Herrn die Stirn bieten möchte. Der Teufel persönlich hat ihn in meine Kirche geschickt und die Stätte unseres Herrn mit Blut besudelt.«

Vorsichtig zog er eine Liste aus seinem Gewand hervor und überreichte sie Bastian.

»Ich habe Euch eine Liste mit Namen zusammengestellt. Jeder, der hier aufgeführt ist, hat im letzten Monat die Gottesdienste gemieden. Ich habe niedergeschrieben, wer dafür einen triftigen Grund hatte. Wilhelm Habersack beispielsweise hat krank das Bett gehütet, weil ein schwerer Husten ihn plagte. Es gibt nur drei Leute, für deren Fernbleiben ich keine Erklärung habe. Das muss natürlich nichts zu bedeuten haben, aber vielleicht solltet Ihr mit denen beginnen, mein Junge.«

Bastian nickte. »Und bei den anderen seid Ihr Euch sicher, dass ihre Entschuldigungen der Wahrheit entsprechen?«

Pfarrer Johannes lächelte. »Mein kluger Junge, Euch kann niemand so schnell hinters Licht führen. Ich kenne meine Schäfchen. Dort, wo Ihr einen Strich hinter dem Namen entdeckt, bin ich mir nicht sicher, ob die Aussagen wahrheitsgemäß sind.«

»Ich danke Euch, Johannes.« Bastian drehte sich zu seinem Schützling um. »Also Jakob, was könnt Ihr erkennen?«

Jakob, der nur mit halbem Ohr zugehört und stattdessen den Schauplatz betrachtet hatte, zuckte mit den Schultern.

»Nun, ich sehe all das, was Ihr mir bereits zu dem Mord erzählt habt. Der Mörder muss über außergewöhnliche Kräfte verfügt haben, wobei die Fußabdrücke in der Tat eher auf einen niedrigen Wuchs hindeuten.« Jakob hielt seinen Stiefel neben die Fußabdrücke auf dem Schemel.

»Seht, das ist ungefähr meine Stiefelgröße.« Jakob ergriff einen zweiten Schemel und stellte sich darauf.

»Ich kann bequem das Kreuz berühren.«

Zum Beweis streckte er den Arm nach oben. Er hätte keine Schwierigkeiten gehabt, einen Nagel durch die Handfläche des Opfers zu schlagen oder seinen Hals zu würgen.

»Vielleicht sollten wir nach jemandem mit meiner Körpergröße suchen, der jedoch kräftiger gebaut ist als ich«, fügte Jakob hinzu.

Pfarrer Johannes nickte. »Das klingt vernünftig. Bei Bastians Gestalt hätte dieses Brett ausgereicht, um die richtige Höhe zu erreichen.«

Der Pfarrer zeigte auf ein dickes Brett, das von einem der Holzbänke stammte, die demnächst ausgebessert werden sollten.

»Die Fußabdrücke sind schwach. Nicht mehr als Staub. Das deutet darauf hin, dass unser Mörder vor der Tat nicht unmittelbar auf dem Friedhof oder auf dem Feld herumgelaufen ist. Ich vermute, dass er sich hier in der Stadt aufgehalten hat.«

Bastian staunte nicht schlecht über Jakobs Worte. Den Fußspuren hatte er bisher nur bezüglich ihrer Größe Bedeutung zugemessen. Er sann über Jakobs Worte nach.

»Wie ist er dann an die Rose gekommen?«

Jakob stieg vom Schemel und erwiderte: »Vielleicht hat er sie aus dem Garten an der Rheinstraße.«

Daran hatte Bastian noch gar nicht gedacht. Am Ende der Rheinstraße, kurz vor dem Schloßplatz, gab es einen Kräutergarten, wo auch einige Rosen wuchsen. Der Garten war nicht verschlossen und das Tor reparaturbedürftig. Es wäre für den Täter ein Leichtes gewesen, sich dort eine Rose zu besorgen. Bastian hatte mit Wernhart die gesamte Umgebung der Kirche nach den verschwundenen Blütenblättern abgesucht, weil er die Farbe der Rose herausfinden wollte. Sie waren jedoch nicht fündig geworden und zu dem Schluss gekommen, dass der Mörder die Blätter lange im Voraus abgerissen haben musste.

»Wenn es eine weiße Rose war, dann hat der Mörder Teresia möglicherweise wegen ihrer Jungfräulichkeit auserkoren«, schlussfolgerte Bastian.

Eine weiße Rose stand symbolisch für die Reinheit der Jungfrau Maria. Bastian spielte mit dem Gedanken, dass der Mörder aus religiösen Beweggründen heraus getötet haben könnte.

Pfarrer Johannes stimmte seinen Überlegungen zu: »Das könnte ein Grund sein. Wenn es eine rote Rose gewesen ist, dann könnte die Rose für das Blut Jesu Christi stehen.«

»Leider können wir nicht mehr herausfinden, welche Farbe die Rose hatte«, sagte Bastian.

Jakob widersprach.

»Ich verstehe Eure Theorie, Bastian. Aber vielleicht hatte der Täter gar keine religiösen Beweggründe. Warum hätte er sonst die Rosenblätter herauszupfen sollen?« Er machte eine kurze Pause und ging grübelnd vor dem Kreuz auf und ab. »Wenn er die Rose als Symbol hinterlassen hat, wäre doch auch für den Mörder die Farbe der Blütenblätter von Bedeutung gewesen. Ich glaube, die Symbolik liegt genau in den fehlenden Blättern begründet.«

»Aber er hat in meiner Kirche gemordet. Diese

Tat ist pure Gotteslästerung«, entgegnete Pfarrer Johannes. »Ich denke, er hat die Blütenblätter herausgerissen, um Teresias Jungfräulichkeit symbolisch zu schänden.«

Das hörte sich schlüssig an. Trotzdem hatte Bastian ein Störgefühl. Warum fehlten die Blütenblätter? Hätte der Mörder diese nicht am Fuß des Kreuzes liegen lassen müssen, damit diese Schändung für jedermann klar erkennbar gewesen wäre? Außerdem war das Opfer selbst nicht geschändet worden.

»Vielleicht hat Teresia den Täter zurückgewiesen?«, warf Jakob ein.

»Wie meint Ihr das?«

»Der Mörder hat die Blütenblätter abgerissen, weil Teresia ihn gedemütigt und abgelehnt hat. Er hat ihre Schönheit zerstört, indem er sie ans Kreuz genagelt und erwürgt hat. Symbolisch hat er mit der Rose das Gleiche getan. Lange vor unserer Zeit galt die Rose als Symbol der Schönheit.«

Bastian war verwirrt. Jakobs Worte konnte er gut nachvollziehen. Doch war ihm nicht klar, warum der Täter sein Opfer in einer Kirche getötet hatte, wenn es keinen religiösen Bezug gab. Die Wahl dieses Ortes ergab dann keinen Sinn. Für den Mörder wäre es doch leichter gewesen, Teresia an einem abgeschiedenen Ort zu erdrosseln. Auch deutete die Kreuzigung auf einen religiösen Beweggrund hin. Bastian seufzte. Er musste über alles nachdenken. Vielleicht sollte er noch einmal in Ruhe durch seine Notizen blättern und von vorne beginnen.

Bisher hatten sie nichts als Spekulationen, die jede

für sich nachvollziehbar erschien, aber genauso gut völlig falsch sein konnte. Er musste sich an die Fakten halten. Wernhart war in diesem Augenblick in Zons unterwegs und suchte nach Zeugen, die Teresia in der Mordnacht gesehen hatten. Wenn sie in der Lage waren, Teresias letzte Stunden zu rekonstruieren, würden sie wahrscheinlich eher auf eine brauchbare Spur stoßen.

Bastian verabschiedete sich herzlich von Pfarrer Johannes und bedankte sich für die Hilfe. Jakob schickte er zurück zur Wache. Am Nachmittag würden Übungen für Bogenschützen durchgeführt werden und Jakob musste sich in dieser Disziplin dringend verbessern. Bastian trennte sich vor der Kirche von seinem Schützling und lenkte seine Schritte in Richtung des Marktplatzes.

Heute war Markttag und die Straßen wimmelten nur so von Menschen. Bastian kam nur langsam voran. Er hielt Ausschau nach seinem Freund Wernhart, aber es war so gut wie unmöglich, ihn in diesem Gewühl ausfindig zu machen. Das bunte Treiben verbesserte Bastians Laune und riss ihn aus der Grübelei. Er musterte die vielen Stände, die die Händler auf dem Platz gegenüber vom Schloss aufgebaut hatten. Brot, Geschirr, Eier, Gemüse und Fisch wurden feilgeboten. Bauern mit Frau und Kind hatten Käfige mit gackernden Hühnern und schnatternden Gänsen aufgestellt. Kinder rannten durch das Gewühl und brüllten.

Ein Gaukler führte ein Kunststück mit Messern vor und ein Quacksalber plärrte sich die Seele aus dem Leib. Mit ordinären Sprüchen versuchte er die Aufmerksamkeit des Publikums auf sich zu lenken, um seine Salben und Tinkturen an den Mann zu bringen. Bastian hielt seine Nase in einen der Näpfe und stellte ihn angewidert zurück. Das Zeug stank nach ranzigem Öl und vergorenem Obst.

»Es heilt alle Wunden in Windeseile, Stadtsoldat«, pries der Quacksalber seine Ware an.

Doch Bastian lehnte ab. Er hatte wenig Vertrauen in dahergelaufene Heiler und verließ sich lieber auf das Urteil von Josef Hesemann. Er lief weiter über den Markt und bewunderte ein paar Schmuckstücke, die seinem Eheweib, Marie, gut zu Gesicht stehen würden. Bei einer wunderschön verzierten Halskette konnte Bastian nicht widerstehen und erstand sie für einen annehmbaren Preis. Bastian hatte Marie und seine kleine Tochter in den letzten Tagen zu sehr vernachlässigt. Marie war ein wundervolles Eheweib, das Bastian in allem was er tat unterstützte. Doch die traurigen Blicke, die sie ihm in letzter Zeit zugeworfen hatte, waren Bastian Warnung genug. Er wollte sie glücklich machen und über den Halsschmuck würde sich Marie bestimmt freuen. Gut gelaunt verstaute er die Kette in seinem Wams und schlenderte weiter über den Markt.

Ein Hellseher hatte unter einer der Pfefferbüchsen seinen Stand aufgebaut. Als Pfefferbüchsen bezeichneten die Bürger von Zons die drei achteckigen Wehrtürme, die in regelmäßigen Abständen auf der östlichen Stadtmauer hockten. Ihren Namen trugen diese Türme, weil man durch die kleinen Öffnungen im oberen Drittel Pech und allerlei Gestein auf Angreifer werfen oder »pfeffern« konnte.

Zons war eine wehrhafte Festungsstadt, die seit ihrer Gründung noch nie eingenommen worden war. Sie war vor über einhundert Jahren auf Geheiß des Kölner Erzbischofs Friedrich von Saarwerden angelegt worden. Der Grundriss glich einem überdimensionalen Trapez, die Mauern waren aus Basalt und Ziegelsteinen errichtet. Vier mächtige Wehrtürme ragten stolz an den Ecken der Festung empor. Einer davon war der Mühlenturm im Südwesten der Stadt, an dessen Fuß Bastian aufgewachsen war. Im Nordosten erhob sich der Rhein- oder Zollturm, nordwestlich der runde Krötschenturm und an der südöstlichen Ecke stand der Schlossturm. Zons war ein kleiner Ort. Die drei Meter hohe Stadtmauer erstreckte sich lediglich 300 Meter in Nord-Süd-Richtung und 250 Meter von West nach Ost. In der Mitte der Stadt stand ein weiterer Turm, der als Gefängnis diente. Er wurde Juddeturm genannt.

Bastian trat näher an den Stand des Wahrsagers heran. Der Mann trug einen schäbigen Mantel über seinem muskulösen Körper. Er war nicht besonders groß und sein Bart wirkte ungepflegt, genau wie seine schmierigen Haare. Er hielt eine Glaskugel in den Händen und gab sein angebliches Wissen über die Zukunft preis.

Bastian wollte gerade weitergehen, als der Mann anfing, gotteslästerliche Sprüche in die Welt zu posaunen. Bastian kannte solche Scharlatane, die am Ende ihre Käufer mit zweifelhaften Zaubersprüchen oder Gegenständen, die ihre Seele ins Paradies retten sollten, über den Tisch zogen. Was Bastians Aufmerksamkeit erregte, waren die weißen Rosen, die in einem Krug zu Füßen des Mannes standen. Einige davon hatten nur noch wenige Blätter. Der Mann hielt plötzlich inne und Bastian folgte seinen Blicken, die auf ein junges Mädchen gerichtet waren, das in diesem Augenblick mit einem Korb voller Brot beladen vorüberlief.

»Ich kann Eure jungfräuliche Seele retten, schöne Maid«, rief der Hellseher dem davoneilenden Mädchen hinterher. Als sie stehen blieb, ergriff der Mann eine weiße Rose und hielt sie in die Luft.

»Für einen Kuss gehört sie Euch«, schmeichelte er dem Mägdelein, dem augenblicklich die Röte ins Gesicht schoss.

»Eure Seele wandert sofort ins Paradies«, fügte der Scharlatan hinzu. Das Mädchen senkte eilig den Kopf und lief weiter. Der Hellseher fluchte und warf die Rose hinter sich. Bastian leckte sich nervös über die Lippen. Dieser Mann schien verdächtig, das konnte er am Kribbeln seiner Handflächen spüren. Instinktiv duckte Bastian sich ein wenig. Nur so weit, dass der Mann ihn von seinem Stand aus nicht unmittelbar erspähen konnte. Langsam ging Bastian am Stand vorbei und schlich sich dann unauffällig dahinter. Hastig ergriff er die weiße Rose und verstaute sie in seinem Wams.

»Was macht Ihr da?« Die Stimme des Hellsehers klang nicht besonders freundlich.

Bastian richtete sich zu voller Größe auf und drehte sich um. Als dem Hellseher klar wurde, dass er einen Zonser Stadtsoldaten vor sich hatte, setzte er augenblicklich eine gefälligere Miene auf.

»Kann ich Euch weiterhelfen?« Sein Lächeln schien falsch und schief. Dieser Mann widerte Bastian an.

»Ich denke, das könnt Ihr«, erwiderte Bastian mit fester Stimme. »Zum einen werdet Ihr aufhören, junge Mädchen zu necken. Wir sind eine anständige Stadt.« Bastian machte eine Pause, um seinen Worten mehr Bedeutung zu verleihen. »Und dann will ich wissen, seit wann Ihr in der Stadt seid.«

Der Hellseher grinste, doch seine Augen funkelten böse. »Ach, eine anständige Stadt?« Er ging näher auf Bastian zu. »Verzeiht, aber ist nicht erst vor zwei Nächten eine unschuldige Novizin hier ums Leben gekommen?«

Bastian packte den Mann hart am Arm. »Haltet besser Euer vorlautes Maul, oder zieht Ihr es vor, eine Nacht im Juddeturm zu verbringen?«

Der Hellseher senkte zerknirscht den Blick. »Ich wollte Euch nicht verärgern.«

»Also, seit wann seid Ihr Zons?«, wiederholte Bastian energisch.

»Seit einer Woche. Warum?« Die Augen des Hellsehers blitzten auf. Erschrocken schlug er die Hand vor den Mund.

»Nein, Ihr glaubt doch nicht etwa, ich hätte etwas mit dem Tod dieses Mädchens zu tun?« Der Blick des Hellsehers war jetzt ängstlich.

»Wo genau habt Ihr Euch in der Mordnacht aufgehalten?«

»Ich war erst in einer der Schenken und dann habe ich im Wirtshaus ›Zur alten Henne‹ übernachtet.

Ihr könnt Euch erkundigen. Der Wirt kennt mich seit Jahren.«

»Das werde ich mit Sicherheit tun und Ihr solltet in den nächsten Tagen die Stadt nicht verlassen. Ansonsten macht Ihr Euch direkt verdächtig.« Bastian ließ den Arm des Mannes los.

Er hatte so fest zugepackt, dass seine Finger wehtaten. Er würde diesen merkwürdigen Kauz im Auge behalten. Der Kerl passte exakt ins Bild. Klein und kräftig, eine Vorliebe für junge Mädchen und zudem besaß er weiße Rosen. So viele Zufälle auf einmal konnte es kaum geben. Kurz dachte Bastian darüber nach, den Mann sofort in den Juddeturm zu werfen. Aber dann entschied er sich dagegen. Noch hatte er nicht genug Beweise in der Hand. Außerdem wollte er die weiße Rose zunächst mit dem Stängel vergleichen, den die tote Teresia bei sich hatte. Erst wenn Bastian seine Vermutung durch handfeste Beweise untermauern konnte, würde er diesen Scharlatan festsetzen. Er machte auf dem Absatz kehrt und verließ den Markt. Die Lust auf weitere Marktstände war ihm gründlich vergangen.

Bastians Beine trugen ihn über den Marktplatz in Richtung Zollturm. Hier verlor sich das bunte Gewimmel der Marktbesucher und es waren nur noch wenige Menschen unterwegs. Vor dem Garten, den Jakob Heckhoven erwähnt hatte und der sich am Ende des Platzes befand, blieb er stehen. Er schaute auf die Pflanzen, die sanft in der warmen Sonne erstrahlten und einen bunten Teppich bildeten. Einen Moment lang genoss er diesen wundervollen Anblick. Dann zog er die Rose des Hellsehers aus dem Wams und beugte sich zu einem der Rosensträucher hinunter. Stirnrunzelnd hielt er die Blumen nebeneinander und konnte keinen Unterschied feststellen. Bastian pflückte eine Rose und verbarg diese in seinem Wams. Er würde sie später mit dem Stängel vom Ort des Verbrechens vergleichen. Jetzt wollte er erst einmal zu Marie. Sie half heute bei ihrem Vater in der Backstube aus, die sich neben dem Zollturm befand. Bastian beschleunigte seine Schritte, während er im Geiste Maries Lächeln vor sich sah.

...

Wernhart mochte keine Nonnen. Sie waren ihm irgendwie unheimlich. Natürlich hätte er das niemals laut gesagt, aber so empfand er einfach in ihrer Gegenwart. Katharina von Weinfels, die ihm gegenübersaß, flößte Wernhart mit ihren strengen Gesichtszügen Unbehagen ein. Steif saß er auf dem ihm zugewiesenen Holzstuhl und stellte seine Fragen zu den letzten Stunden der armen Teresia. Die Oberin hatte ihm geschildert, dass Teresia an jenem Abend zum Brunnen geschickt worden war. Täglich fiel diese Aufgabe einer anderen Nonne oder Novizin zu. Es gab keine feste Reihenfolge, so dass es ein Zufall war, dass gerade Teresia diesen Auftrag in der Mordnacht übernommen hatte.

»Es könnte also niemand die Abläufe beobachtet

und Teresia gezielt verfolgt haben?«, fragte Wernhart nach.

Katharina schüttelte den Kopf. »Nein. Ich wollte eigentlich ein anderes Mädchen schicken, aber Maria wurde von einer plötzlichen Übelkeit heimgesucht. Ich habe alsdann Teresia losgeschickt.« Katharina bekreuzigte sich. »Wenn uns der Gottlose wirklich belauert hatte, dann muss er es auf Maria abgesehen haben. Sie habe ich viel öfter zum Wasserholen geschickt, weil sie kräftiger war als die zarte Teresia. Der Herr stehe ihrer armen Seele bei.«

Wernhart überlegte. Konnte es sein, dass der Mörder Teresia aus Enttäuschung heraus getötet hatte? Nein, das konnte er sich nicht vorstellen. Er hätte einfach auf die nächste Gelegenheit lauern und sich das richtige Mädchen schnappen können.

»Gab es irgendwelche Auffälligkeiten in den Tagen vor Teresias Tod?«

Die Oberin verneinte dies. Alles sei wie immer gewesen.

»Warum habt Ihr nicht schon in der Nacht nach Teresia gesucht? Hattet Ihr denn keine Angst, dass ihr etwas zugestoßen sein könnte?«

Abermals bekreuzigte sich die Nonne. »Ehrlich gesagt, bin ich schon früh zu Bett gegangen und Teresia hat fast jeden Abend einen Spaziergang unternommen. Unsere Wachnonne hat ihr Ausbleiben erst am nächsten Morgen bemerkt.«

Wernhart sah die großen, traurigen Augen Teresias vor sich und fragte sich für einen Moment, ob sie gerettet worden wäre, wenn die Wachnonne besser auf sie achtgegeben hätte. Er hatte keine weiteren Fragen mehr an Katharina und verabschiedete sich. Im nächsten Schritt würde er Teresias Weg zum Brunnen rekonstruieren und an jede Haustür klopfen, an der das Mädchen vorbeigelaufen sein musste. Diese Befragung würde ihn noch einige Stunden kosten und Wernhart konnte nur hoffen, dass sich die Mühe lohnte.

Teresia hatte mit den anderen Ordensschwestern im Kloster neben dem Zollturm gelebt. Sie hatte Wasser aus dem Brunnen vor der Sankt Martinus-Kirche holen sollen. Wernhart fragte sich, wo eigentlich der Ledereimer abgeblieben war, den sie bei sich gehabt hatte. Bisher war er verschwunden. Teresia musste zunächst den Weg durch die Rheinstraße eingeschlagen haben. Wernhart lief die Strecke ab.

Er vermutete, dass sie die Abkürzung durch die Turmstraße genommen hatte, und bog nach rechts ab. Vor dem »Hohen Örtchen« hielt sich Wernhart links und gelangte in die Grünwaldstraße. Auf dem Platz vor der Kirche stand der Brunnen. Er lag unscheinbar am äußeren Rand des Platzes unter einem Baum und war mit Holz abgedeckt, um das Wasser vor Verunreinigungen zu schützen. Zons war durch die Zolleinnahmen zu einer reichen Stadt geworden. Die Bürger waren im Vergleich zu jenen in den umliegenden Städten außerordentlich gesund und erreichten ein überdurchschnittlich hohes Alter. Das lag vermutlich auch an den vielen öffentlichen Brunnen und ihrem sauberen Wasser.

Wernhart ging nachdenklich um den Brunnen

herum. Ob der Mörder Teresia hier aufgelauert hatte? Er beschloss, in den am Brunnen angrenzenden Häusern mit der Befragung zu beginnen. Da Teresia in der Kirche gefunden worden war, erschien ihm dieser Schritt logisch.

Die Vermutung lag nahe, dass der Mörder das Mädchen in unmittelbarer Umgebung des Brunnens überwältigt und dann in die Kirche geschleppt hatte. Hätte er sie bereits in der Nähe des Klosters überfallen, würde er sie kaum unbemerkt bis zur Kirche geschleift haben können. Wernhart begann mit Lisbeth, einer alten Witwe, die immer über den neuesten Tratsch und Klatsch im Bilde war.

Die gebrechliche Frau öffnete ihm und ließ Wernhart eintreten. Sie bewirtete ihn mit Gebäck und erzählte Wernhart lauter unwichtige Neuigkeiten, die ihn jedoch keinen Schritt weiterbrachten. Die Alte wusste offensichtlich nichts über Teresias Ermordung und hatte zum betreffenden Zeitpunkt wahrscheinlich längst im Bett gelegen.

Unverdrossen setzte Wernhart seine Ermittlungen fort. Auch Hubert und seine Frau, die in der angrenzenden Hütte zu Hause waren, hatten nichts gehört oder gesehen. Wernhart befragte fünf weitere Anwohner, ohne einen einzigen konkreten Hinweis zu erhalten. Es war wie verhext. Wie konnte es sein, dass niemand das Mädchen gesehen hatte?

Wernharts Ratlosigkeit wuchs von Gespräch zu Gespräch. Es war, als folge er einem unsichtbaren Geist. Bastian Mühlenberg hatte ihn mit der Suche nach Zeugen beauftragt und so wie es aussah, würde

Wernhart mit leeren Händen zurückkommen. Er fühlte sich schlecht, fast wie ein Versager. Ging er die Sache womöglich falsch an oder übersah er gar etwas Wesentliches? Wernhart zermarterte sich das Hirn und klopfte voller Hoffnung an die Tür des letzten Hauses. Nach wenigen Minuten kam er mit hängendem Kopf wieder heraus. Er hatte nichts Neues in Erkenntnis gebracht. Enttäuscht machte er sich auf den Rückweg.

...

Jakob spielte auf der Laute und seine Mutter schloss unwillkürlich die Augen. Er lächelte versonnen. Jakob liebte es, die Menschen mit seiner Musik zu verzaubern und in eine andere Welt zu entführen. Die Gesichtszüge seiner Mutter entspannten sich sichtlich, je länger er die zarten Saiten seines Instruments liebkoste. Es tat ihm gut, etwas zu tun, was er beherrschte.

Die Übungen zum Bogenschießen waren ihm überhaupt nicht gelungen. Jakob hatte sich fürchterlich blamiert. Er hatte nicht ein einziges Mal getroffen und alle hatten ihn ausgelacht, bis auf Roprecht. Bastian Mühlenberg und Wernhart Tillmanns waren nicht zugegen gewesen, um der lästerlichen Meute Einhalt zu gebieten. Sie waren mit der Suche nach Teresias Mörder beschäftigt. Mit einem Mal war Jakob sich gar nicht mehr sicher, ob er wirklich zur Zonser Stadtwache gehören wollte. Bis auf Mühlenberg und seinen neugewonnenen Freund Roprecht akzeptierte ihn dort niemand.

Jakob hatte es satt, ein Außenseiter zu sein. Mit hängenden Schultern war er nach Hause getrottet und froh gewesen, dass sein Vater zu beschäftigt war, um seine trübe Laune zu bemerken. Stattdessen hatte seine Mutter Johanna ihn zum Brunnen in den kleinen Hinterhof gelockt, damit Jakob ihr ihre Lieblingsmelodie vorspielen konnte. Jakob hatte diese schon vor geraumer Zeit für sie komponiert und Johanna wollte das Lied immer wieder hören. Jakob war sehr stolz darauf, dass seine Komposition ihr so gut gefiel.

Er zupfte sanft an den Saiten seiner Laute und bewunderte ihre schön geschliffenen Kurven. Liebevoll streichelte Jakob das edle Holz und sog den wundervollen Klang in sich auf, als wäre er das reinste Lebenselixier. Er hörte die Vögel auf dem Apfelbaum trällern und bildete sich ein, sie würden in den Takt seiner Musik einstimmen.

Obwohl sich der Abend bereits langsam über Zons senkte, waren die Strahlen der Sonne noch warm und streichelten Jakobs Gesicht wie die Fingerspitzen einer liebenden Frau. Auf einmal sah er Teresias große traurige Augen vor sich. Tief in seinem Herzen machte sich Trauer breit und er spielte seine Melodie so leidenschaftlich, dass Johanna ein leiser Seufzer entfuhr. Jakob spürte die Grausamkeit, mit der die junge Novizin gekreuzigt und erwürgt worden war. Mitleid überkam ihn. Es hatte ihn gequält, den Ort zu sehen, an dem ihr dieses Unglück widerfahren war.

Er sah das grobe Holzkreuz vor sich, das eigentlich für die Jesus-Figur gedacht war. Die großen

Löcher für die Hände und Füße kamen ihm in den Sinn und Jakob verspielte sich prompt, als er sich vorstellte, mit welcher Gewalt die Nägel in Teresias Fleisch gedrungen sein mussten. Er konnte ihre Schreie hören, ihre angstvollen und weit aufgerissenen Augen vor sich sehen, als wäre er selbst dabei gewesen.

»Was zum Teufel treibst du hier?«

Die zornige Stimme seines Vaters riss Jakob aus den Gedanken. Die Laute verstummte augenblicklich. Johanna zog erschrocken den Umhang enger um die Brust.

»Hast du nichts Besseres zu tun, als dieser unnützen Musik zu frönen?« Henrich Heckhoven baute sich bedrohlich vor Jakob auf.

»Lorenz Schlebusch war gerade hier und hat mir von deinen erbärmlichen Schießkünsten berichtet. Das Gelächter soll bis nach Stürzelberg zu hören gewesen sein. Du tätest wohl gut daran, etwas für den ehrbaren Ruf unserer Familie zu tun.«

»Aber Vater, ich ...« weiter kam Jakob nicht. Der Schlag traf ihn unvermittelt und er taumelte mit einem brennenden Schmerz im Gesicht zurück. »Lorenz war doch überhaupt nicht dabei«, stotterte Jakob entsetzt. Er hielt die Arme über den Kopf und konnte den nächsten Fausthieb seines Vaters so zumindest abmildern.

»Lasst den Jungen in Frieden«, kreischte Johanna hysterisch und schob sich schützend vor Jakob. Henrich stieß sie achtlos zur Seite und schlug abermals auf Jakob ein.

»Du hast vollkommen recht. Lorenz Schlebusch

war noch nicht einmal vor Ort und trotzdem ist diese Schmach bereits bis zu ihm vorgedrungen. Du verschwindest jetzt am besten und morgen früh will ich dich beim Bogenschießen sehen. Gnade dir Gott, wenn ich dich wieder mit dieser verfluchten Laute erwische.«

Henrich Heckhoven hob erneut die Hand, doch diesmal warf sich Jakobs Mutter mit aller Kraft dazwischen.

»Henrich, ich flehe Euch an. Er ist Euer Sohn und er hat es in die Stadtwache geschafft.« Tränen liefen über Johannas angstverzerrtes Gesicht. »Könnt Ihr denn nicht erkennen, dass aus Lorenz Schlebusch der pure Neid spricht? Er hat die Prüfung im Gegensatz zu unserem Jakob nicht bestanden.«

Jakobs Vater ließ sich von den Tränen seines Weibs erweichen und hielt inne. »Macht, dass Ihr ins Haus kommt«, brummte er schließlich und verschwand.

Eine gute Stunde später stand Jakob in seinem Schlafgemach und betupfte vorsichtig das Gesicht. Die linke Seite war stark geschwollen. Er blickte in den Spiegel und fluchte. Jedermann konnte auf den ersten Blick erkennen, was ihm widerfahren war. Wie sollte er mit diesem zerschundenen Gesicht Bastian Mühlenberg unter die Augen treten? Mühlenberg würde ihn dann sicher auch für einen Taugenichts halten, der sich im Mannesalter nicht gegen die Wut seines Vaters wehren konnte. Was für ein Stadtsoldat war er denn? Und wie sollte er andere beschützen, wenn er es noch nicht einmal für sich selbst tun konnte?

Jakob betrachtete die wirren dunklen Locken, die sein Vater immer für viel zu lang befunden hatte. Eigentlich hatte er ein hübsches Antlitz. Zwar zart wie das einer Frau, aber dennoch mit klaren Gesichtszügen und markanten Wangenknochen. Er war seiner Mutter wie aus dem Gesicht geschnitten. Auch sie war eine Schönheit. Mit seinem Vater hingegen verband ihn keinerlei Ähnlichkeit.

Jakob strich erneut über die gerötete Haut. Das linke Auge war ein wenig zugeschwollen, trotzdem war die tiefblaue Farbe seiner Pupillen deutlich zu erkennen. Ohne, dass er es wollte, erklang seine Melodie im Hinterkopf. Sie wurde immer lauter und er schloss für einen Moment die Augen. Als er sie wieder öffnete, blickte ihn die tote Teresia an. Erschrocken drehte Jakob sich um. Ihm war, als hätte ihn jemand angefasst. Ein eiskalter Hauch strich über seinen Nacken und er griff danach, ohne etwas zu berühren. Panik ergriff ihn und er warf erneut einen Blick in den Spiegel. Etwas, jemand, stand hinter ihm. Jakob blieb das Herz stehen. Seine Augen starrten in den Spiegel und er konnte sich nicht mehr rühren. Die Schwärze kam plötzlich wie aus dem Nichts. Er sank zusammen und wurde ohnmächtig, bevor sein Körper den Boden berührte.

VI
Gegenwart

Thomas Mulch saß im Verhörraum Nummer drei, den Kopf auf die Hände gestützt. Sein Blick war starr auf die graue Tischplatte gerichtet und sein linker Fuß wippte hektisch auf und ab. Oliver beobachtete den Verdächtigen aus dem Nebenraum durch einen Spiegel, der in die Wand des Zimmers eingelassen war.

»Und er hat einfach die 110 angerufen und gestanden, Mandy Siebert ermordet zu haben?« Oliver konnte es noch immer nicht fassen. Das war äußerst ungewöhnlich.

»Sonst hat er nichts gesagt? Auch nicht zu den Beamten, die ihn hergebracht haben?«, erkundigte sich Klaus, der neben Oliver stand und kritisch zu Mulch hinüberschaute.

»Nein, gar nichts. Er hat sich schweigend verhaften lassen«, erwiderte Carina Schuhmann, die Oliver und Klaus vor wenigen Minuten aus der Befragung mit Sophie Hoffmann, der besten Freundin und Kollegin von Mandy Siebert, herausgeholt hatte.

»Ah, da haben wir also unseren Täter!« Hans Steuermark betrat eilig den abgedunkelten Raum und warf neugierig einen Blick durch die Scheibe.

»Der sieht aber nicht wie ein Serienmörder aus«,

brachte er zweifelnd hervor. »Hoffentlich ist das nicht einer dieser Spinner, der uns nur unsere Zeit stiehlt. Haben Sie schon mit ihm gesprochen?«

Oliver verneinte. Er wollte diesen Mann zunächst noch etwas beobachten. Je länger Thomas Mulch alleine und in völliger Ungewissheit in diesem ungemütlichen Verhörraum saß, desto eher würde er wahrscheinlich mit der Wahrheit herausrücken. Wenn er ein Spinner war, der sich nur wichtigtun wollte, dann war die Warterei für ihn eine Qual. Denn genau die Aufmerksamkeit, auf die er es eigentlich abgesehen hatte, wurde ihm nicht zuteil. Außerdem wollte Oliver auf keinen Fall komplett unvorbereitet in diese Vernehmung gehen. Das könnte absolut tödlich sein. Im Hintergrund arbeitete das Rechercheteam noch auf Hochtouren. Bevor Oliver nicht die wesentlichen Fakten über diesen Mann kannte, würde er mit der Befragung warten. Wie gerufen klingelte das Telefon.

»Bergmann hier.«

»Hallo Kommissar Bergmann Hier spricht Meier vom Rechercheteam. Wir haben Folgendes herausgefunden: Thomas Mulch ist fünfundvierzig Jahre alt, geschieden, keine Kinder. Polizeilich ist der Mann bisher nie in Erscheinung getreten. Er hat noch nicht mal einen Punkt in Flensburg. Mulch war ein paar Jahre arbeitslos und schlägt sich als Musiker durch. Er ist nach meinen Recherchen auf Gitarre und andere Zupfinstrumente spezialisiert und hat früher in einer Mittelalterband gespielt. Im Internet sind zahlreiche Auftritte dokumentiert. Die Band ist hauptsächlich auf den Mittelaltermärkten in der Region Köln, Neuss und Zons aufgetreten. Aber vor ein paar Wochen ist er da rausgeflogen. Zu den Gründen konnte ich leider nichts ausfindig machen. Der Mann ist ein ziemlich unbeschriebenes Blatt.«

In Olivers Kopf leuchtete eine rote Alarmlampe auf. *Musiker. Zupfinstrumente.* Das passte schon einmal zum Täterprofil. Er nickte Steuermark und Klaus kurz zu. Beide hatten das Telefonat mitgehört. Nun öffnete er die Tür und trat in den Verhörraum ein.

Thomas Mulch reagierte nicht sofort. Langsam, beinahe wie in Zeitlupe, hob er den Kopf und sah Oliver aus stumpfen Augen an. Oliver registrierte die geweiteten Pupillen des Mannes und nahm sich vor, den Verdächtigen später um ein Drogenscreening zu bitten. Er stellte sich kurz vor und ließ Thomas Mulch dann reden, ohne ihn zu unterbrechen. Das war eine bewährte Verhörmethode. Gerade in dieser Erzählphase gelang es häufig, Lügen zu enttarnen.

Die Erfindung einer angeblich selbst durchgeführten Straftat führte oft dazu, dass der Befragte sich insgesamt sehr detailarm äußerte und nur wenige Punkte besonders ausführlich schilderte. Bei Thomas Mulch wurde Oliver ziemlich schnell klar, dass der Mann unschuldig war. Er kannte überhaupt keine Details.

Zwar hatte er offensichtlich der Presse entnommen, dass Mandy Siebert auf ihrem Bett erstochen worden war. Aber er beschrieb weder, dass sie gefesselt und nackt war, noch erwähnte er mit auch nur einem Wort, dass die Tote einen Zettel mit Musiknoten in der Hand hatte. Auch die zeitliche Abfolge der Geschehnisse konnte er nicht im Einzelnen wiedergeben. Oliver stöhnte innerlich auf. »Hören Sie, ich habe immer noch nicht verstanden, warum Sie Mandy Siebert getötet haben wollen«, unterbrach er Mulch kurzerhand.

Der Verdächtige zögerte. Sein Redefluss, der eben noch wie ein Wasserfall über Oliver hinweggeschwappt war, schien unterbrochen. Oliver bemerkte, wie sich Thomas Mulch versteifte. Offensichtlich war er sich nicht sicher, was er sagen sollte. Beinahe verlegen kratzte der Mann sich hinterm Ohr. Abermals fielen Oliver die stark geweiteten Pupillen auf. Der Kerl war wahrscheinlich verrückt, drogensüchtig oder beides, fuhr es ihm durch den Kopf.

»Ich warte.« Oliver erhöhte den Druck.

Der Mann rutschte auf dem Stuhl herum, senkte den Blick, und als Oliver überlegte, die Befragung vorerst zu beenden, entschloss sich Mulch zu einer äußerst knappen Antwort.

»Ich war mit ihr am Dienstagabend zusammen«, sagte er und schwieg anschließend, den Blick auf einen imaginären Punkt auf der Tischplatte gerichtet.

Diese Information musste Oliver erst einmal verdauen. Das war eine unerwartete Wendung.

»Wann genau fand denn dieses Treffen statt?«, hakte er nach.

»Mandy hatte Spätschicht und deshalb haben wir uns um halb elf vor ihrer Wohnung getroffen.«

Oliver wurde hellhörig. Er konnte deutlich sehen, wie Mulch der Schweiß ausbrach. Irgendetwas stimmte hier nicht.

»Und wie ist es dann weitergegangen?«

Mulch wiederholte seine oberflächliche Aussage vom Anfang der Befragung. Er erklärte, dass er Mandy Siebert in die Wohnung gefolgt sei und sie sofort, nachdem die Wohnungstür verschlossen war, ins Schlafzimmer gezerrt und erdrosselt habe.

Oliver starrte den Mann nachdenklich an. Er war klein und untersetzt, aber durchaus kräftig genug, um eine Frau wie Mandy Siebert zu überwältigen. Erneut verfluchte er die Tatsache, dass Ingrid Scholten mit der Analyse der Körpergröße des Täters immer noch auf sich warten ließ. Dieses Verhör glich mehr einem Zickzacklauf anstatt einer geordneten Vernehmung. Ohne zuverlässige Details zum Täterprofil konnte Oliver den Mann weder als Täter entlarven noch ihn einfach von der Liste der Verdächtigen streichen.

»Können Sie beweisen, dass Sie mit Mandy Siebert verabredet waren?«

Mulch nickte. »Wenn ich mein Smartphone zurückhaben könnte, zeige ich Ihnen unseren E-Mail-Verkehr.« Oliver schnippte mit dem Finger und wenige Sekunden später stand ein Polizeibeamter in der Tür, der Mulchs Handy brachte.

Mulch wollte nach dem Telefon greifen, doch Oliver hielt es zurück.

»Langsam bitte. Sie verraten mir jetzt Ihren Code und ich schaue nach. Einverstanden?« Olivers Stimme duldete keinen Widerspruch.

Mulch nannte ihm vier Ziffern, mit denen Oliver das Smartphone entsperrte. Tatsächlich fand er eine eindeutige E-Mail. Datum und Uhrzeit stimmten mit Mulchs Aussagen überein. Dem Text nach zu urteilen, handelte es sich bei dem Treffen um ein reines Sexdate. Oliver musste an seinen Partner Klaus denken, der mit Besuchen bei Prostituierten seine langjährige Beziehung ruiniert hatte. Ihn widerte das regelrecht an. Seine Sympathie für Mulch erreichte einen neuen Tiefpunkt. Oliver legte das Smartphone zurück auf den Tisch.

»Wie oft haben Sie Mandy Siebert denn getroffen?«, fragte er dann.

»Wir haben uns über diese Internetbörse kennengelernt. Sie wissen schon, unverbindlicher Sex. Keine Verpflichtungen und jeder kommt auf seine Kosten.« Mulch leckte sich über die Lippen und Oliver musste unwillkürlich wegsehen.

»Wir haben uns seit sechs Monaten getroffen. Ich glaube, insgesamt haben wir uns in dieser Zeit sieben oder acht Mal gesehen«, fuhr Mulch fort. Etwas in seiner Stimme ließ Oliver aufhorchen und brachte ihn auf eine Idee.

»Das war ja recht oft. Damit waren Sie ja fast schon in einer festen Beziehung.«

Der Plan ging auf. Mulch nickte und setzte ein beinahe seliges Lächeln auf. »Na ja, es lief ziemlich gut mit uns beiden«, gab er zu.

»Dann verstehe ich nur nicht, warum Sie Mandy Siebert getötet haben?« Olivers Frage saß. Mulchs Gesichtsfarbe entwich in Sekundenschnelle und mit einem Mal war er fast so weiß wie die Wand hinter ihm.

»Ich ...« Er stotterte. »Es war ... Also, ich bin mir nicht sicher«, schloss Mulch.

»Wessen sind Sie sich nicht sicher?« Oliver hatte den Mann endlich da, wo er ihn hinhaben wollte. Er war zuversichtlich, dass Mulch zu guter Letzt mit der Wahrheit rausrücken würde. Demonstrativ lehnte er sich zurück und schwieg. Mulch sammelte sich. Seine geweiteten Pupillen fixierten weiterhin den imaginären Punkt auf der Tischplatte. Dann schließlich schaute er auf und begann zu reden.

»Also, wir waren zu zweit. Das heißt, vielmehr zu dritt, wenn ich Mandy dazurechne. Sie wollte neuerdings Sex mit zwei Männern. Das erste Treffen dieser Art fand vor ungefähr zwei Wochen statt. An dem besagten Abend haben wir uns wie auch beim ersten Mal vor ihrem Haus getroffen und sind dann erst einmal in die Küche gegangen. Das war sozusagen unser Aufwärmritual. Wir haben etwas Koks und ein paar Tabletten eingeworfen, damit es eine tabulose Nacht werden konnte. Ich ...« Mulch griff sich mit beiden Händen an die Schläfen. »Ich weiß gar nicht mehr, wie ich eigentlich nach Hause gekommen bin. Ich war vollkommen zugedröhnt. Jedenfalls, als ich am nächsten Morgen aus der Zeitung erfahren habe, dass sie tot ist, da spürte ich, dass ich etwas damit zu tun habe.«

»Und warum haben Sie sich nicht sofort gestellt?«, fragte Oliver, der sich eifrig Notizen machte.

»Na ja, ich war mir nicht völlig sicher. Ich weiß nur, dass ich dort war und ich muss zugeben, dass mich der Sex zu dritt gestört hat. Wissen Sie, das war ihre neueste Idee. Die ersten Male hatte ich sie für mich alleine, aber dazu wollte sie sich auf einmal nicht mehr bewegen lassen.« Mulch schluchzte. »Wir haben uns vor ihrem Haus gestritten, bis der andere Typ auftauchte. Ich konnte es überhaupt nicht ertragen, dass ich ihr nicht genug war.«

»Und wer war dieser andere Mann?«

»Sein Spitzname war Panther.«

»Panther?«

»Ja, jeder von uns Dreien hatte einen Spitznamen. Mandy liebte Tiere. Sie war das Reh und ich war der Bär.«

Du meine Güte, fuhr es Oliver durch den Kopf. Das war wirklich total schräg. Was gab es nur für abstruse Vorlieben? Und das Internet vereinfachte alles noch. Nie war es so leicht gewesen, auf Gleichgesinnte zu treffen.

»Gut. Sie sind sich also nicht sicher, ob Sie Mandy Siebert getötet haben. Könnte es denn Ihr Mitstreiter, der Panther, gewesen sein?«

Mulch vergrub das Gesicht in den Händen. »Ich weiß es nicht. Ich kann mich nicht erinnern. Er hatte jedenfalls kein Problem mit dem Dreier und außerdem hat er sie behandelt wie eine Hure. Meiner Meinung nach waren da keine Gefühle im Spiel. Warum also hätte er sie töten sollen?«

…

Klaus hielt sich den Bauch. Sein Gesicht war knallrot und er konnte einfach nicht mehr aufhören zu lachen.

»Panther, Bär und Reh ...«, er japste nach Luft. »Ich kann es echt nicht glauben.«

Selbst Hans Steuermark, der seine Gefühle stets hinter einer ausdrucklosen Miene verbergen konnte, hatte Schwierigkeiten, seine Gesichtszüge unter Kontrolle zu halten. Die Mundwinkel in dem strengen Gesicht zuckten verräterisch.

»Ich bewundere dich, Oliver«, Klaus schlug sich auf die Schenkel. »Ich hätte es nicht geschafft, ernst zu bleiben. Spätestens als Mulch die Spitznamen verraten hat, hätte ich mich aus dem Verhörraum verabschieden müssen.«

Oliver grinste. Tatsächlich hatte es ihn eine Menge Selbstbeherrschung gekostet, die Befragung zu Ende zu führen. Die absonderliche Sexwelt, die Thomas Mulch gezeichnet hatte, stieß ihn ab. Olivers Lachen war eher ein Verlegenheitsreflex. Er wollte die Bilder, die bei Mulchs Schilderungen unwillkürlich in seinem Kopf entstanden waren, schnell wieder abschütteln. Aber er konnte nicht umhin, sich Mulch als Bären vorzustellen. Die untersetzte Figur und die pummelige Gestalt des Verdächtigen passten exakt zu seinem Spitznamen. Er spulte das Video der Vernehmung zurück und ließ die Szene erneut ablaufen.

»Hören Sie auf, Bergmann.« Steuermark schaffte es nicht mehr, ein Grinsen zu verbergen. »Ich brauche ein paar Minuten Pause, ansonsten wird mir schlecht. Es ist nicht zu fassen, aber Mulch sieht tatsächlich aus wie ein dicker Bär. Kein Wunder, dass er Mandy Siebert nicht genug war.«

»Wenn ich diese fröhliche Runde unterbrechen

darf.«

Steuermarks Miene versteinerte sich. Ingrid Scholten hatte sein Büro betreten und beäugte die drei Männer irritiert.

»Was ist denn so lustig?«, fragte sie und richtete den Blick auf Oliver, von dem sie sich am ehesten eine vernünftige Antwort erhoffte.

»Nun«, erwiderte Oliver. »Das ist mit Worten schwer zu beschreiben.«

Klaus gluckste wie eine betrunkene Henne. Erst als Scholten ihm einen strengen Blick zuwarf, erstarb sein Grinsen. Oliver spielte die Aufnahme des Verhörs erneut ab. Ingrid Scholten stand mit offenem Mund da und regte sich nicht. Oliver war sich nicht sicher, was Scholten beim Anschauen des Verhörs durch den Kopf ging. Die Leiterin der Spurensicherung blinzelte ein paar Mal, schloss den Mund und ging ohne einen einzigen Kommentar zur Tagesordnung über.

»Ich habe die Körpergröße des Täters ermittelt. Wir haben ja bereits am Tatort festgestellt, dass der Mörder rittlings auf dem Opfer saß und mit einem scharfen Messer sowohl nach vorne in den Oberkörper, als auch nach hinten in die Unterschenkel gestochen hat. Es waren ganze fünfundsechzig Messerstiche, was für einen wahren Tobsuchtsanfall spricht. Dieser Mord war offenbar eine hochemotionale Tat. Ich gehe deshalb davon aus, dass Mörder und Opfer sich kannten.«

Scholten blickte in die Runde und stellte zufrieden fest, dass bei ihren Worten niemand mehr grinste.

Dann fuhr sie fort: »Das Körpermaß des Täters

schätze ich auf etwa 1,75 Meter. Er scheint kräftig gebaut zu sein, denn die Messerstiche sind sehr tief. Die Tatwaffe ist vermutlich ein einseitig geschliffenes, handelsübliches Küchenmesser mit einer Klingenlänge von ungefähr fünfzehn Zentimetern. Das Ausmaß der Gewalt spricht für einen männlichen Täter. Da sich am Tatort leider keinerlei brauchbare DNA-Spuren gefunden haben, kann ich das jedoch noch nicht mit Sicherheit sagen.«

Scholten machte eine bedeutungsvolle Pause.

»Um noch einmal auf Ihr Verhör zurückzukommen«, sie schüttelte ungläubig den Kopf. »Das Reh hatte vor seinem Tod weder Geschlechtsverkehr mit dem Bären noch mit dem Panther.«

Ein Grinsen huschte über Scholtens Gesicht. Die peinliche Stimmung, die eben noch in Steuermarks Büro geherrscht hatte, war wie weggeblasen.

Steuermark setzte ein Lächeln auf. »Da bin ich aber froh, ich wollte Sie mit unserem Gespräch nicht in Verlegenheit bringen.«

Scholten zog die linke Augenbraue hoch. »Wo denken Sie hin? Glauben Sie, ich hätte so etwas noch nie gehört? Vergessen Sie nicht, dass ich als Leiterin der Spurensicherung so einige Dinge entdecke, die einem die Röte schneller ins Gesicht treiben als diese niedlichen Spitznamen, die sich unsere Verdächtigen gegeben haben.«

Scholten legte eine Liste auf den Tisch. »Das hier ist eine Aufstellung aller Kontakte, die Mandy Siebert im Internet geknüpft hatte. Thomas Mulch steht drauf. Der Panther könnte sich hinter jedem der anderen

Namen verbergen. Die Spitznamen geben aber keinerlei Hinweis auf den richtigen Namen. Haben Sie Mulch eigentlich einmal nach der Körpergröße des Panthers befragt?«

Oliver schlug die Hand vors Gesicht. Darauf war er noch gar nicht gekommen.

»Nein«, antwortete er zerknirscht.

»Schade. Auf dieser Liste stehen jedenfalls neben den Namen der Männer auch die Körpergröße, Augenfarbe, Haarfarbe und das Gewicht. Unglaublich, was Menschen heutzutage alles im Internet preisgeben.«

Scholten tippte mit dem Finger auf die Liste. »Von den fünfzehn aufgeführten Personen sind lediglich fünf zwischen 1,70 und 1,80 Meter groß. Wenn wir Mulch außen vor lassen, dann haben wir vier weitere Kandidaten, die überprüft werden müssen.«

»Gute Arbeit, Frau Scholten.« In der Stimme Steuermarks lag aufrichtige Bewunderung für die Leiterin der Spurensicherung. Doch Scholten nickte nur knapp.

»Bevor ich es vergesse«, hob sie erneut an. »Herr Meier vom Rechercheteam hat versucht, Sie zu erreichen. Er hat etwas zu den Flecken auf dem Schreibtisch des Opfers herausgefunden und er kann Ihnen natürlich auch genauere Auskünfte zu den Namen auf der Liste erteilen. Er wollte, dass Sie die Information sofort bekommen, deshalb hat er sie mir mitgegeben.«

Oliver warf einen Blick auf die Liste. Die Männer wiesen alle das gleiche Erscheinungsbild auf. Dunkle Haare und braune Augen. Offenbar hatte sich Mandy

Siebert auf einen bestimmten Typ Mann festgelegt.

»Hat der Drogentest von Mulch etwas ergeben?«, fragte Oliver.

»Ja, er hat gekokst. Es war eindeutig nachzuweisen«, erwiderte Ingrid Scholten.

Oliver nickte. Dann hatte er in Bezug auf die erweiterten Pupillen von Thomas Mulch richtiggelegen. Im Übrigen hatte Hans Steuermark entschieden, Mulch auf freien Fuß zu setzen. Die Verdachtsmomente waren ihm nicht überzeugend genug gewesen und er hielt es für sinnvoller, Mulch zunächst überwachen zu lassen. Ein Team der Streifenpolizei würde den Verdächtigen in den nächsten Tagen rund um die Uhr beschatten. Außerdem hatte er sich freiwillig bereit erklärt, ein psychologisches Profil von sich erstellen zu lassen.

Oliver hatte hierzu bereits mit Professor Morgenstern Kontakt aufgenommen. Morgenstern leitete eine psychiatrische Klinik und war auf Kriminalpsychologie spezialisiert. Da Mulch einen Blackout hatte, konnte der Professor vielleicht Licht ins Dunkel bringen. Eines musste man Thomas Mulch zugutehalten. Er hatte offenbar wirklich so etwas wie Liebe für Mandy Siebert empfunden. Er war zur Zusammenarbeit bereit und wollte für seine Tat büßen, sofern er sie überhaupt begangen hatte. Ein derart kooperatives Verhalten war sehr selten und Oliver rechnete es Mulch hoch an.

Ein erneuter Zweifel meldete sich in Olivers Kopf. So schön es wäre, diesen Fall schnell zu den Akten legen zu können - die Offenheit Mulchs sprach einfach nicht dafür, dass er tatsächlich Mandy Sieberts

Mörder war.

»Worauf warten Sie? An die Arbeit, meine Herren.«

Steuermarks Stimme verkündete eindeutig, dass dieses Meeting für ihn beendet war. Oliver erhob sich und verließ immer noch grübelnd das Büro.

...

Maximilian Reuschenberg starrte auf das Gemälde. Es war über fünfhundert Jahre alt, aber dennoch in gutem Zustand. Er war mit diesem Bild aufgewachsen. Seine Mutter hatte es von ihrer Mutter erhalten und diese wiederum von ihrem Vater und so weiter und so fort. Die Kette ging zurück bis ins 15. Jahrhundert. Maximilians Familie hatte ihre Wurzeln in der Festung Zons. Er entstammte einem traditionsreichen Haus, dem unter anderem auch Bastian Mühlenberg, einer der bekanntesten Zonser Stadtsoldaten, angehört hatte.

Der Legende nach hatte er dieses Gemälde anfertigen lassen und verfügt, dass es von Generation zu Generation weitergereicht werde. Es war ein Geschenk an das erstgeborene Kind jeder Generation. Natürlich hatte auch er seiner Mutter gelobt, das Bild an sein Erstgeborenes zu geben. Für den Fall, dass er jemals eine Familie haben würde. Doch das brauchte er jetzt nicht mehr, denn er hatte die Frau auf dem Porträt in der Bahn entdeckt und damit endete die Reise des Bildes.

Noch immer schlug sein Herz Purzelbäume, wenn er sich an jenen Moment zurückerinnerte. Wie aus dem Nichts stand sie plötzlich da und starrte ihn aus diesen unglaublich grünen Augen an. Er war nicht mehr in der Lage gewesen, sich zu bewegen. Ihr Blick hatte ihn in eine regelrechte Schockstarre versetzt. Es waren dieselben Augen wie jene der Frau auf dem Gemälde. Maximilian fuhr nachdenklich mit den Fingern über die üppigen braunen Locken. Auch die Haare hatten eine nahezu unheimliche Ähnlichkeit gehabt.

Der Legende nach sollte die Frau auf dem Gemälde die wahre Liebe eines der Kindeskinder von Bastian Mühlenberg sein. Bastian hatte sie im Traum so oft getroffen, dass er sie irgendwann malen ließ. Bis zu jenem Tag, an dem einer seiner Nachfahren dieser Frau im wahren Leben begegnen würde, sollte das Gemälde von Generation zu Generation weitergegeben werden.

Mit all diesen Erzählungen hatte Maximilian auch überhaupt kein Problem. Es war eine nette Familiengeschichte, die seine Vorfahren irgendwie lebendiger machte. Und wie gesagt, wenn Maximilian später einmal eigene Kinder haben würde, hätte er diese Geschichte samt des Porträts ganz im Sinne der Tradition weitergegeben. Er hatte jedoch im Leben nicht damit gerechnet, dass etwas Wahres an dieser Legende dran sein könnte. Aber die Frau aus der Bahn strafte ihn Lügen. Er hatte sie eindeutig erkannt. Was Maximilian am meisten aus der Fassung brachte, war die Tatsache, dass auch sie ihn registriert hatte. Er hatte es deutlich in ihren Augen gesehen. Da war dieser ungläubige Funke gewesen. Ihre Hände hatten mit einem Mal an das Fenster der längst verschlossenen S-Bahn-Tür geklopft und dann war der Zug dummerweise abgefahren. Maximilian hatte keine Chance mehr gehabt, die Unbekannte kennenzulernen. Zwar war er ein Stückchen neben der Bahn hergelaufen, doch das hatte natürlich überhaupt nichts genützt. Völlig verwirrt war Maximilian auf dem Bahnsteig zurückgeblieben und hatte noch minutenlang auf die leeren Bahngleise gestarrt, bevor er nach Hause gefahren und erschöpft auf sein Bett gefallen war. Diesen Schock musste er erst verdauen.

Bisher hatte er niemandem von seiner Begegnung erzählt. Maximilian widerstand dem Impuls, seine Mutter anzurufen. Was hätte er auch sagen sollen? Das Ganze war höchstwahrscheinlich ein Irrtum. Er hatte in den letzten Wochen viel gearbeitet und war ziemlich gestresst. Da konnte es schon einmal passieren, dass die Fantasie mit einem durchging.

Selbst wenn es die Frau aus Bastian Mühlenbergs Träumen gewesen war, er würde sie nie wiedersehen. Er kannte ihren Nachnamen nicht und hatte weder ihre Adresse noch eine Telefonnummer. Wie um alles in der Welt sollte er sie wiedertreffen? Hunderte Menschen pendelten jeden Tag vom Dormagener Bahnhof nach Köln oder Düsseldorf. Es war ein unglaublicher Zufall gewesen, dass er sie überhaupt dort getroffen hatte. Oder war es nicht eher Schicksal?

Maximilian grübelte. Vielleicht sollte er die ganze Angelegenheit einfach vergessen und zu seinem normalen Leben zurückkehren. Seine Augen liebkosten das Gemälde. Nein. Er musste dieses Mädchen wiedersehen. Daran gab es keinen Zweifel.

Zuerst hatte er es am nächsten Tag zur gleichen Uhrzeit auf dem Bahnhof versucht. Zugegeben, er war ein paar Minuten später dran gewesen. Sein Wecker hatte gestreikt und er war nur durch das Müllfahrzeug wachgeworden, das laut rumpelnd durch die Straßen fuhr und ihn durch das geöffnete Fenster geweckt hatte. In rasender Eile war Maximilian in seine Sachen geschlüpft und zum Bahnhof gehetzt. Die Enttäuschung hatte ihn niedergeschmettert. Der Bahnsteig war menschenleer gewesen. Wahrscheinlich würde er dieser wunderschönen Frau nie mehr begegnen.

Eine große Traurigkeit hatte sich in sein Herz geschlichen. Obwohl er nie an diese Familienlegende geglaubt hatte, wünschte er sich nun, dass sie wahr wäre. Die wunderschönen grünen Augen dieser Frau verfolgten ihn. Ihr Anblick war so verheißungsvoll, dass er sie einfach nicht mehr aus seinem Kopf bekam. Maximilian beschloss, es am nächsten Tag wieder zu versuchen. Er würde jeden verdammten Tag um dieselbe Uhrzeit auf diesem Bahnsteig stehen. Solange, bis er sie wiedertreffen würde.

...

Bis zu diesem Augenblick war er zufrieden mit der Welt gewesen. Sein Anruf hatte zum Ziel geführt und ihm eine genussvolle Nacht beschert. Doch jetzt lief er bereits zum dritten Mal an dem Stand mit Backwaren vorbei und die Schlampe ignorierte ihn einfach.

Er konnte es nicht fassen. Noch in der letzten Nacht hatte sie ihm Dinge ins Ohr geflüstert, wie »Ich liebe dich« und »Du bist der Beste«. Sie hatte sich unter ihm gewunden und laut gestöhnt, während er es ihr kräftig besorgt hatte. Aber jetzt bemerkte sie ihn nicht einmal.

Zugegeben, er hatte eine Maske getragen. Trotzdem sollte sie ihn erkennen. Er verlangsamte seine Schritte und blieb mit diskretem Abstand vor dem Stand stehen. Es duftete herrlich nach frisch gebackenem Brot. Das Wasser lief ihm im Mund zusammen und beinahe hätte er sich etwas gekauft, so hungrig war er plötzlich.

Eine Erinnerung stieg in ihm hoch. Wie eine Seifenblase tänzelte sie an der Oberfläche seines Bewusstseins. Doch bevor er danach greifen konnte, zerplatzte sie einfach. Seine Mutter hatte zu Hause häufig frisches Brot gebacken. Es gelüstete ihn nach dem Geschmack von weichem, noch warmem Backwerk. Er sehnte sich nach diesem herrlich fluffigen Gefühl auf der Zunge.

Er warf einen weiteren Blick auf das Miststück, das ihn immer noch ignorierte und Kunden bediente, die in einer langen Schlange vor ihm standen. Er blinzelte. Zweifel überkamen ihn. War das überhaupt die Frau von gestern Nacht? Plötzlich erschienen ihre Augen so dunkel. Vor ein paar Stunden waren sie noch blau wie ein Sommerhimmel gewesen. Die Augen seiner Mutter besaßen dieselbe Farbe. Dasselbe Blau, das jedoch mit viel mehr Kälte vermischt war, als man sich vorstellen konnte. Nur ganz selten war ein winziger Schimmer von Liebe in diesem tiefen See aus Schmerz erschienen. Völlig anders als gestern. Da hatte ihn das Blau aus Lust und Liebe dahinschmelzen lassen. Sie hatte exakt das getan, was er verlangt hatte, und so hatte er sie nicht zur Rechenschaft ziehen müssen. Doch jetzt, wo sie ihn einfach so ignorierte, sah die Welt anders aus. Das konnte er ihr nicht durchgehen lassen.

Ein Bild mit blauen Augen schwappte wie eine Welle durch sein Hirn. Abermals schaffte er es nicht, dieses Bild mit den Augen der Frau am Brotstand übereinzubringen. Aber war es letztendlich nicht egal, ob sie die Frau von letzter Nacht war oder nicht? Schließlich würdigte sie ihn keines Blickes. Genau, wie seine Mutter es immer gemacht hatte. Er musste sie bestrafen.

Ein schriller Ton brachte seine Nerven zum Vibrieren. Er hielt sich mit den Händen die Ohren zu, um die Lautstärke zu reduzieren. Doch die Melodie kam aus seinem Kopf. Niemand sonst konnte sie hören. Es war sein Lied und er konnte es nicht abstellen. Ohne noch einmal einen Blick auf das Flittchen zu werfen, rannte er los. Es musste aufhören.

Am Ende der Halle erblickte er die Toiletten, davor die Kammer für Reinigungskräfte. Er drückte die Klinke herunter und stellte dankbar fest, dass die Tür unverschlossen war. Hastig riss er sie auf und flüchtete in die Dunkelheit der kleinen Kammer. Er sank auf die Knie und presste die Fäuste an die pochenden Schläfen. Noch immer spielte die Musik ihren unbarmherzigen Rhythmus. Er öffnete die Hände und begann, mit den Nägeln an der Tür zu kratzen. Wann würde Mutter ihn wieder herauslassen? Er wusste es nicht.

Die Melodie kreiste grässlich in seinem Kopf. Sie zermarterte sein Hirn und unterbrach jeden halbwegs vernünftigen Gedanken. Der Wahnsinn klopfte ihm auf die Schultern und riss ihn in ein schwarzes Loch, in dem es nichts außer den wohlbekannten Klängen gab. Er wand sich verzweifelt auf dem dreckigen Boden der Abstellkammer. Er wusste nur noch eins. Er musste hier herauskommen und er würde dieses verdammte Miststück bestrafen, für das, was sie ihm angetan hatte.

VII
Vor fünfhundert Jahren

»Mein Junge, so wach doch endlich auf!« Die liebliche und sorgenvolle Stimme bahnte sich einen Weg durch den Nebel, der Jakob umgab. Sie hallte wie ein Echo, und Jakob konnte nicht ausmachen, wo die Stimme herkam. Mal war sie über ihm und im nächsten Augenblick schien es, als flüstere sie direkt in sein Ohr. Ein Blitz durchzuckte die Nebelschleier. Jakob spürte ein dumpfes Pochen an der Wange. Langsam bewegte er die Hand und tastete mit dem Finger nach der geschwollenen Stelle. Der Schmerz brachte die Erinnerung zurück. Sein Vater hatte ihn am Brunnen hinterm Haus verprügelt. Jakob sah seine weinende Mutter vor sich und plötzlich erkannte er ihre Stimme. Schlagartig riss er die Augen auf. Johanna saß neben ihm. Sie waren in seiner Kammer.

»Du musst zu dir kommen. Bastian Mühlenberg lässt nach dir rufen.«

Allmählich bekamen die Worte seiner Mutter Bedeutung.

»Was ist passiert?«, fragte Jakob, immer noch verwirrt.

»Du hast tief und fest geschlafen nach dem Streit«, antwortete Johanna und strich ihm sanft übers

Haar.

»Wie spät ist es denn?« Jakob richtete sich auf.

»Es ist schon spät, die zehnte Stunde hat gerade geschlagen. Ich glaube, du hattest wieder einen Ohnmachtsanfall und da wollte ich dich nicht früher wecken.«

Mühsam erhob Jakob sich. Er war wacklig auf den Beinen und sein Magen knurrte unbarmherzig.

»Wo ist Bastian Mühlenberg?«, fragte er und machte einen kleinen Schritt.

»Du sollst zur Kirche kommen. Wernhart Tillmanns war hier. Es scheint sehr eilig zu sein.«

Jakob nickte. Vielleicht hatten sie etwas Neues über Teresias Tod herausgefunden. Er holte tief Luft. Langsam fühlte er sich besser. Er nahm einen Schluck Wasser und ließ das kühle Nass die trockene Kehle benetzen. Dann lief er in die Küche und schob sich gierig ein paar Brocken Brot in den Mund, bevor er das Haus in Richtung Kirche verließ.

Jakob brauchte nicht lange, um sein Ziel zu erreichen. Schon von weitem erkannte er die mittlerweile vertrauten Gestalten von Mühlenberg und Tillmanns. Er verlor keine Zeit und eilte mit großen Schritten auf die beiden zu.

»Jakob, da seid Ihr ja endlich.« Bastian Mühlenberg streckte ihm die Hand zum Gruß entgegen. Sein Blick blieb wortlos an Jakobs geschwollener Wange haften.

»Was ist passiert?«, fragte Jakob und bemerkte, wie Bastian seinen Blick von der Schramme löste. »Gibt es eine neue Spur zu Teresias Mörder?«

Bastian seufzte. »Nein. Ich habe schlechte Neuigkeiten.« Mit diesen Worten schob er Jakob hinter einen Verschlag, der unmittelbar an das Kirchengebäude angrenzte.

Auf diesen Anblick war Jakob nicht gefasst gewesen. Mit einem Mal war der Nebel wieder da und seine Knie drohten einzuknicken. Jakob taumelte einen Schritt rückwärts, die Augen ungläubig auf das Grauen gerichtet, das blutend zu seinen Füßen lag. Er kannte das Mädchen, dessen toter Blick ihn bannte und ihm die Luft zum Atmen nahm. Mühlenbergs kräftige Hände stützten ihn.

»Tut mir leid, Jakob. Vielleicht hätte ich Euch doch vorwarnen sollen«, raunte Bastian in sein Ohr.

»Du meine Güte, was ist mit Margret geschehen?«

»Wir wissen es nicht. Pfarrer Johannes hat sie vor Tagesanbruch entdeckt und uns sofort zu Hilfe gerufen. Es scheint, als ob es dieser Teufel auf den guten Ruf unserer Kirche abgesehen hat. Wenn das so weitergeht, dann trauen sich die Bürger von Zons bald nicht mehr, ihr Gotteshaus zu betreten.« Bastians Stimme klang verbittert. Er machte sich schwere Vorwürfe. Es war die Aufgabe der Zonser Stadtwache, die Menschen zu schützen, und ganz offensichtlich hatten sie erneut versagt.

Jakob riss sich zusammen und betrachtete Margret. Sie lag auf dem Boden, die Augen starr nach oben gerichtet. An ihrem Hals klaffte eine tiefe Wunde. Jemand hatte ihr die Kehle durchtrennt. Unter dem toten Körper hatte sich eine riesige Blutlache ausgebreitet. Die Hände waren auf dem Bauch gefaltet und zwischen den Fingern steckte eine Pflanze. Jakob trat zögernd ein wenig näher, bedacht darauf, nicht in das Blut zu treten. Er kniff die Augen zusammen. Es war eine Distel.

»Oh mein Gott«, entfuhr es Jakob. »Die Distel ist das Symbol für Schmerz und Leid. Sie steht für die Sünde.« Verstört blickte er auf die Leiche. Was für eine Sünde sollte Margret schon begangen haben? Sie war ja noch nicht einmal zwanzig Jahre alt, ein völlig unbescholtenes Mädchen, das eine Zukunft als anständiges Eheweib vor sich gehabt hatte. Sie konnte nicht mehr Sünde auf sich geladen haben als die arme Teresia.

Bastian unterbrach Jakobs Gedanken und zeigte mit dem Finger auf einen Ledereimer, der knapp einen Meter neben der Toten lag.

»Vermutlich haben wir es mit ein und demselben Täter zu tun. Die Pflanzensymbole und die Nähe zur Kirche sprechen dafür. Außerdem wollte auch Margret Wasser aus dem Brunnen holen.«

»Ihr meint, der Mörder lauert ihnen am Brunnen an der Kirche auf?«

Bastian nickte.

»Dann sollten wir seinen Weg nachverfolgen. Irgendjemand muss ihn doch gesehen haben«, schlug Jakob vor.

Wernhart trat einen Schritt näher. »Ich habe bereits jeden Bürger von Zons befragt, der in der Nähe lebt. Niemand hat etwas beobachtet. Ich denke, wir sollten den Brunnen bewachen, um eine weitere Gräueltat zu verhindern.«

»Ja, genau das werden wir tun. Jakob beginnt

heute Nacht und ich löse ihn ab.« Bastian kratzte sich nachdenklich am Kinn.

Er würde den Arzt Josef Hesemann bitten, einen Blick auf die Leiche zu werfen. Vielleicht konnte Josef nützliche Hinweise entdecken, die sie bisher übersehen hatten. Er trug Jakob auf, die tote Margret auf einen Karren zu laden und zu Josef Hesemann zu bringen. Er selbst würde mit Wernhart die Liste, die er von Pfarrer Johannes bekommen hatte, abarbeiten. Johannes hatte ihm drei Namen geliefert. Alle drei waren den letzten Gottesdiensten ferngeblieben und Bastian musste den Grund dafür herausfinden. Die beiden Morde hatten in unmittelbarer Nähe der Kirche stattgefunden, und dass hier ein Gotteslästerer am Werk war, lag für Bastian nahe. Für die kommende Nacht hatte Bastian ebenfalls einen Plan, aber den würde er alleine ausführen.

...

Der alte Mann stocherte sich zwischen den Zähnen, deren Verfall deutlich sichtbar war. Sein Atem war so faulig, dass Bastian unauffällig den Kopf zur Seite drehte, um tief Luft zu holen.

»Ich bin gebrechlich und der Weg zu Pfarrer Johannes‘ Gottesdienst war mir einfach zu beschwerlich«, wiederholte der Greis inzwischen zum fünften Mal.

Bastian glaubte ihm, doch Wernhart wollte noch

nicht mit der Befragung aufhören. Er hatte die halbe Stadt wegen des Mordes an der jungen Novizin befragt und war mit leeren Händen zurückgekehrt. Das war ihm noch nie passiert.

Diese Mordfälle hatten es wirklich in sich. Niemand hatte etwas gehört oder gesehen und alle Spuren verliefen im Sand. Die Tatsache, dass Teresia erst seit kurzem in Zons gelebt und hier keinerlei Verwandtschaft hatte, erschwerte die Ermittlungen zusätzlich. Selbst die Nonnen, mit denen sie in einem Haus gelebt hatte, wussten nicht viel über das Mädchen oder seine Gewohnheiten. Es interessierte sich einfach keiner für eine Waise und das war der Grund dafür, dass sie immer noch nicht auf eine vielversprechende Spur gestoßen waren.

Bastian konnte nur hoffen, dass es sich bei Margret anders verhielt. Sie stammte aus Zons. Die Befragung ihrer Eltern und Geschwister hatte zwar zunächst auch nichts ergeben, aber das Mädchen war in der Stadt bekannt und Bastian war sich sicher, dass irgendjemand sie auf dem Weg zum Brunnen gesehen haben musste.

Wernhart gab sich wirklich alle Mühe, dem alten Fritz eine vernünftige Aussage abzuringen. Doch der Greis war sichtlich verwirrt. Er verwechselte ständig Personen, die er gesehen haben wollte und konnte sich an keinerlei Ereignisse aus den beiden Mordnächten erinnern.

Bastian kniff Wernhart in die Seite und bedeutete ihm, das Gespräch zu beenden. Sie verschwendeten hier nur ihre Zeit. Der nächste Name auf der Liste war

Cornelius Jansen, er war deutlich jünger als Fritz und litt zumindest nicht unter Gedächtnisschwund. Als sie schon auf der Schwelle standen, fiel dem Alten noch etwas ein.

»Jetzt sehe ich es vor mir, das Mädchen mit den traurigen Augen. Es lief mit einem Eimer an mir vorbei, und ein Bursche in dunklem Gewand verfolgte das Mädchen wie ein Schatten.«

»Könnt Ihr uns diesen Burschen näher beschreiben?«

Fritz schüttelte den Kopf. »Ich habe ihn nicht genau gesehen. Weiß nur, dass er nicht besonders groß war.«

Diese Aussage passte zumindest zu dem kleinen Fußabdruck, den sie in der Kirche gefunden hatten.

»Trug er eine Kutte?« Bastian dachte an den Hellseher, den er auf dem Marktplatz getroffen hatte. Doch der Alte verneinte. Missmutig drehte Bastian sich um.

»Nun denn, wenn Euch noch etwas einfällt, gebt Wernhart oder mir Bescheid. Wir haben immer ein offenes Ohr für Euch.«

Ohne Zeit zu verlieren, machten sich Bastian und Wernhart auf den Weg zu Cornelius Jansen. Der Mann war ein Händler, der wertvolle Stoffe rheinauf- und rheinabwärts verkaufte. Seine Güter waren in Köln, Düsseldorf und Neuss heiß begehrt, und das sah man seinem Haus auch an. Es war mit kostbaren Teppichen und Möbeln ausgestattet, die Bastian bis dahin nur auf dem Schloss Friedestrom gesehen hatte.

Der Händler nahm sie freundlich in Empfang,

konnte jedoch weder zu Teresia noch Margret etwas sagen. Auch der Grund für das Fernbleiben von den Gottesdiensten leuchtete Bastian ein. Cornelius Jansen war in letzter Zeit viel unterwegs und nur selten in seinem Haus in Zons gewesen. Erst heute war er von einer zweiwöchigen Handelsreise zurückgekehrt und konnte dies anhand von Zollbescheinigungen eindeutig belegen. Damit fiel er sowohl als Zeuge als auch als Täter aus. Frustriert zogen Bastian und Wernhart von dannen.

Der letzte Name auf ihrer Liste war Herman Gossens, und endlich hatte Bastian das Gefühl, auf etwas Wichtiges zu stoßen. Herman war nervös und hatte keine Erklärung für sein Fehlen beim Gottesdienst. Sein Haus war liebevoll eingerichtet. Herman war längst in einem Alter, in dem mindestens drei Sprösslinge durch sein Haus jagen sollten; gleichwohl war er unverheiratet.

Bastian kannte die Gerüchte über Herman. Es hieß, dass er lüsterne Blicke auf junge Burschen werfe. Er hatte diesem Gerede bisher nie viel Bedeutung geschenkt, doch jetzt konnte er mit eigenen Augen sehen, wie Herman seinen Blick nicht von Wernhart losreißen konnte. Die Begierde in seinen Augen bedurfte keiner weiteren Erklärung. Wernhart, der sichtlich unangenehm berührt war, brachte kaum eine vernünftige Frage über die Lippen. Bastian grinste und war froh, dass Herman sich nicht für ihn interessierte. Bastian beschloss, Wernhart unter die Arme zu greifen und wiederholte die letzte Frage.

»Warum wart Ihr nicht beim letzten Gottesdienst

zugegen?«

Herman löste seinen Blick von Wernhart und betrachtete seine Fußspitzen.

»Warum interessiert sich neuerdings die Stadtwache für meine Gottesfürchtigkeit?« Hermans Stimme stieg am Ende der Frage um eine halbe Oktave an.

»Wir sind Euch keine Rechenschaft schuldig. Ihr hingegen solltet antworten«, erwiderte Bastian ruhig. Er fühlte sich wie ein Jäger, der auf der Lauer lag und gerade beobachtete, wie seine Beute kurz davor war, in die Falle zu tappen.

Hermans Gesichtsfarbe hatte einen verräterischen Rotton angenommen, während er nach einer Antwort sann. Bastian verschränkte demonstrativ die Arme und wartete.

»Na schön, ich verstehe mich nicht mehr so gut mit Gott. Er erhört mich nicht und ich finde keine Muße, mich einem Gebet oder dem Gottesdienst von Pfarrer Johannes zu widmen.« Herman schaute Wernhart unverwandt an. »Außerdem führe ich kein gottgefälliges Leben, habe weder Weib noch Kinder und daran trage ich keine Schuld, denn Gott hat mich zu dem gemacht, was ich bin.«

Bastian schluckte. Er wusste nicht, was er auf diese Worte erwidern sollte. Fest stand jedenfalls eines: Dieser Mann haderte mit Gott. Bastian dachte an die Symbole, die er bei den Opfern gefunden hatte. Sein Blick fiel auf einen Krug, der mit Rosen und anderen Blumen gefüllt war. Einige Rosen waren weiß, andere rot. Eine Distel konnte Bastian nicht entdecken.

»Wo habt Ihr die Blumen her?«

»Vom Markt, wieso fragt Ihr?«

Die ständigen Gegenfragen Hermans gingen Bastian allmählich auf den Geist. Dieser Mann benahm sich auffällig aggressiv, so als hätte er etwas zu verbergen. Bastian beschloss, Herman stärker in die Ecke zu drängen.

»Was wollt Ihr mit diesen Blumen?«

Hermans Blick huschte zu Wernhart, dann zuckte er mit den Achseln.

»Ihr kennt doch sicherlich das Gerede über mich. Es ist ja kein Geheimnis. Ich liebe Blumen und deshalb habe ich sie auf dem Markt gekauft. Sie sind nur für mich und erfreuen mein Herz.«

»Wo holt Ihr Euer Wasser?«

Der Themenwechsel irritierte Herman. Erstaunt zog er die Augenbrauen in die Höhe und antwortete prompt.

»Am Brunnen vor der Kirche.« Dann schien ihm ein Licht aufzugehen und Herman fügte hinzu. »Ich habe nichts mit dem Mord an Teresia zu tun.«

Bastian schwieg. Hermans Finger klopften nervös auf die Oberschenkel. Er wartete auf die nächste Frage. Doch die blieb aus. Bastian fixierte ihn mit einem durchdringenden Blick, bis Herman schließlich ins Stottern geriet.

»Ich war hier in meiner Hütte, das müsst Ihr mir glauben. Ich würde mich doch nicht an einer Novizin vergehen.«

Bastian schwieg weiter.

»Du meine Güte, ich mag keine Nonnen. Sie dienen schließlich dem Gott, der mich nicht annimmt.

Aber deshalb würde ich sie doch nicht kreuzigen.«

Endlich hatte Bastian, was er wollte. Nur wenige Menschen in Zons wussten, dass Teresia gekreuzigt worden war. Er vertraute auf die Verschwiegenheit jedes Einzelnen. Außer diesen Personen konnte nur noch der Mörder wissen, auf welche Weise Teresia zu Tode gekommen war. Bastian betrachtete Herman. Er war groß. Doch Bastian wischte den Gedanken beiseite. Vielleicht hatte er ja trotzdem kleine Füße. Bastian würde sie später mit dem Fußabdruck vergleichen.

»Woher wisst Ihr, dass Teresia an das Kreuz der Kirche geschlagen wurde?«

Herman schaute entsetzt. Er sprang auf und ging ein paar Schritte rückwärts. Wernhart war blitzschnell an seiner Seite und hielt ihn fest.

»Hiergeblieben!«, knurrte Wernhart und Herman rührte sich nicht mehr.

»Ich habe nichts getan«, stotterte er dann und versuchte, sich aus Wernharts unerbittlichem Griff zu winden.

»Das werden wir herausfinden.« Bastian zerrte Herman zusammen mit Wernhart zur Tür. »Die Befragung wird im Juddeturm fortgeführt und Ihr könnt Euch ja schon einmal eine Antwort auf meine Frage überlegen: Woher wisst Ihr also, dass die Novizin am Kreuz hing?«

...

Der Mond stand hoch am Himmel und sendete kaltes Licht auf die Erde. Jakob fröstelte. Er hatte sich hinter dem Brunnen auf die Lauer gelegt. Obwohl er sich in unmittelbarer Nähe der Kirche aufhielt, fürchtete er sich. Die Schatten waren lang und schwarz. Der Wind pfiff durch die Baumkronen und zauberte gespenstische Bewegungen auf die Pflastersteine vor der Kirche. Hinzu kam ein unheimliches Säuseln, das immer wieder zu einem lauten Rauschen anschwoll und Jakob Schauer über den Rücken jagte. Instinktiv zog er den Kopf ein.

Der Nachtwächter hatte seinen Rundgang schon vor geraumer Zeit beendet. Die Mitternachtsstunde war inzwischen weit überschritten. Der Platz vor der Kirche und die angrenzenden Straßen waren menschenleer. Die meisten Wirtshäuser befanden sich auf der Rheinstraße, die an der Ostseite der Festung entlangführte und den Zollturm im Norden mit dem Schloss Friedstrom im Süden von Zons verband. Dort wankte sicherlich noch der eine oder andere Trunkenbold durch die Nacht, doch hier im Herzen von Zons hatte die Stille bereits Einzug gehalten.

Ein paar Stunden zuvor, in der Dämmerung, waren mehrere Frauen aufgetaucht, um Wasser aus dem Brunnen zu holen. Jakob hatte darauf geachtet, ob sie alleine unterwegs waren oder gar verfolgt wurden. Es hatte keine Auffälligkeiten gegeben und die meisten Brunnenbesucher bemerkten ihn überhaupt nicht. Wahrscheinlich würde er umsonst auf der Lauer liegen und halb erfroren sein, bis Bastian Mühlenberg ihn endlich ablöste.

Jakob streckte sich ein wenig. Seine Glieder waren steif vom langen Sitzen. Ein Schatten huschte über den Platz und Jakob erstarrte, bis er feststellte, dass es nur der Wind war, der abermals seinen Schabernack mit ihm trieb. Wie oft in dieser Nacht war er schon darauf hereingefallen?

Jakob schüttelte sich. Er war ein Musiker. Diese Aufgabe war nichts für ihn. Er wusste ja noch nicht einmal, was er tun sollte, falls der Mörder tatsächlich hier auftauchte. Schnell tastete er nach dem Kurzschwert an seiner Hüfte. Es gehörte zur Ausstattung eines Zonser Stadtsoldaten, doch Jakob konnte mit dieser Waffe nicht besonders gut umgehen. Er schickte ein Stoßgebet zum Himmel. Auf keinen Fall durfte er in einen Kampf verwickelt werden, den er nicht gewinnen konnte. Der Mörder hätte leichtes Spiel mit ihm und würde Jakob am Ende wahrscheinlich genauso die Kehle aufschlitzen wie der armen Margret. Er seufzte und starrte weiter in die Dunkelheit. Nichts geschah.

Gerade als er seine steifen Glieder erneut ausstreckte, hörte Jakob ein Knacken. Wie vom Donner gerührt hielt er inne. Das war ganz sicher nicht der Wind gewesen. Er versuchte, eine Bewegung in der Dunkelheit zu erspähen. Wieder ein Geräusch. Irgendjemand näherte sich dem Platz. Jakobs Herz schlug wild. Ob das Bastian Mühlenberg war, der kam, um ihn abzulösen?

Er richtete sich auf, konnte jedoch immer noch nichts erkennen. Auf Zehenspitzen schlich Jakob ein paar Schritte vorwärts. Wieder hörte er ein Knacken. Das konnte nicht Bastian Mühlenberg sein. Er war mit

Gewissheit in der Lage, sich lautlos zu bewegen. Jakob duckte sich und starrte in die Dunkelheit, die undurchdringlich schien. Das Flackern der Schatten, das von den Blättern der Bäume im Mondlicht kam, irritierte ihn. Er konnte einfach nicht erkennen, wer oder was dieses Knacken auslöste.

Ängstlich legte Jakob eine Hand auf den Schwertgriff und verharrte regungslos. Das Geräusch wurde lauter. Jakob blinzelte und erkannte eine Gestalt, die sich dem Brunnen näherte. Es war ein Mann. Jakob war wie gelähmt. War das dort vielleicht doch Bastian Mühlenberg? Oder war es der Mörder, der nach einem neuen Opfer Ausschau hielt? Ein metallischer Gegenstand blitzte im Mondlicht auf und Jakob zuckte entsetzt zusammen. Das war eine Waffe. Ein langes Messer oder gar ein Schwert. Er musste auf der Hut sein.

Der Mann ließ sich auf dem Brunnenrand nieder. Jakob fragte sich, was er dort tat. Minutenlang saß er so, ohne dass etwas geschah. Krampfhaft überlegte Jakob, was er jetzt tun sollte. Dann traf er eine Entscheidung. Er war Stadtsoldat und kein Feigling. Jakob zog sein Schwert und stand auf. Mit langsamen Schritten ging er auf die Gestalt zu.

»Da seid Ihr ja endlich, Jammerlappen. Ich habe schon geglaubt, Ihr kriecht gar nicht mehr aus Eurem Versteck hervor.«

Jakob stockte der Atem. Das konnte nicht wahr sein! Dort vor ihm auf dem Brunnenrand saß Lorenz Schlebusch. Was zum Teufel wollte er hier? Jakob erhob seine Klinge und hielt sie Lorenz vors Gesicht.

»Was habt Ihr hier zu suchen?«, zischte er wütend.

Lorenz lachte auf. »Das ist ein öffentlicher Brunnen, oder? Ich wollte etwas Wasser holen. Das ist doch nicht verboten, Stadtsoldat?« Seine Worte klangen hämisch.

In Jakob machte sich Verzweiflung breit. Lorenz war zwar nicht viel größer, dafür aber stärker als er. Jakob wusste nicht, was er tun sollte. Er sah Lorenz‘ Messer auf dem Brunnenrand liegen und hielt instinktiv sein Schwert ein wenig höher. Es schwebte unmittelbar vor Lorenz Augen und ein einziger Hieb würde ihn erblinden lassen.

»Ihr wolltet also mitten in der Nacht Wasser holen?« Jakob bemerkte, dass seine Stimme viel fester war, als er es erwartet hatte. Mutiger geworden, griff er nach Lorenz‘ Waffe. Doch in letzter Sekunde schlug der Kaufmannssohn seine Hand weg.

»Finger weg, oder Ihr habt sie nicht mehr lange«, zischte Lorenz und erhob sich drohend.

Jakob spürte, wie die Wut in seinem Inneren zu brodeln begann. Was fiel diesem Mistkerl ein, ihn mitten in der Nacht zu drangsalieren und zu demütigen? Trotzdem wich er einen Schritt zurück.

Lorenz hatte sich in voller Größe vor ihm aufgebaut. Er ignorierte Jakobs Klinge, die weiterhin vor seinen Augen schwebte, und stieß ihn mit beiden Händen nach hinten. Das hatte Jakob nicht kommen sehen. Er taumelte ein paar Schritte rückwärts und wäre beinahe gestürzt. Lorenz holte bereits zu einem weiteren Stoß aus. Jakob wusste selbst nicht, wie ihm geschah. Doch schlagartig gewann der Zorn die Oberhand. Eine unbändige Kraft füllte ihn aus und er sprang einen

Schritt vorwärts. In der rechten Hand hielt er immer noch das Schwert. Er hob es hoch und donnerte den Griff in Lorenz' verblüfftes Gesicht. Der Mistkerl schrie überrascht auf. Jakob hatte Blut geleckt. Er setzte nach und schlug erneut zu. Lorenz fiel auf den Hosenboden, aber ehe Jakob es sich versah, war er wieder auf den Beinen. Wie ein Wiesel rannte er zurück zum Brunnen und griff nach seiner Waffe. Angriffslustig ging er in Stellung.

»Kommt schon, Ihr Möchtegern-Soldat. Lasst uns wie echte Männer kämpfen.«

Das ließ Jakob sich nicht zweimal sagen. Er holte zum Schlag aus und stürzte sich auf Lorenz. Dieser war ein geschickter Schwertkämpfer und wich seinem Hieb leichtfüßig aus. Jakob verlor das Gleichgewicht und ging zu Boden. Lorenz war sofort auf ihm und boxte in Jakobs empfindliche Seiten. Der Schmerz schoss wie ein greller Blitz durch seinen Körper. Jetzt nur nicht das Bewusstsein verlieren, mahnte Jakob sich selbst. Er hielt den Atem an und ignorierte das Stechen. Mit aller Kraft bäumte er sich auf und schaffte es, sich auf die Seite zu drehen.

Lorenz auf ihm schnappte nach Luft und presste seine Oberschenkel unbarmherzig in Jakobs Brustkorb. Jakob hörte seine eigenen Rippen knacken. Es war ihm egal, der Zorn beherrschte ihn und er drehte sich erneut. Diesmal gelang es ihm, Lorenz zu Fall zu bringen. Sie wälzten sich auf dem Boden, ohne dass einer von ihnen die Oberhand gewann. Jakob spürte Lorenz' heißen Atem an seinem Ohr und schlug blindlings mit der Faust auf seinen Gegner ein. Dieser stöhnte auf, entließ Jakob jedoch nicht aus dem Klammergriff. Jakob hob das Knie und rammte es Lorenz in den Rücken. Jetzt lockerte sich Lorenz‘ Griff. Jakob nutzte seine Chance und wand sich unter ihm hervor. Gerade, als er aufstehen wollte, gellte ein Pfiff durch die Nacht. Verdutzt hielt er inne.

...

Bastian hatte beschlossen, Herman über Nacht im Juddeturm schmoren zu lassen. Die meisten Sünder waren nach einer Nacht in den ungemütlichen, kalten Mauern gesprächiger denn je und Bastian vertraute fest auf diese Wirkung. Herman hatte den ganzen Weg bis zum Juddeturm verbissen geschwiegen. Selbst die Androhung, ihn in das elf Meter tiefe Verlies zu sperren, lockerte seine Zunge nicht. Herman konnte schließlich nicht wissen, dass auf das Geheiß des Erzbischofs Hermann von Hessen derzeit ein besonderer Gefangener in den über zwei Meter dicken Mauern eingesperrt und deshalb für Herman dort unten kein Platz mehr war.

Das Verlies im Juddeturm war absolut ausbruchssicher. Es gab nur einen Zugang durch ein schmales Eisengitter an der Decke, durch das die Gefangenen mit einer Seilwinde hinabgelassen wurden. Dieses Gitter war auch die einzige Lichtquelle für das Verlies. Selbst die Mahlzeiten wurden ausschließlich über die Seilwinde transportiert.

Eine Nacht in der feuchtkalten Enge dieses Verlieses hätte Herman wahrscheinlich schon weit vor Tagesanbruch zum Reden gebracht. Aber auch die Kammern in den oberen Geschossen hatten es in sich. Der Wind wehte in der Dunkelheit kalt durch die vergitterten und unverglasten Fenster. Bastian hatte nicht selten erlebt, dass Gefangene des Nachts angeblich von Stimmen verfolgt wurden. Doch er wusste es besser. Es waren nur die Winde, die hoch oben in der Luft wirbelten und von einer Kammer zur nächsten fegten. Die Holzdielen zogen sich in der Kälte zusammen und knarrten. All dies regte die Fantasie der Eingesperrten an und gaukelte ihnen so manch unheimliches Ereignis vor.

Bastian war zuversichtlich, dass Herman bis zum nächsten Morgen mürbe werden würde. Er musste unbedingt die Sohle von Hermans Stiefeln mit dem Abdruck auf dem Schemel vergleichen. Hermans Körpergröße passte nicht ins Bild, aber vielleicht hatte er dennoch kleine Füße. Bastian konnte sich einfach nicht erklären, woher Herman von Teresias Kreuzigung wusste. Er wischte sich über die schweißnasse Stirn und lief weiter in Richtung des Marktplatzes. Noch vor Anbruch des kommenden Morgens würde Bastian Jakob am Brunnen ablösen. Doch bis dahin blieb ihm noch viel Zeit, um die Machenschaften des Hellsehers zu beobachten.

Er konnte ihn schon von weitem sehen. Der Bart des Hellsehers war genauso ungepflegt wie schon am gestrigen Tag. Das Haar wirkte noch eine Spur schmieriger. Offensichtlich legte der Mann nicht besonders viel Wert auf sein äußeres Erscheinungsbild. Seinem Geschäft schien dies allerdings keinen Abbruch zu tun. Obwohl die meisten Händler ihre Waren längst eingepackt hatten, saß der Mann in seinem schäbigen Mantel immer noch an seinem Stand und hielt eine Glaskugel in der Hand. Auch der Krug mit den weißen Rosen befand sich an seinem alten Platz. Die Blumen ließen die Köpfe hängen und hatten noch weniger Blätter als am Vortag.

Bastian hatte bereits am Vortag beim Wirt der »Alten Henne« Erkundigungen über den Hellseher Hubert Stommel eingeholt. Der Schenk hatte die Aussage des Hellsehers bestätigt. Er war seit einer Woche in Zons und kam mehrmals im Jahr in die Stadt. Stommel besaß einen Leumund als Trinker und Hurensohn und machte diesem Ruf alle Ehre. Je jünger die Huren waren, desto ausgelassener verprasste er seine Einnahmen.

Aus Bastians Sicht hatte dieser Mann weder Moral noch Gottesfürchtigkeit. Er konnte sich gut vorstellen, dass Hubert ein aggressiver Mensch war. Auch der Wirt hatte ausgesagt, dass Hubert leicht in Rage geriet. Außerdem hatte Bastian die weiße Rose, die er vom Stand des Hellsehers mitgenommen hatte, mit dem Stängel vom Ort des Verbrechens verglichen und auch noch einen Blumenhändler um Hilfe gebeten.

Die Rosen waren von der gleichen Sorte und wiesen keine großen Unterschiede auf. Dasselbe galt für die Rose, die er im Kräutergarten gepflückt hatte. Es war zwar kein handfester Beweis, aber Bastian konnte nicht ausschließen, dass die Rose vom Ort des Verbrechens aus dem Krug des Hellsehers stammte. Alles, was er bisher über diesen Mann herausgefunden hatte, schien ins Bild zu passen. Für Bastian zählte Hubert nach wie vor zu den Hauptverdächtigen.

Gerade saß eine junge Frau ehrfürchtig vor diesem widerlichen Kerl und lauschte andächtig seinen Worten. Bastian konnte die lüsternen Blicke, die Hubert dem Mädchen zuwarf, kaum ertragen. Am liebsten wäre er eingeschritten, doch er hielt sich zurück. Er wollte nicht entdeckt werden. Sein Plan war es, diesem Trunkenbold bis tief in die Nacht zu folgen. Er wollte wissen, was dieser Kerl trieb und in welchen Schenken er sich aufhielt. Wenn er etwas zu verbergen hatte, würde Bastian es früher oder später herausfinden. Hubert beendete sein Gespräch mit der jungen Frau und schenkte ihr zum Abschied eine fast verwelkte weiße Rose. Strahlend verließ das Mädchen den Marktstand und lief eilig die Straße hinunter. Offensichtlich hatte Hubert ihm eine glückliche Zukunft vorausgesagt.

Bastian stand unauffällig in einer Häusernische, gerade so weit entfernt, dass er Hubert noch gut im Blick hatte. Der Hellseher packte seine Utensilien zusammen. Die gläserne Kugel verschwand in einem Weidenkorb. Die Rosen und Krüge mit verschiedenen Duftölen, die der Mann zur Vertreibung von düsteren Kräften anbot, landeten mitsamt dem Korb auf einem Holzkarren. Hubert war sehr kräftig gebaut und zog den Karren ohne Mühe bis zu dem Wirtshaus, in dem er stets zu übernachten pflegte, wenn er in Zons weilte.

Bastian wartete an der nächsten Straßenecke und tatsächlich dauerte es nicht besonders lange, bis Hubert das Wirtshaus wieder verließ. Die Dunkelheit hatte sich bereits über die Stadt gelegt. Nur der Mond, der ab und zu durch die dicke Wolkendecke hindurchlugte, spendete noch Licht. Jetzt war die Zeit, in der nur noch wenige Menschen hektisch die allerletzten Besorgungen erledigten, um sich bald darauf in ihren Häusern dem Abendmahl und anschließend der Bettruhe zu widmen. Auch Teresia und Margret waren zu dieser Stunde zum Brunnen geschickt worden. Zons war immer noch recht belebt und es war merkwürdig, dass Bastian bisher noch keine Zeugen gefunden hatte. Er war gespannt, ob Jakob, der vor wenigen Augenblicken Stellung am Brunnen vor der Kirche bezogen hatte, heute Nacht mehr ausrichten konnte.

Hubert marschierte schnurstracks in die nächste Schenke. Bastian folgte ihm und positionierte sich auf der gegenüberliegenden Straßenseite. Die Schenke hatte keinen Hinterausgang, so dass er von dieser Stelle aus bequem auf den Hellseher warten konnte. Die Zeit verging, ohne dass sich etwas tat. Bastians Glieder wurden allmählich steif und der kalte Nachtwind ließ ihn frösteln.

Aus der Schenke drang unaufhörlich Gelächter zu ihm herüber und Bastian wünschte sich nichts sehnlicher als einen Becher Met. Seine Kehle war regelrecht ausgetrocknet. Je länger er an das köstliche Gebräu dachte, umso schlimmer wurde es. Bastian versuchte, seine Gedanken auf die Mordfälle zu lenken, doch stattdessen wurde das Bild einer wunderschönen Frau vor seinem inneren Auge lebendig. Anna. Wie lange war sie schon nicht mehr in seinen Träumen aufgetaucht? Bastian vermisste sie schmerzlich. So viele Jahre hatte er von diesen grünen Augen geträumt, dass er tatsächlich glaubte, sie zu kennen. Doch vor ein paar Monaten hatten die Träume ganz plötzlich aufgehört. Etwas hatte das Band zwischen ihnen zerschnitten und Bastian fand keinen Zugang mehr zu Annas Welt. Trotzdem wusste er, dass er sie immer lieben würde. Ja, er war sich sogar sicher, dass ein Teil von ihm eines Tages bei ihr sein würde. Daran glaubte er aus tiefstem Herzen.

Bastian seufzte und versuchte, die tiefe Traurigkeit zu verdrängen. Er dachte an Marie und hatte augenblicklich ein schlechtes Gewissen. Sie war sein angetrautes Eheweib und hatte ihm eine wundervolle kleine Tochter geschenkt. Er liebte Marie so gut wie er konnte, und bei Gott, er würde ihr niemals untreu werden. Doch in den Tiefen seiner Seele gab es eine Frau, die ihn ohne jegliche Worte verstand. Anna. Sie war mit ihm verbunden und das sogar, ohne wirklich in seiner Welt zu existieren.

Die Schenkentür wurde aufgestoßen und Hubert torkelte hinaus. Im Arm hatte er ein junges Mädchen mit langen schwarzen Haaren, das an seinem Wams nestelte. Die Frau trug das für Zons typische Hurengewand, das ihre Vorzüge deutlich zur Geltung brachte. Sie zog ein paar Münzen aus seiner Tasche. Hubert schlug nach ihr, doch die Frau wich geschickt aus.

»Du Teufelsweib! Lass die Finger von meinen Gulden.« Hubert lallte bereits. »Du hast dein Werk noch nicht vollendet, meine Schöne.«

Die Hure ließ sich von diesen Worten wenig beeindrucken und versuchte ein zweites Mal, ihre Hände unter Huberts Wams zu stecken. Diesmal traf seine Faust ihre Schläfe und die Frau ging stöhnend zu Boden. Hubert hatte immens viel Kraft in diesen Schlag gelegt. Bastian war drauf und dran, der Hure zu Hilfe zu eilen, doch irgendetwas hielt ihn ab. Er wollte sehen, was Hubert mit dem Mädchen anstellte.

»Wach auf!« Hubert hatte sich neben die Frau gekniet und ihren Kopf in seinen Schoß gelegt. »Ich wollte doch nur ein bisschen Spaß machen. Wenn du ein paar Münzen vorher haben willst, dann kannst du sie haben. Aber jetzt wach endlich wieder auf.« Hubert schüttelte die Hure, die hustend zu sich kam.

»Verdammter Mistkerl«, kreischte sie plötzlich und Hubert hielt ihr blitzschnell den Mund zu. Bastian beobachtete die Szene gespannt.

»Pst. Willst du die ganze Stadt aufwecken?« Hubert zog die Frau hoch.

»Du kommst jetzt mit. Ich kenne einen Ort, an dem wir es uns gemütlich machen können.«

»Aber ich will die Hälfte im Voraus«, maulte das Mädchen und hielt die Hand auf.

»Schon gut«, erwiderte Hubert und drückte ihm ein paar Münzen in die Hand. Dann zog er die Frau mit sich die Rheinstraße in Richtung Norden hinauf und bog mit ihr in die Turmstraße ab. Bastian schlich lautlos hinter ihnen her, stets darauf bedacht, im Schatten der Häuser unsichtbar zu bleiben. Es war dunkel in den engen Gässchen. An der einen oder anderen Stelle schimmerte Kerzenlicht aus den Fenstern und ermöglichte Bastian einen Blick auf das Paar, das alle zwanzig Meter innehielt, um sich zu küssen.

Bastian seufzte. Das Letzte, was er in dieser Nacht beobachten wollte, war das Liebesspiel dieses Trunkenboldes. Kurz überlegte er, umzukehren und lieber sein Notizbuch nach weiteren Hinweisen zu durchstöbern. Doch als sich Hubert immer mehr der Kirche näherte, beschloss er, noch nicht aufzugeben. Tatsächlich bogen die beiden gerade in die Grünwaldstraße ein, die sie direkt zur Kirche und damit in die Nähe des Brunnens führen würde. Bastian hielt gespannt inne, als sie wenige Meter vor der Kirche abbogen und in dem Verschlag verschwanden, in dem er am Morgen die Leiche der jungen Margret geborgen hatte. Lautlos pirschte Bastian sich an die Holzhütte heran und lauschte. Die Bretter waren so dünn, dass er jedes Wort verstehen konnte.

»Woher kennt Ihr diesen Ort, Hellseher?«, fragte die Hure verführerisch und stöhnte leise. Kleider raschelten.

»Es ist meine Bestimmung, zu wissen, wo sich ein stilles Plätzchen findet«, brummte Hubert. »Ich habe diesen Ort schon das eine oder andere Mal aufgesucht. Es ist ruhig hier und ich muss meinen Wirt nicht anbetteln, um dich mit auf mein Zimmer nehmen zu können.«

Irgendetwas knackte und Bastian drückte sich weiter in den Schatten der Holzwand. In dem Schuppen ging es kräftig zur Sache. Das Gespräch war beendet und ein rhythmisches Klopfen bedeutete Bastian, dass es vorerst nichts Interessantes mehr zu beobachten gab. Erneut hörte er ein Geräusch. Diesmal wesentlich lauter. Bastian sprang auf und lief an der Kirche vorbei auf den Platz mit dem Brunnen. Zunächst konnte er nicht viel erkennen. Doch je mehr er sich dem Brunnen näherte, desto lauter wurde das Getöse. Das klang nach einer Schlägerei. Bastian konnte den Aufprall von Fausthieben und zu Boden stürzenden Körpern hören. Mit schnellen Schritten war er bei den beiden Männern, und als er sah, wie Jakob sich erhob, um dem auf der Erde liegenden Mann einen Fausthieb zu verpassen, stieß er einen gellenden Pfiff aus.

VIII
Gegenwart

»Das kann doch nicht wahr sein. Die Anweisung war doch ganz eindeutig. Verdammt!« Kommissar Oliver Bergmann knallte wütend den Hörer auf die Gabel.

»Was ist los? Jetzt sag bloß nicht, dass die Kollegen Mulch verloren haben«, sagte Klaus, während er hastig seine Sachen zusammenpackte.

»Es ist noch viel schlimmer. Sie haben mit der Überwachung erst vor einer Stunde angefangen.« Oliver rieb sich genervt die Schläfen. »Wir haben keine Ahnung, wo Thomas Mulch sich in der letzten Nacht herumgetrieben hat.«

Abermals ging das Temperament mit ihm durch und er schlug wütend mit der flachen Hand auf den Schreibtisch. Wie konnte so etwas nur passieren? Steuermark hatte die Anweisung sofort nach Mulchs Verhör weitergegeben. Die Observation sollte unverzüglich und lückenlos beginnen. Sogar der gerichtliche Beschluss lag inzwischen vor. Welcher blöde Trottel hatte das nur vermasselt? Vor ein paar Minuten hatten sie einen Anruf bekommen. Eine weitere Frauenleiche war in Zons aufgefunden worden. Oliver erhöhte den Druck auf seine Schläfen. Was, wenn Mulch doch der Mörder war und nur deshalb erneut hatte zuschlagen können, weil die Polizei versagt hatte? Oliver konnte es nicht fassen.

»Verdammt«, fluchte er lauthals. »Dafür wird sich jemand verantworten müssen.«

»Hey Oliver, beruhige dich. Wir glauben doch beide nicht, dass es Mulch war. Die Observation diente ohnehin nur dem Ausschluss der letzten Zweifel.« Klaus scharrte unruhig mit den Füßen. Er wollte zum Tatort fahren und wartete darauf, dass Oliver endlich seine Sachen schnappte.

Oliver schüttelte den Kopf. »Ich komm ja schon. Es regt mich trotzdem auf. Solche Fehler dürfen einfach nicht passieren.«

Oliver schob seine Dienstwaffe ins Holster und trottete Klaus hinterher. Dieser öffnete die schwere Feuerschutztür zum Treppenhaus und flitzte die Stufen hinunter.

»Ich weiß ja, dass Mulch wahrscheinlich nicht unser Mann ist. Aber stell dir nur vor, wir hätten diesen Mord verhindern können.«

Oliver stolperte fast bei dem Gedanken daran, diese Frau auf dem Gewissen zu haben. Sein Magen fühlte sich an, als hätte er ein ganzes Bergwerk verschluckt. Er konnte nur hoffen, dass Mulch nicht beteiligt war. Ansonsten würde er sich für den Rest seines Lebens schuldig fühlen. Er stieg in den Dienstwagen zu Klaus, der sofort Gas gab und über die Autobahn A57 von Neuss nach Zons brauste. Die Fahrt dauerte knapp zwanzig Minuten und kam Oliver wie eine Ewigkeit vor. Seine Gedanken kreisten unaufhörlich um das zweite Opfer.

Der Eingang zum Haus war mit rot-weiß gestreiftem Absperrband blockiert. Zwei Polizisten standen rauchend davor. Oliver begrüßte die beiden knapp und die Beamten ließen ihn und seinen Partner passieren. Sie befanden sich in der Mauerstraße, dem nördlichsten Teil von Zons. Rechts erhob sich die riesige uralte Stadtmauer, links reihten sich mehrere Häuser aneinander. Das Haus des Opfers war aus rotem Ziegelstein gebaut und renovierungsbedürftig. Die kleinen Fenster wirkten traurig, so als wüssten sie, was heute Nacht innerhalb dieser Mauern geschehen war.

Oliver betrat das Haus und stieg sofort die schmale Treppe herauf, um in das Schlafzimmer zu gelangen. Als er das Opfer erblickte, hatte er ein Déjà-vu. Er musste zweimal blinzeln und sich klar machen, dass die Tote auf dem Bett nicht Mandy Siebert war. Die Frauen sahen sich zum Verwechseln ähnlich. Das lag vor allem daran, dass die Tote genauso ans Bett gefesselt war und in derselben Stellung dort lag wie das erste Opfer. Erst bei genauerem Hinsehen stellte Oliver fest, dass die Haare kürzer und der Körper ein wenig fülliger war als der von Mandy Siebert.

Die Luft im Raum war nahezu unerträglich. Blase und Gedärme der Toten hatten sich auf dem Bett entleert. Der Gestank der Fäkalien vermischt mit den Ausdünstungen einer Leiche und dem Geruch von Blut erzeugte einen Brechreiz. Der Anblick des völlig zerstochenen Körpers tat sein Übriges. Olivers Magen krampfte sich ruckartig zusammen und er musste würgen. Welche kranke Bestie war nur zu solchen Taten fähig? Das Opfer, Nicole Neumann, war dreißig Jahre alt und hätte eigentlich sein ganzes Leben noch vor sich gehabt.

»Es ist derselbe Täter«, sagte Klaus tonlos. Er hatte sich Gummihandschuhe übergezogen und die Hände des Opfers untersucht. Den Zettel, den er in der rechten Hand der Toten gefunden hatte, hielt er in diesem Augenblick hoch, so dass Oliver die feinen Linien mit den schwarzen Noten erkennen konnte. Unten auf dem Papier standen zwei Worte, die das Blut in Olivers Adern gefrieren ließen: »Fortsetzung folgt.«

»Ich hoffe, es war nicht Mulch.« Mehr brachte Oliver nicht hervor. Er biss die Zähne zusammen und blickte sich im Zimmer um. Er konnte die Frau nicht mehr zum Leben erwecken. Was er jetzt tun musste, war, ihrem Mörder so schnell wie möglich das Handwerk zu legen. Und zwar bevor dieser Verrückte erneut zuschlug. Oliver erblickte einen kleinen Tisch und trat näher. Konzentriert suchte er nach Abdrücken. Leider war die Oberfläche sauber und staubfrei. Mit bloßem Auge konnte er nichts erkennen. Neben dem Tisch lag ein Stapel Papier, den der Mörder womöglich vom Tisch geräumt hatte. Die Tischplatte selbst war leer.

»Hier muss die Spurensicherung ran. Wo steckt Scholten eigentlich?«

Klaus zuckte mit den Schultern. »Keine Ahnung. Die müsste längst auf dem Weg sein.«

»Vermissen Sie mich?« Ingrid Scholten stand im Türrahmen. Ein schelmisches Grinsen hatte sich in ihr Gesicht geschlichen, welches jedoch beim Anblick der Leiche erstarb.

»Du meine Güte! Das sieht ja haargenau so aus

wie beim letzten Mord.«

Sie sah den Zettel, den Klaus immer noch nach oben hielt, und schlug die Hand vors Gesicht. »Der Mistkerl will doch nicht wirklich damit weitermachen?«

Statt einer Antwort entstand betretenes Schweigen in dem engen, stinkenden Zimmer. Scholten ging wortlos um das Bett herum und machte hastig ein paar Notizen. Dann glitt ihr Blick hinüber zu dem kleinen Tisch in der Ecke. Offenbar hatte sie denselben Gedanken wie Oliver. Mit kurzen Schritten lief sie auf den Tisch zu und bückte sich.

»Darum wird sich gleich mein Mitarbeiter kümmern, aber ein ungutes Gefühl sagt mir, dass wir dieselben Abdrücke finden werden wie auf dem Schreibtisch des ersten Opfers.«

Oliver nickte stumm. Er hatte dasselbe Gefühl. Mit Grauen erinnerte er sich an die Worte des Musikprofessors Engelbert aus Köln. Er hatte geschätzt, dass die Noten auf dem Zettel nur ein Zehntel des gesamten Stücks ausmachten. Bis jetzt gab es zwei Opfer. Es war nicht auszumalen, was passierte, wenn sie den Kerl nicht bald fassten. Er ging offenbar immer nach demselben Muster vor und sicher würde er nicht eher aufhören, bis er ein Blatt mit der Schlusspassage dieses verdammten Musikstücks in die Hand seines Opfers gestopft hatte.

»Wer hat die Tote eigentlich entdeckt?«

Ingrid Scholtens Stimme holte Oliver in die Realität des übel riechenden Zimmers zurück.

»Ihre Mutter. Sie sitzt noch unten im Polizeiwagen und macht Angaben zu der Toten.« Oliver warf einen letzten Blick auf den Schauplatz des Grauens. »Ich denke, ich werde mich mal um die Dame kümmern.« Mit diesen Worten verließ er das Schlafzimmer und stieg die schmale Treppe hinab. Er hatte definitiv genug gesehen. Unten angekommen, kletterte Oliver in den großen Polizeiwagen. Eine blasse, verweinte grauhaarige Frau saß in dem Auto. Ihre Stimme klang brüchig.

»Guten Tag, ich bin Kommissar Oliver Bergmann. Ich möchte Ihnen mein herzlichstes Beileid aussprechen, Frau Neumann. Ich übernehme diesen Fall und werde mein Bestes tun, damit wir den Mörder Ihrer Tochter finden und vor Gericht bringen können.«

Die alte Frau registrierte Oliver kaum. Der Kummer stand ihr ins Gesicht geschrieben und sie schien mit ihren Gedanken weit weg zu sein. Der Polizeibeamte, der Frau Neumann befragt hatte, schüttelte unauffällig den Kopf und gab Oliver damit zu verstehen, dass er bisher nichts Bedeutsames aus der Dame herausbekommen hatte. Oliver musste einen Seufzer unterdrücken.

»Wann haben Sie ihre Tochter gefunden?«

Kummervolle, tiefbraune Augen richteten sich auf Oliver. In diesem Moment fiel ihm ein weiterer Unterschied zum ersten Opfer auf. Nicole Neumann hatte wie ihre Mutter dunkelbraune Augen gehabt. Mandy Sieberts Augen hingegen waren blau gewesen.

»Ihr Chef hat mich angerufen und gefragt, wo Nicole bleibt. Ich wohne direkt nebenan und wir haben guten Kontakt.«

Oliver warf einen Blick auf die Uhr. Eine kleine Falte erschien auf seiner Stirn. Es war gerade einmal halb neun.

»Warum hat er schon so früh mit Ihnen telefoniert?«, hakte er nach.

»Nicole hat in einer Bäckerei im Rheinpark-Center in Neuss gearbeitet. Dort fangen sie schon um fünf Uhr in der Frühe an, und als sie um sechs Uhr immer noch nicht dort war, bekam ich den Anruf«, erklärte Frau Neumann. »Das Personal wurde letztes Jahr stark reduziert, und wenn jemand nicht pünktlich erscheint oder ausfällt, kommt alles durcheinander.« Sie stieß einen herzzerreißenden Seufzer aus und tupfte sich eine Träne aus dem Gesicht.

»Mein armes kleines Mädchen Wie konnte nur so etwas Schreckliches passieren?«

Ein Weinkrampf schüttelte den schmächtigen Körper der Alten und Oliver legte ihr tröstend eine Hand auf die Schulter.

»Dabei habe ich noch gedacht, sie hätte einen schönen Abend gehabt. Sie war verabredet, müssen Sie wissen. Mit einem Musiker, und ich habe selbst gehört, wie er ihr etwas vorgespielt hat. Es war eine so wunderbare Melodie.«

Oliver wurde hellhörig. Der Beamte, der bisher die Befragung durchgeführt hatte, zuckte hilflos mit den Achseln. Oliver warf dem Mann einen vorwurfsvollen Blick zu. Dass die Zeugin in der Mordnacht Musik gehört hatte, hätte der Beamte längst herausfinden müssen. Er bat Frau Neumann darum, einen Moment zu warten. Dann rannte er zu seinem Dienstwagen und holte die CD von Professor Engelbert aus dem Autoradio.

»Ist es diese Melodie, die Sie gestern Abend gehört haben?«, fragte Oliver, während er die CD in den CD-Spieler des großen Polizeiwagens schob und auf Start drückte. Augenblicklich erfüllte ein mittelalterlicher Klang den Wagen. Oliver stellte die Musik noch ein wenig lauter. Er wollte sichergehen, dass die Zeugin auch etwas hören konnte. Nicole Neumanns Mutter wartete ein paar Takte ab und lauschte angestrengt. Dann schossen ihre Augenbrauen in die Höhe und sie hob ruckartig den Zeigefinger.

»Das ist sie. Ich habe mir diesen Teil genau gemerkt. Er hat dieses Stück ein paarmal gespielt und ich fand es wunderschön ...« Sie stoppte erschrocken, als sie merkte, was sie da gerade sagte. »Oh nein, Sie denken, dieser Musiker hat mein kleines Mädchen auf dem Gewissen?«

»Ich befürchte, ja«, erwiderte Oliver vorsichtig. Er wollte ihr nicht noch mehr Leid zufügen.

»Haben Sie den Freund ihrer Tochter gekannt?«

Die Alte schüttelte frustriert den Kopf. »Nicole wollte ihn mir erst vorstellen, wenn sie sicher ist, dass eine feste Beziehung aus dieser Bekanntschaft entsteht. Sie hat ihn gestern zum zweiten Mal gesehen.«

»Kennen Sie seinen Namen?«

»Er heißt Stefan.«

»Und weiter?«

»Weiter weiß ich nicht.« Tränen liefen über das Gesicht der Frau. Es war die Verzweiflung darüber, dass sie ihre Tochter im richtigen Augenblick nicht vor diesem abscheulichen Unglück hatte bewahren können.

»Wissen Sie, wo sie sich kennengelernt haben?«

Nicole Neumanns Mutter schüttelte erneut den Kopf und schluchzte.

»Ich dachte doch, sie ist erwachsen und weiß selbst am besten, auf wen sie sich einlässt.«

Oliver hatte Mitleid mit der Frau. Niemand sollte den Tod seines eigenen Kindes betrauern müssen. Er konnte sich keinen schlimmeren Schmerz auf der Welt vorstellen.

»Das macht nichts. Wenn Ihnen noch etwas einfällt, dann rufen Sie mich an.« Oliver drückte Frau Neumann eine Visitenkarte in die Hand und verließ den Polizeiwagen

…

Zwei Stunden später saßen Oliver und Klaus bei einem alten Bekannten. Professor Morgenstern war spezialisiert auf Gewalttäter mit gravierenden Persönlichkeitsstörungen und leitete eine psychiatrische Klinik, die mitten im Nirgendwo zwischen Zons und Rheinfeld lag. Er hatte die Kriminalpolizei vor einiger Zeit bei einem Fall begleitet und ausgezeichnete Hinweise zum Verhalten von Psychopathen geliefert. Morgenstern war ein hochversierter Mann mit einem hervorragenden Ruf in medizinischen Kreisen.

»Guten Morgen, meine Herren«, begrüßte der

Professor Oliver und seinen Partner. »Haben Sie etwa Sehnsucht nach der roten Etage?«

»Oh nein. Sicher nicht.« Oliver erinnerte sich mit Grauen an die Psychopathen, die dort gut bewacht hinter Schloss und Riegel verwahrt wurden. »Aber wir kommen mit einer Bitte zu Ihnen.«

Oliver berichtete ausführlich von den letzten beiden Mordfällen und von dem Verdächtigen Thomas Mulch, der sich freiwillig gestellt hatte. Professor Morgenstern hörte aufmerksam zu und machte sich hin und wieder Notizen. Oliver kam nicht umhin, die lange Narbe, die sich auf seiner linken Wange befand, zu inspizieren. Wie beim letzten Mal fragte er sich, wo Morgenstern diese Verletzung herhatte. Sie passte irgendwie nicht zu einem gebildeten Mann, der über den höchsten akademischen Grad verfügte. Morgenstern fuhr sich gedankenverloren durch die blonden Locken, die ihm immer wieder in die Stirn fielen.

Als Oliver mit seinem Bericht zum Ende kam, richtete er seine tiefblauen Augen auf ihn und fragte: »Und wie kann ich Ihnen bei diesem Fall behilflich sein?«

»Wir benötigen ein psychologisches Profil von Thomas Mulch. Wir müssen wissen, ob er zu einer solchen Tat fähig wäre oder ob er nur um Aufmerksamkeit buhlt.«

Morgenstern pochte mit dem Kugelschreiber auf die Tischplatte. »Das ist nicht so einfach. Ich weiß nicht, ob Thomas Mulch überhaupt auf die Hypnose anspricht. Wenn überhaupt, kann ich Ihnen nur Wahrscheinlichkeiten angeben.«

»Das hatten wir uns schon gedacht«, erwiderte Oliver. »Thomas Mulch stand in der Tatnacht unter Drogen und hat Erinnerungslücken. Vielleicht schaffen Sie es ja, diese zu füllen.«

»Ich kann ihn in Hypnose versetzen und versuchen, die Blockade zu lösen. Diese Methode ist oft erfolgreich.« Morgenstern machte sich abermals eine Notiz. »Aber Sie wissen ja, dass man damit keine handfesten Beweise ersetzen kann.«

Oliver nickte und überlegte, wie er Professor Morgenstern am besten beibrachte, dass Thomas Mulch bereits unten im Polizeiwagen wartete. In der ganzen Hektik hatte er darauf verzichtet, Morgenstern vorab telefonisch zu informieren. Er hatte Mulch, noch bevor sie den neuen Tatort erreicht hatten, von zwei Streifenpolizisten abholen lassen. Oliver brauchte so schnell wie möglich Ergebnisse und vielleicht war Morgenstern in der Lage, aus den Tiefen von Mulchs Gedächtnis mehr über die Mordnacht zutage zu fördern.

»In dieser Nacht war Mulch nach seinen Angaben nicht alleine mit dem Opfer«, hob Oliver bedächtig an. »Es war wohl ein zweiter Mann dabei, der sogenannte Panther. Mulch kann sich jedoch nicht genau an den Mann erinnern. Vielleicht könnten Sie etwas herausbekommen.«

Morgenstern hatte die Augen zusammengekniffen und durchlöcherte Oliver geradezu mit seinem Blick. Er zögerte kurz, doch als Oliver nichts mehr hinzufügte, antwortete er: »Dann bringen Sie mir Thomas Mulch einfach so schnell wie möglich vorbei.«

»Nun, die Sache ist die ...« Oliver geriet ins Schlingern und zupfte sich verlegen am Ohrläppchen. »Der Verdächtige wartet bereits unten im Polizeiwagen.«

»Aha«, Morgensterns Augen blitzten. »Ich habe doch gemerkt, dass Sie mir etwas verheimlichen. Dann fangen wir am besten sofort mit der ersten Hypnosesitzung an.«

...

Professor Morgenstern hatte Oliver und Klaus mehr oder weniger hinauskomplimentiert. Oliver hatte in seinen Augen gesehen, dass er begierig darauf war, mit Thomas Mulch zu sprechen. Er selbst war einfach nur froh, dass er den Professor für diesen schrecklichen Fall hatte gewinnen können. Wenn Morgenstern nichts aus Mulch herausbekam, konnte ihnen auch sonst niemand helfen. Soviel war sicher.

Er konzentrierte sich wieder auf die Ausführungen von Hartmut Meier aus seinem Rechercheteam. Meier hatte die Abdrücke, die sie am ersten Tatort auf dem Schreibtisch gefunden hatten, mittlerweile zugeordnet. Es handelte sich dabei um Gerätefüße, die sehr häufig verwendet wurden. Allerdings konnte Meier anhand der Abstände der Gummidämpfer herausfinden, dass diese Maße höchstwahrscheinlich zu einem handelsüblichen Keyboard passten. Unglücklicherweise waren solche Keyboards beinahe in jedem Elektrofachgeschäft erhältlich und somit fiel diese Erkenntnis als brauchbare Spur aus.

Hartmut Meier war immer noch dabei, den typischen Aufbau dieses Musikinstruments zu erklären. Oliver pochte ungeduldig mit den Fingern auf die Schreibtischplatte. Klaus warf ihm einen genervten Blick zu und verdrehte die Augen. Oliver schätzte die Arbeit von Hartmut Meier. Dieser Mann war sehr detailverliebt, aber leider hatte diese Charaktereigenschaft nicht nur Vorteile. Meier konnte weder Wesentliches von Unwichtigem unterscheiden, noch bemerkte der beinahe autistisch wirkende Mann, dass seine Zuhörer das Interesse an seinen Ausführungen verloren hatten. Oliver zählte im Stillen bis drei und unterbrach ihn.

»Vielen Dank, Herr Meier. Vielleicht können wir noch einmal zu der Liste zurückkehren, die Sie über Mandy Sieberts Kontakte erstellt haben.«

Meier stoppte irritiert. »Aber ich war noch nicht fertig. Die Beschaffenheit des unteren Gehäuseteils ist enorm wichtig für den Abgleich der Abdrücke mit den passenden Keyboardmodellen. Es gab Neuerungen in der Bauweise und damit kommen nur Instrumente, die vor mindestens drei Jahren gebaut wurden, in Frage.«

Oliver brachte ein verkrampftes Lächeln zustande, erhob sich und pochte mit dem Finger auf die fünf Namen, die Klaus vor ein paar Minuten ans Whiteboard geschrieben hatte.

»Herr Meier, verstehen Sie mich nicht falsch. Aber derartige Keyboards sind, wie Sie ja gerade selbst ausgeführt haben, überall erhältlich und somit haben wir keine Möglichkeit, die Spur bis zum Erwerb des

Instruments zurückzuverfolgen. Wir brauchen eine Täterbeschreibung, und da solche Keyboards tausendfach verkauft wurden, wird sich kein Verkäufer an unseren Mörder erinnern können.«

Oliver konnte sehen, wie es hinter Meiers Stirn arbeitete. Es verging ein kurzer Moment, dann nickte der Mann.

»Sie haben recht. In diesem Fall ist nur relevant, dass es sich um ein Keyboard handelt, das der Täter an den Ort des Verbrechens mitgenommen hat.«

Oliver war erleichtert. »Was uns noch weiterhelfen könnte, wäre, zu wissen, ob am zweiten Tatort dasselbe Instrument verwendet wurde.«

»Ich bin schon dran. Ich habe die Spuren mit speziellem Licht sichtbar gemacht, das war gar nicht so einfach. Ich denke, ich brauche noch zwei Stunden und dann kann ich Genaueres sagen.«

»Das wäre prima«, erwiderte Oliver, und lenkte Meiers Aufmerksamkeit abermals auf die Namen von Mandy Sieberts Internetkontakten, die fein säuberlich untereinander auf das Whiteboard geschrieben waren.

»Haben Sie die Angaben zu Körpergröße, Augen- und Haarfarbe aus den jeweiligen Internetprofilen überprüft?«

Meier nickte eifrig. »Ja, natürlich. Ich habe sogar die Profile von allen fünfzehn Personen mit unseren Datenbanken und dem Personalausweisregister verglichen. Die Profilangaben stimmen bis auf eine Person mit den Nennungen überein.«

Hartmut Meier ging zum Whiteboard hinüber und zeigte auf Olivers Stift. »Darf ich?«

Oliver gab ihm den Marker. Meier schrieb einen sechsten Namen auf die Tafel.

»Matthias Schroiff hat bei der Angabe seiner Körpergröße gemogelt. Wahrscheinlich hat er sich bessere Chancen ausgemalt, wenn er sich zehn Zentimeter größer macht.« Meier stieß ein merkwürdig hohes Gekicher aus. Der Mann war wirklich ein Nerd, fuhr es Oliver durch den Kopf.

»Wie lange werden Sie brauchen, um den Computer des zweiten Opfers zu analysieren?«, fragte er den schmächtigen Mann.

»Einen, vielleicht zwei Tage. Ich beeile mich.«

...

Professor Morgenstern hatte nicht lange gezögert. Thomas Mulch war erstaunlich kooperativ gewesen. Er ging sofort auf Morgensterns Vorschlag zur Durchführung einer Hypnose ein. Die meisten Menschen, die Morgenstern kannte, hatten Angst davor, die Kontrolle zu verlieren, Mulch jedoch nicht. Dafür machte sein neuer Patient einen außerordentlich verzweifelten Eindruck. Offenbar hatte er eine starke emotionale Bindung zu dem Opfer aufgebaut. Er litt schrecklich unter ihrem Tod, das konnte Morgenstern ganz deutlich erkennen.

Sein Schwerpunkt waren eigentlich Psychopathen, denen üblicherweise jegliche emotionale Tiefe fehlte. Dafür besaßen sie meist einen ausgeprägten Kontrollzwang. Mulch wies diese typischen Merkmale nicht auf.

Die Hypnose funktionierte bei ihm gut. Er war innerhalb weniger Minuten in eine Art Halbschlaf verfallen. Morgenstern beschloss, zunächst mit der Kindheit seines neuen Patienten zu beginnen.

»Erzählen Sie mir von Ihrer Mutter.«

»Sie lebt in einem Altenheim, aber ich besuche sie nicht so oft. Wir hatten ein schwieriges Verhältnis.«

»Beschreiben Sie mir einen Tag mit Ihrer Mutter, als Sie zehn Jahre alt waren.«

Mulch brummelte Unverständliches. Dann begann er zu Morgensterns Verwunderung, zu summen. Es war eine Melodie, die er nicht kannte.

»Haben Sie mit Ihrer Mutter musiziert?«, hakte Morgenstern nach.

»Sie hat mich zu dem gemacht, was ich bin. Ich musste stundenlang proben. Ich stamme aus einer berühmten Familie von Musikern.«

»Mussten Sie viel üben?«

Mulch nickte und plötzlich lief eine Träne über sein Gesicht.

»Was sehen Sie?«, fragte Morgenstern, der spürte, dass er auf etwas Wichtiges gestoßen war.

»Ich sitze am Klavier. Meine Finger tun weh. Ich habe den ganzen Vormittag geübt. Ich habe Hunger, jedoch darf ich erst essen, wenn ich das Stück fehlerfrei spiele.« Mulch schluchzte. »Aber ich schaffe es nicht. Es ist eine Melodie für Fortgeschrittene. Ich bin noch viel zu jung dafür. Doch Mutter interessiert es nicht. Sie schleift mich in mein Zimmer und schließt mich ein. Ich bin so hungrig.«

»Dann essen Sie einfach. Stellen Sie sich vor, dass Ihr Lieblingsessen auf dem Tisch steht. Es ist nicht schlimm, dass Sie in Ihrem Zimmer eingesperrt sind.«

Mulch begann zu kauen. Die Hypnose funktionierte wirklich fantastisch, bemerkte Morgenstern noch einmal.

»Beschreiben Sie mir Ihre Mutter, ist sie eine schöne Frau?«

»Oh ja, sie ist eine Schönheit. Ihre Augen sind so blau wie der allerschönste Sommerhimmel.«

Morgenstern beschloss, den Sprung in die Gegenwart zu wagen.

»Und Mandy Siebert hat dieselben blauen Augen?«, fragte er vorsichtig, wobei er bewusst vermied, von dem Opfer in der Vergangenheit zu sprechen.

Mulch seufzte. »Ich glaube, ihre Augen waren sogar noch schöner.«

»Wie sind Sie Mandy begegnet?«

Ein Lächeln huschte über Mulchs Gesicht und er berichtete Morgenstern von der Internetbörse, in der er die junge Frau kennengelernt hatte.

»Hat es Ihnen nichts ausgemacht, dass sie nur Sex mit Ihnen wollte?«

»Oh nein, es war nicht nur Sex. Wir haben auch geredet. Es funktionierte einfach von Anfang an zwischen uns, bis dieser dämliche Kerl dazwischengefunkt hat.«

Morgenstern war genau an dem Punkt angekommen, auf den er von Anfang an hinausgewollt hatte. Jetzt galt es, besonders konzentriert zu sein.

»Sie sprechen von dem Mann, der sich Panther nennt?«

Mulch nickte, sagte jedoch nichts.

»Haben Sie sich oft getroffen?«, schob Morgenstern hinterher.

»Nein, nur zweimal.«

»Warum haben Sie sich zu dritt getroffen?«

»Es war Mandys Idee. Ich wollte sie gar nicht mit ihm teilen. Aber sie fand seinen Oberkörper so muskulös, dass sie ihn unbedingt treffen musste. Sie hat mir sein Profil im Internet gezeigt und hatte sogar vor, sich mit ihm alleine zu verabreden. Nur mir zuliebe haben wir es dann zu dritt getan. Das erste Mal war zwei Wochen vor ihrem Tod. Es war nicht schön.« Mulch schluckte. »Ich musste zusehen, wie er es mit ihr getrieben hat. Es war abscheulich.«

Morgenstern bohrte weiter. »Beschreiben Sie den Panther. War er wirklich so muskulös?«

Mulch stöhnte. »Sein Oberkörper schon. Er war nicht sonderlich groß, eher untersetzt. Beim Sex hat er sich diese lächerliche Maske aufgesetzt.«

»Eine Panthermaske?«

»Ja, eine schwarze Panthermaske«, bestätigte Mulch.

»Beschreiben Sie seine Augen«, forderte Morgenstern ihn auf.

»Schwarz, genauso wie seine Haare. Er ...«, Mulch geriet ins Stocken. »Er hat sie wie eine Hure behandelt und Mandy hat das auch noch gefallen.« Mulch schluchzte.

»Können Sie sein Gesicht genauer beschreiben?«

Mulch schluchzte erneut. »Sie ist tot. Meine Mandy ist tot.« Mulch atmete heftig ein und aus. Dann zog sich sein Oberkörper ruckartig zusammen und ein plötzlicher Weinkrampf erfasste ihn. Morgenstern versuchte, Mulch wieder zu beruhigen, doch es war zwecklos. Die Trauer um Mandy Siebert hatte Besitz von ihm ergriffen und unter diesen Umständen wäre es nicht verantwortungsvoll, die Hypnosesitzung weiterzuführen. Er würde sowieso keine vernünftige Antwort mehr aus Mulch herausbekommen. Morgenstern machte eine allerletzte Notiz und begann dann langsam, von zehn an rückwärts zu zählen, um Mulch wieder aufzuwecken. Er würde morgen einen weiteren Hypnoseversuch starten und war zuversichtlich, noch mehr über den Panther erfahren zu können.

...

Anna trat nervös von einem Fuß auf den anderen. Ihr Blick ging immer wieder zu der großen Bahnhofsuhr, deren Zeiger unermüdlich weiterliefen. Noch zwei Minuten, dann musste sie losfahren. Sie hatte Emily versprochen, vor dem Kreisarchiv in Zons auf sie zu warten. Es war für ihre beste Freundin unheimlich wichtig, sich direkt morgens dort zu treffen. Ihr Freund Oliver Bergmann hatte sie gebeten, über Lautenmusik in Zons zu recherchieren, und Emily war Feuer und Flamme.

Das Kreisarchiv wurde von einem schrägen alten

Kauz geleitet und Emily traute sich nicht alleine dorthin. Der hinkende Kerl mit den dicken Brillengläsern konnte einem wirklich Furcht einjagen, auch wenn er vermutlich völlig harmlos war.

Anna mochte Emily nicht im Stich lassen, wollte aber trotzdem unbedingt diesen Mann wiedersehen, der ihr nicht mehr aus dem Kopf ging. Sie hatte sich fest vorgenommen, jeden Tag zur selben Uhrzeit auf dem Bahnhof zu warten. Vielleicht hatte sie ja heute Glück.

Der große Zeiger bewegte sich eine Minute vor. Verdammt. Die Zeit rann ihr regelrecht durch die Finger. Anna wusste, dass sie etwas zu früh dran war. Doch nur so hatte sie die Chance, pünktlich bei Emily zu sein. Natürlich hätte sie Emily einfach von ihrem Vorhaben erzählen können. Auf ein paar Minuten früher oder später wäre es bestimmt nicht angekommen. Aber irgendetwas hatte Anna davon abgehalten. Sie wusste selbst nicht genau was. Möglicherweise war es Aberglaube. Ihre Großmutter hatte immer gesagt, dass nur die Träume, die man für sich behielt, wahr werden würden. Anna überlegte, ob sie Emily nicht schon zu viel erzählt hatte.

Der große Zeiger auf der Uhr bewegte sich erneut. Anna fluchte. Der Bahnsteig war gähnend leer. Langsam, ja fast widerwillig, lenkte sie ihre Schritte in Richtung Treppe. Niemand kam ihr entgegen. Verzweiflung ergriff ihr Herz. Ob sie jemals ihr Glück finden würde? Sie beneidete Emily um Oliver. Die beiden hatten sich gesehen und auf den ersten Blick ineinander verliebt. Seitdem waren sie nahezu unzertrennlich.

Emily vergötterte Oliver. Niemand reichte an den großgebauten Schwarzhaarigen mit den markanten Gesichtszügen heran. Emily hätte jeden Popstar für Oliver sausen lassen. Das war wahre Liebe.

Anna seufzte und stieg weiter die Treppenstufen hinab. Auch der Platz vor dem Bahnhof war so gut wie leer. Nur ein paar Taxifahrer standen rauchend vor ihren Autos. Anna blickte sich ein letztes Mal um. Resigniert beschloss sie, zu ihrem Auto zu gehen und es am nächsten Tag wieder zu versuchen. Sie hatte nur fünfzig Meter entfernt geparkt. Dort gab es einen kleinen Parkplatz, dessen Stellplätze ziemlich eng waren. Anna stieg in ihren Wagen und drehte den Schlüssel um. Der Motor sprang zuverlässig an. Sie warf erneut einen Blick auf die Uhr. Wenigstens würde sie einigermaßen pünktlich bei Emily sein.

Sie legte den Rückwärtsgang ein und trat frustriert aufs Gas. Ein lauter Knall brachte ihr Auto zum Stehen und Annas Kopf schlug gegen die Kopfstütze. Der Schock betäubte sie für ein paar Sekunden. Dann blickte sie in den Rückspiegel und entdeckte das Auto, in das sie gerade hineingefahren war. Ein Mann stieg aus dem Wagen und lief auf Annas Fahrertür zu. Sie war immer noch ein wenig benommen und tastete vergeblich nach dem elektrischen Scheibenheber. Schließlich öffnete sie einfach die Tür.

»Es tut mir leid. Ich hatte es eilig und habe Sie wohl übersehen«, sagte sie, während sie sich aus dem Auto hievte. Eine Hand streckte sich ihr entgegen und Anna griff dankbar zu. Erst als sie festen Halt unter den Füßen hatte, hob sie den Kopf und blickte ihrem

Helfer ins Gesicht. Dunkelbraune Augen fixierten sie intensiv und ließen schlagartig ihre Knie weich werden. Entgeistert taumelte Anna zur Seite. Starke Arme fingen sie augenblicklich auf. Ein betörendes Parfum strömte in ihre Nase und vernebelte Annas Verstand. Ihr Gegenüber lächelte sie mit seinen vollen Lippen an und eine unglaublich tiefe, männliche Stimme fragte:

»Wohin denn so eilig?«

IX
Vor fünfhundert Jahren

Bastians Pfiff gellte in Jakobs Ohren und er hielt verdutzt inne. Lorenz lag immer noch unter ihm auf dem Boden, doch für den Moment verzichtete Jakob darauf, weiter auf ihn einzudreschen. Bastian war in Windeseile an seiner Seite und schlug Jakob mit einem mächtigen Hieb das Schwert aus der Hand. Dann zerrte er ihn von Lorenz Schiebusch herunter.

»Was hattet Ihr vor, Jakob?«, zischte Bastian, während er Lorenz aufhalf. »Wir brauchen ihn lebend.«

»Er hat sich hier herumgetrieben und mich schließlich angegriffen«, rechtfertigte sich Jakob empört.

Lorenz richtete sich zu voller Größe auf und erwiderte zornig: »Ich wollte nur nachsehen, ob Ihr Euch wieder an einer Novizin vergreift, Feigling.«

Jakob traute seinen Ohren nicht. Was behauptete dieser Mistkerl da gerade? Er holte aus und rammte Lorenz wütend sein Knie in den Unterleib.

»Jetzt hört sofort auf, Ihr Raufbolde«, fuhr Bastian dazwischen.

»Ich habe ihn gesehen«, hob Lorenz erneut an. »Euer neuer und treuloser Stadtsoldat hat sich an ihr vergangen.«

Bastian ergriff Lorenz‘ Wams und zog ihn mit einem Ruck zu sich heran.

»Euer Atem stinkt nach Met, Lorenz Schlebusch«, sagte Bastian, während er seinen Griff verstärkte. »Könnt Ihr Eure Niederlage nicht wie ein Mann ertragen? Nur weil Jakob und nicht Ihr in die Stadtwache aufgenommen wurdet, bedeutet das nicht, dass Ihr das Recht habt, ihn zu verleumden. Eure Situation verbessert sich dadurch nicht.«

Bastian ließ Lorenz los und dieser taumelte rückwärts.

»Das ist keine leere Anschuldigung. Ich habe Jakob beobachtet und gesehen, wie er Teresia hinterhergeschlichen ist in jener Nacht«, beteuerte Lorenz.

Bastian holte tief Luft. Er empfand Lorenz‘ Verhalten als zutiefst unehrenhaft.

»Vielleicht wart Ihr es ja selbst und versucht jetzt, es mir in die Schuhe zu schieben. Wer von uns wohnt denn direkt neben dem Kräutergarten?«, warf Jakob ungehalten ein.

»Was hat der Kräutergarten damit zu tun, Taugenichts?« In Lorenz‘ Stimme schwang unverhohlene Verachtung mit.

»Jetzt reicht es. Lorenz, Ihr geht jetzt sofort nach Hause. Wir reden morgen weiter.«

»Aber ...«

»Kein aber«, zischte Bastian wütend. »Ihr tut jetzt, was ich sage, ansonsten werde ich Eurem Vater von Eurem absonderlichen Benehmen berichten.«

Lorenz trollte sich widerwillig.

Jakob blieb mit gesenktem Kopf neben Bastian

stehen und wusste nicht, was er sagen sollte.

»Hört zu, Jakob. Ihr seid ein Stadtsoldat. Falls Euch jemand angreift, schnappt ihn Euch und werft ihn in den Juddeturm«, sagte Bastian mit strenger Stimme. »Ich will nicht noch einmal sehen, wie Ihr Euch prügelt. Lorenz hätte sich über die grobe Behandlung beschweren können, oder noch schlimmer, sein Vater hätte sich beim Burggraf beklagt. Schlimmstenfalls hätte ich Euch unehrenhaft aus der Stadtwache entlassen müssen. Ich hatte Euch wirklich für klüger gehalten, Jakob.«

Jakob schämte sich. Bastian hatte recht. Er hätte sich von Lorenz nicht provozieren lassen sollen. Das war tatsächlich dumm gewesen.

»Ist schon gut. Seht zu, dass Ihr nicht noch einmal so unbesonnen handelt. Im Übrigen wusste ich gar nicht, dass Ihr so gut im Zweikampf seid.« Bastian knuffte Jakob in die Seite und fragte dann: »Habt Ihr während Eurer Wache etwas Wichtiges beobachtet?«

Jakob schüttelte den Kopf.

»Gut, dann übernehme ich jetzt. Vorher muss ich allerdings noch etwas erledigen. Bleibt noch hier, bis ich wiederkomme.«

Bastian verschwand hinter der Kirche und lief zu dem Verschlag, in dem Hubert sich mit seiner Hure vergnügt hatte. Er lauschte. Es war totenstill dort drinnen. Bastian öffnete die Tür und stellte fest, dass die Hütte leer war. Damit hatte er beinahe gerechnet. Einen Moment lang überlegte er, Hubert zu suchen, doch dann entschied er sich dagegen. Bisher waren alle Morde in der Nähe des Brunnens geschehen. Es war besser, dort Wache zu halten. Morgen Nacht würde er Hubert ein weiteres Mal verfolgen. Er lief zu Jakob zurück und löste ihn ab. Die nächsten Stunden verbrachte Bastian fröstelnd bis zum Morgengrauen, ohne dass irgendetwas passierte.

...

Bastian hatte sich gerade einmal zwei Stunden Schlaf gegönnt und das machte sich jetzt bemerkbar. Müde saß er auf einem Stuhl und beobachtete, wie Wernhart den leichenblassen Herman in das schmale Zimmer schob, das im Juddeturm für Verhöre genutzt wurde. Offenbar hatte die Nacht in dem finsteren Turm Herman ziemlich zugesetzt. Seine Haut wirkte nahezu blutleer und unter seinen Augen befanden sich dunkle Ringe. Sein Blick schweifte unruhig im Raum hin und her. Bastian war zuversichtlich, dass er sein Schweigen bald brechen würde. Wernhart stellte die erste Frage.

»Woher wisst Ihr, dass Teresia gekreuzigt wurde?«

Herman knetete nervös seine Finger und schwieg.

»So seid doch vernünftig, oder wollt Ihr noch eine Nacht im Juddeturm verbringen?« Bastian verlor langsam die Geduld. Er warf Herman einen unmissverständlichen Blick zu. Wenn er nicht redete, würde er wieder in seiner Zelle landen.

Herman schluckte. Bastian konnte sehen, wie es hinter seiner Stirn arbeitete. Dann endlich öffnete Herman den Mund und begann zu reden.

»Ich war in der Nacht, als Teresia ermordet wurde, alleine in meinem Haus. Ihr wisst, dass ich kein Eheweib habe und es wahrscheinlich niemand bezeugen kann. Aber ich war es nicht, das schwöre ich. Genau so, wie ich der armen Margret nichts zuleide getan habe. Ich kannte sie. Habe sie oft am Brunnen Wasser holen sehen.« Herman hielt kurz inne. »An dem Morgen, an dem Ihr Teresia in der Kirche gefunden habt, war ich Wasser holen. Auf dem Weg zum Brunnen lief mir Wernhart über den Weg. Ich ...« Herman kam ins Stottern und schluckte erneut. »Ich wollte einfach nur wissen, wo er hingeht.«

»Ihr habt mich verfolgt?«, fragte Wernhart fassungslos.

Herman errötete. »Ich dachte nur ...«, er stockte. Dann atmete er tief durch und sah Bastian mit einem durchdringenden Blick an. »Ich dachte, Wernhart könnte sein wie ich. Er ist schließlich auch noch nicht verheiratet.«

Mit dieser Offenbarung hatte Bastian nicht gerechnet. Als er Wernharts erstarrte Miene sah, musste er plötzlich lauthals lachen.

»Ihr glaubt, Wernhart sei von Eurem Schlag?« Bastian klopfte sich auf die Schenkel, hielt jedoch inne, als er sah, wie Herman die Augen niederschlug. Wernhart sagte immer noch kein Wort und Bastian begriff, dass er kurz vor der Explosion stehen musste. Schnell klärte er die Lage auf.

»Wernhart hat eine Auserwählte, sie lebt jedoch in Stürzelberg. Im nächsten Jahr ist sie alt genug, um die

Ehe einzugehen.«

Herman erwiderte nichts. Seine Finger zitterten. Wernhart hatte seine Sprache wiedergefunden: »Ich teile Eure Gelüste nicht.«

Bastian legte beschwichtigend die Hand auf Wernharts Schulter. Er war der sechste Sohn des Zonser Müllers und er kannte diese Art von Gelüsten. Einer seiner Brüder konnte ebenfalls keine Freude an der Ehe empfinden, obwohl mittlerweile fünf Kinder sein Haus in eine Stätte des Frohmuts verwandelt hatten. Sein Weib war todunglücklich über die Gefühlskälte, die Bastians Bruder ihr entgegenbrachte. Außerhalb der Familie kannte niemand sein Geheimnis. Er hatte den Erwartungen seines Vaters Genüge getan und sich entgegen seiner Vorlieben in eine fruchtbare Ehe begeben. Dass Herman sich keine Frau nahm, war ihm im Grunde genommen hoch anzurechnen. Er blieb sich treu und verschonte außerdem ein ungeliebtes Weib vor den seelischen Qualen der Zurückweisung.

Bastian konzentrierte sich wieder auf die eigentliche Sache. Er erhob sich und ergriff den Schemel, den er aus der Kirche mitgebracht hatte.

»Zieht Eure Stiefel aus«, forderte er Herman auf.

Herman sah ihn unsicher an. In seinen Augen flackerte Angst auf.

»Nun macht schon.« Bastian wollte keine Zeit mehr verlieren. Herman schlüpfte wortlos aus seinen Stiefeln und reichte sie Bastian. Er vermied dabei jeglichen Blickkontakt mit Wernhart. Bastian hielt die Sohle des linken Stiefels an den Abdruck auf dem Schemel und seufzte. Er hatte es anhand der Körpergröße von Herman bereits vermutet. Der Abdruck auf dem Schemel war wesentlich kleiner. Herman war ziemlich sicher nicht Teresias Mörder. Zumindest hatte er nicht auf diesem Schemel gestanden. Eine Mittäterschaft schloss das Ganze natürlich nicht aus, doch sein Gefühl sagte Bastian, dass sie es mit einem Einzeltäter zu tun hatten. Er gab Herman die Stiefel zurück.

»Nun erzählt uns endlich, was an jenem Tag geschehen ist.«

»Ich bin, wie gesagt, hinter Wernhart hergelaufen. Es war schon beinahe Mittagszeit und er ging in die Kirche. Ich wollte wissen, was er vorhatte. Vor der Kirche stand ein Holzkarren, was mich noch neugieriger gemacht hat. Dann habe ich Euch entdeckt und wusste, dass etwas Schlimmes geschehen sein muss.« Hermans Stimme wurde zu einem heiseren Flüstern. »Bei Gott, ich habe noch nie einen solch grausamen Anblick gesehen. Wie sie dort oben am Kreuz hing. Es war schrecklich und ich bin einfach davongelaufen.«

»Ist Euch sonst noch jemand aufgefallen, der uns beobachtet haben könnte?« Bastian rekonstruierte im Geiste den Tag, an dem Teresia gefunden wurde. Er hatte Herman nicht bemerkt, aber da die Kirchentür aufgebrochen worden war, schenkte er seinen Worten Glauben.

Herman schüttelte den Kopf. »Nein, ich war alleine. Auf dem Platz war keine Menschenseele. Es war Markttag und ganz Zons tummelte sich auf dem Schloßplatz.«

Wernhart schien mit Hermans Erklärung nicht zufrieden, aus seinen Augen blitzte es immer noch wütend. »Und warum habt Ihr uns das nicht schon gestern erzählt?«

Herman lief rot an. »Ich wollte nicht, dass Ihr mich verachtet«, erwiderte er dann leise und ließ den Kopf hängen.

Bastian beschloss, diesem Gespräch ein schnelles Ende zu bereiten. Herman war nicht ihr Mann; sie hatten keinerlei Beweise dafür, dass er mit den Morden zu tun haben könnte.

»Ihr könnt gehen, Herman«, sagte er knapp. Als Wernhart widersprechen wollte, bedeutete er ihm mit einer Handbewegung zu schweigen.

Herman ließ sich das nicht zweimal sagen. Sofort sprang er auf und verließ die Kammer. Die schwere Holztür fiel mit einem Krachen ins Schloss.

»Warum hast du ihn gehen lassen?«, empörte sich Wernhart.

»Weil wir nichts gegen ihn in der Hand haben. Du hast doch selbst gesehen, dass der Fußabdruck nicht passte«, erwiderte Bastian.

»Ja, aber jetzt haben wir keinen Verdächtigen mehr. Herman war der Einzige von Pfarrer Johannes‘ Liste, der überhaupt in Frage kam«, murrte Wernhart.

»Wir müssen den Mörder finden. Ein falscher Verdächtiger bringt uns nicht weiter. Ich werde heute Abend den Hellseher zusammen mit Jakob verfolgen und du bewachst den Brunnen. Zwischen den beiden Morden lagen genau drei Tage. Die Wahrscheinlichkeit, dass er heute Nacht wieder zuschlagen will, ist also sehr hoch.«

In Wernharts Augen glomm ein Funken Hoffnung auf. »Du hast recht, Bastian. Wenn er es erneut versucht, dann in der Nähe des Kirchplatzes.«

Die Tür flog auf und Bastian hob überrascht den Kopf. Ein Stadtsoldat, der eigentlich vor dem Juddeturm Wachdienst hatte, stand im Türrahmen. Hinter ihm erblickte Bastian den alten Fritz. Der Greis verschwand fast hinter dem breiten Rücken des Soldaten.

»Dem Alten ist noch etwas eingefallen«, erklärte der Bursche und trat zur Seite, als Bastian den Greis in die Kammer winkte.

Der Alte, dessen Rücken bereits so weit verkrümmt war, dass er mindestens einen Kopf kleiner wirkte, schlurfte mit kurzen Schritten in den Raum. Bastian bot ihm den Stuhl an, auf dem Herman eben noch gesessen hatte.

»Was habt Ihr uns zu sagen, Fritz?«, hob Bastian an.

Der Alte richtete seine trüben, hellblauen Augen auf ihn. Seine brüchige Stimme klang eigenartig.

»Ich habe diesen Burschen wiedergesehen. Heute Morgen. Es war derselbe Kerl, der die Novizin mit den traurigen Augen verfolgt hat.«

Bastian warf Wernhart einen nachdenklichen Blick zu. Dieser zuckte mit den Achseln. »Habt Ihr ihn erkannt?«, fragte er dann.

»Ja, es war der Kaufmannssohn, Lorenz Schlebusch.«

Bastian staunte nicht schlecht. Er betrachtete die trüben Pupillen des Alten und konnte sich nicht vorstellen, dass das Augenlicht dieses Mannes ausreichte, um in der Dunkelheit mehr als bloße Schatten zu erkennen. Wernhart schüttelte unauffällig den Kopf. Offensichtlich teilte er Bastians Gedanken.

»Und da seid Ihr Euch sicher?« In Bastians Stimme waren deutliche Zweifel zu hören.

»Ja. Dieser Bursche schleicht ständig herum. Ein Tunichtgut«, erwiderte der Alte, während seine knorrigen Hände zitternd gegen die Tischkante schlugen. Als Bastian nicht sofort antwortete, fügte er hinzu: »Ich weiß, dass mein Augenlicht nicht mehr das Beste ist, aber er war es zweifelsohne. Seine Gestalt ist unverkennbar. So gedrungen und kräftig ist sonst keiner der Burschen.«

»Ihr habt ihn also nur anhand seiner Statur erkannt? Das heißt, Ihr konntet sein Gesicht nicht sehen?«

Der alte Fritz winkte ab. »Das Gesicht? Er hat ohnehin ein Allerweltsgesicht. Nein, das habe ich nicht gesehen. Aber dieser arrogante Gang, den konnte ich auch in der Dunkelheit ausmachen. Als er mir heute Morgen über den Weg gelaufen ist, fiel es mir wie Schuppen von den Augen.«

Bastian seufzte. »Ich danke Euch für Eure Hilfe, Fritz. Aber ich brauche mehr Beweise. Ihr versteht doch sicherlich, dass ich niemanden nur aufgrund einer vagen Beschreibung in den Juddeturm werfen kann.«

»Nein, das ist keine vage Beschreibung. Ich habe ihn erkannt«, empörte sich der Alte.

»Ich werde dem nachgehen. Wernhart wird Euch hinausbegleiten.«

Bastian war enttäuscht. Er zog sein Notizbuch hervor und blätterte darin. Noch nie war ein Fall derart verzwickt gewesen. Es gab keine brauchbaren Zeugen und auch die Pflanzensymbole, die der Mörder bei den Opfern hinterlassen hatte, brachten Bastian nicht auf die richtige Spur. Rosen und Disteln waren einfach zu leicht zu bekommen. Ihre Herkunft ließ sich nicht zurückverfolgen. Der Fußabdruck auf dem Schemel lieferte einen Hinweis auf die Körpergröße des Täters. Immerhin konnten so groß gewachsene Männer nahezu ausgeschlossen werden. Dasselbe galt für Frauen. Sie verfügten nicht über die notwendige Kraft für solche Gräueltaten, und außerdem passte der Stiefelabdruck nur zu einem Männerschuh.

Bastian dachte an Lorenz, den Kaufmannssohn. Ob der alte Fritz am Ende doch recht hatte? Schließlich war Lorenz in der letzten Nacht am Brunnen aufgetaucht. Bastian hatte angenommen, dass er nicht Manns genug war, seine Niederlage bei den Aufnahmeprüfungen in die Zonser Stadtwache zu ertragen. Aber vielleicht lag er mit dieser Vermutung auch völlig falsch. Tatsächlich wohnte Lorenz Schlebusch direkt neben dem Garten in der Rheinstraße, in dem zahlreiche Kräuter und Blumen wuchsen. Es war ein Leichtes für ihn, sich dort zu bedienen.

Andererseits konnte Bastian auf die Aussage des alten Fritz nicht wirklich viel geben. Der Greis war so gut wie blind und nur aufgrund der Gangart oder Gestalt konnte Bastian niemanden festsetzen. Er brauchte handfeste Beweise. Ratlos durchforstete er die Notizen, die er sich zu den beiden Mordfällen gemacht hatte, ein weiteres Mal.

Nach einer Weile klappte er das Buch ergebnislos

zu. Er würde bei seinem ursprünglichen Plan bleiben und heute Nacht abermals den Hellseher Hubert Stommel verfolgen. Außerdem würde Wernhart die Wache am Brunnen übernehmen, und Bastian hatte zusätzlich einige Zonser Stadtsoldaten zu mehreren nächtlichen Rundgängen eingeteilt. Sie würden Ausschau nach verdächtigen Männern halten. Wenn der Mörder sich die nächste Maid schnappen wollte, so hatte Bastian zumindest alles in seiner Macht Stehende getan, um eine weitere Bluttat zu verhindern.

...

Jakob fand keine Ruhe. Entgegen der Anweisung seines Vaters hatte er sich an den Wasserbrunnen im Hinterhof des Hauses zurückgezogen und zupfte behutsam an den Saiten seiner Laute. Er war übernächtigt und hatte einige Schrammen von seiner Schlägerei mit Lorenz Schlebusch davongetragen. Dieser arrogante Mistkerl ging ihm nicht mehr aus dem Kopf. Hatte sein nächtlicher Besuch am Brunnen tatsächlich ihm gegolten oder war Lorenz auf der Suche nach etwas ganz anderem gewesen?

Jakob erinnerte sich an die kräftigen Schläge, die Lorenz ihm verpasst hatte. Gedankenverloren unterbrach er sein Lautenspiel. Jakobs Finger fuhren instinktiv über eine Stelle am Kinn, die stark geschwollen war und sich bereits bläulich verfärbt hatte. Lorenz hatte fest zugeschlagen. Er verfügte über immense

Kraft und er wohnte neben dem Kräutergarten.

Eine plötzliche Unruhe machte sich in Jakob breit. Was, wenn Lorenz tatsächlich etwas mit den Morden zu tun hatte? Schließlich war er nicht besonders groß. Genau genommen passte Lorenz' Statur zu dem Mörder, den sie suchten. Ein wenig untersetzt, klein, aber kräftig, und er hatte leichten Zugang zu Blumen. Außerdem hatte Jakob schon ein paar Mal beobachtet, wie Lorenz junge Mädchen mit lüsternen Blicken verfolgt hatte. Jakob erhob sich und versteckte seine Laute. Das Interesse am Spiel hatte er fürs Erste verloren. Er beschloss, dem Kaufmannssohn einen Besuch abzustatten und lenkte seine Schritte aus dem Haus. Lorenz wohnte nur drei Häuser entfernt.

Es war helllichter Tag und die Rheinstraße wimmelte von Menschen, die geschäftig umherliefen. Frauen eilten mit voll beladenen Weidenkörben vom Schloßplatz kommend die Straße in Richtung Zollturm hinauf. Kinder tanzten zwischen ihren Röcken und fingen sich so manche Ermahnung ein. Eine Gruppe von Männern in kostbarer Kleidung war offensichtlich auf dem Weg ins Schloss Friedestrom, um dem Burggrafen ihre Aufwartung zu machen. Jakob schlängelte sich an ihnen vorbei und blieb vor dem verschlossenen Haus von Lorenz' Vater stehen. Er überlegte, ob er an die Tür klopfen und um Einlass bitten sollte. Doch stattdessen ging er weiter und warf einen Blick in den Kräutergarten. Was er dort sah, ließ ihn ungläubig blinzeln.

Lorenz Schlebusch schaute auf einen Strauch weißer Rosen, ein Messer in den Händen. Neben ihm stand eine alte Frau. Jakob kannte sie. Ihr gehörte der Kräutergarten. Sie sagte etwas, was Jakob jedoch aus der Entfernung nicht verstehen konnte. Er beobachtete, wie Lorenz ein paar Rosen abschnitt und sie dann der Alten gab. Jakobs Herz schlug wie verrückt gegen die Rippen. Er sah sich bestätigt. Zuerst war Lorenz am Brunnen aufgetaucht und jetzt stand fest, dass er leichten Zugang zu Rosen hatte. Er könnte durchaus der Mörder der beiden Mädchen sein.

Er wartete noch ein wenig ab und sah, wie Lorenz noch andere Blumen pflückte. Die alte Frau band einen bunten Strauß daraus und übergab diesen zum Schluss an Lorenz, der eilig zurück in sein Elternhaus lief. Jakob hatte sich in ausreichender Entfernung hinter einen Mauervorsprung gekauert, so dass Lorenz ihn nicht entdecken konnte. Als die Luft rein war, lief Jakob zu der Alten hinüber, die gerade das Gartentor schloss.

»Verzeiht. Könnt Ihr mir eine Frage beantworten?«

Die Alte musterte Jakob kritisch, nickte jedoch, als sie das Abzeichen der Stadtwache an seinem Wams entdeckte.

»Holt Lorenz Schlebusch oft Blumen aus Eurem Garten?«

Die alte Frau nickte abermals.

»Er holt sie für seinen Vater, wenn gute Kundschaft angekündigt ist. Die wohlhabenden Damen lassen sich gerne mit Blumen bezirzen, bevor ihre Männer in einen Handel einschlagen.«

»Wie oft war Lorenz in letzter Zeit bei Euch?«

Die Alte kratzte sich am Kopf. »Er ist ständig hier. Die Geschäfte seines Vaters laufen gut. Das letzte Mal war vor drei Tagen, wenn ich mich nicht irre.« Ihre wässrigen Augen fixierten Jakob. »Warum wollt Ihr das alles wissen? Hat der Bursche etwas ausgeheckt?«

»Oh nein. Ich habe ihn nur vorhin aus dem Garten kommen sehen«, brummte Jakob, ohne eine weitere Erklärung zu geben.

Die Alte hob eine Augenbraue, gab sich jedoch mit Jakobs Antwort zufrieden. Offenbar interessierte sie das Thema nicht sonderlich, denn sie wandte sich erneut dem Tor zu, um es endgültig zu verriegeln. Es war nur ein kleiner Haken, der sich an der Innenseite des Tores befand und in eine Öse am Mauerpfosten eingehängt wurde. »Gestattet mir eine letzte Frage«, hob Jakob noch einmal an. Ihm war gerade etwas Wichtiges eingefallen. Die alte Frau drehte sich mürrisch zu ihm um und wartete.

»Wachsen in Eurem Garten auch Disteln?«

»Disteln?« Sie hob ihren Zeigefinger. »Wofür haltet Ihr mich? Für Teufelsbrut? Ein solches Kraut hat bei mir nichts zu suchen.«

Entrüstet schob sie sich an Jakob vorbei und ließ ihn ohne ein weiteres Wort stehen.

...

»Ich sage es Euch doch. Lorenz Schlebusch holt ständig Blumen bei der Alten. Es wäre ein Leichtes für ihn, die eine oder andere Pflanze unbemerkt abzuzwacken.«

Bastian hob den Zeigefinger an die Lippen und bedeutete Jakob leiser zu sprechen.

»Ich habe Euch verstanden, gleichzeitig habt Ihr mir jedoch berichtet, dass in diesem Garten keine Disteln wachsen.«

»Ja, aber Disteln gibt es an jedem Feldrand. Sogar am Fuß der Stadtmauer habe ich schon welche gesehen«, flüsterte Jakob aufgeregt, während er seine verspannten Glieder streckte.

Es war mitten in der Nacht und sie verfolgten seit einer ganzen Weile den Hellseher, während Wernhart zeitgleich Stellung am Brunnen vor der Kirche bezogen hatte. Die gesamte Stadtwache befand sich in Alarmbereitschaft. Teresia und Margret waren im Abstand von drei Nächten ermordet worden. Wenn der Mörder seinen Rhythmus beibehielt, dann würde er heute Nacht erneut zuschlagen. Die Nerven der Stadtsoldaten waren angespannt.

Hubert Stommel war mit einer seiner Kundinnen verschwunden, nachdem er ihr die Zukunft vorhergesagt hatte. Die Frau folgte ihm zunächst in eine Kneipe und ging anschließend mit Stommel in das Wirtshaus, in dem der Hellseher seit Jahren nächtigte, wenn er in Zons weilte. Offenbar hatte er dem Wirt ein ordentliches Sümmchen gezahlt, denn normalerweise wurde Hurerei in anständigen Wirtshäusern nicht geduldet. Für die richtige Anzahl Gulden drückte der eine oder andere Wirt jedoch öfter mal ein Auge zu.

Jakob wiederholte seinen Verdacht gegenüber

Lorenz Schlebusch noch einmal, doch als er in Bastians geistesabwesendes Gesicht blickte, bemerkte er, dass Mühlenberg ihm gar nicht zuhörte. Woran auch immer Bastian Mühlenberg dachte, es war etwas Trauriges. In den tiefbraunen Augen des gutaussehenden Mannes konnte Jakob einen Schatten erkennen, der ihn seltsam berührte. Warum schien Bastian nur so bedrückt?

Jakob verstummte augenblicklich, tief gerührt von den Gefühlen, die sich auf Bastians Gesicht spiegelten. Jakob hatte so viele Lieder auf seiner Laute gespielt und mit seiner Musik Emotionen nachempfunden, dass es ihm plötzlich wie Schuppen von den Augen fiel. Bastian Mühlenberg musste Liebeskummer haben. Jakob war sich mit einem Mal ganz sicher, dass der großgewachsene Mann in genau diesem Moment an eine Frau dachte. Ob er Streit mit Marie hatte? Nein, Jakob ahnte instinktiv, dass Bastians sehnsuchtsvoller Blick nicht seinem Eheweib galt. Hütete dieser aufrechte Mann etwa ein Geheimnis, dessen Enthüllung ihn als Ehebrecher brandmarken würde? Das konnte Jakob allerdings nicht glauben. Es schien nicht zu Bastians ehrbarem Charakter zu passen. Er konnte seine Neugier nicht zurückhalten.

»Es gibt jemanden, der Euch sehr am Herzen liegt, oder?«

»Was?« Bastian sah ihn erstaunt an.

»Nun, Ihr habt mich gerade an einen Freund erinnert, der unter großem Kummer litt.«

Bastian schüttelte den Kopf. »Nein, es ist nichts weiter. Ich habe bloß nachgedacht.«

Jakob schwieg. Er wollte Bastian nicht bedrängen. Nach einer Weile hielt Jakob es jedoch nicht mehr aus.

»Wisst Ihr, dieser Freund, von dem ich soeben sprach, hat sich jemandem anvertraut und es hat ihm geholfen, sein Leid zu überwinden.«

In Bastians Augen tanzte ein verräterischer Funke und Jakob wusste, dass er mit seiner Vermutung richtig lag.

»Ihr müsst Euch keine Sorgen machen. Mir geht es gut. Ich habe lediglich schlecht geträumt in letzter Zeit.« Bastians Stimme war belegt.

Behutsam fragte Jakob nach: »So wie Ihr ausseht, ging es sicherlich um eine Frau. Vielleicht eine schöne Maid, die Ihr aus früheren Jahren kanntet?«

Ein verzweifelter Ausdruck huschte über Bastians Gesicht. Jakob konnte Bastian ansehen, dass er darüber nachdachte, ihn in seinen Kummer einzuweihen.

Eine ganze Weile saßen sie schweigend nebeneinander. Die Nacht hüllte Zons in tiefe Dunkelheit. Der Himmel war trotz des schon beinahe sommerlichen Wetters wolkenverhangen und ließ nur vereinzelt Sternenlicht hindurch. Sie hatten sich unter das Fenster eines Wohnhauses gekauert. Kerzenschein drang durch das Glas und erhellte die Umgebung. Ein Mauervorsprung schützte sie vor dem Entdecktwerden.

Auf der anderen Straßenseite flackerte ebenfalls Kerzenlicht in den Fenstern des Wirtshauses, in das Hubert Stommel vor geraumer Zeit mit seiner Eroberung verschwunden war. Jakobs Glieder waren vom langen Warten steif, und gerade, als er nicht mehr mit Bastians Antwort rechnete, zückte dieser sein Notizbuch. Stumm blätterte er darin und öffnete dann eine Seite, auf der sich die Zeichnung einer Frau befand. Zärtlich fuhr sein Zeigefinger die Konturen des hübschen Gesichts entlang. Er rückte ein wenig näher an Jakob heran und ließ ihn einen Blick auf die Frau werfen.

»Ja, aber es ist nur ein Traum«, sagte Bastian nach einiger Zeit.

Jakob betrachtete stumm die großen Augen, die langen lockigen Haare und den schlanken, nahezu schwanengleichen Hals des Mädchens. Obwohl das Gesicht ausschließlich mit ein paar Federstrichen aufs Papier gebannt war, konnte Jakob ihre Schönheit und ihr Wesen sofort erfassen. »Habt Ihr das gezeichnet?«, fragte Jakob, beeindruckt von der Ausdrucksstärke des Bildes.

Bastian nickte stumm.

»Aber warum seid Ihr so traurig, wenn sie bloß ein Traum ist?«, wollte Jakob wissen.

»Weil die Träume aufgehört haben. Sie hat jemand anderen kennengelernt«, erwiderte Bastian zögerlich. Er ergriff das Notizbuch und schlug es zu. »Wahrscheinlich wäre es besser gewesen, Euch nichts davon zu erzählen. Schließlich bin ich ein verheirateter Mann.«

»Nun, die Sehnsucht nach der wahren Liebe kann selbst Gott nicht verwehren. Außerdem ist ein Traum noch lange keine Sünde und ich werde es niemandem erzählen. Das schwöre ich Euch bei meinem Leben, Bastian Mühlenberg.«

Bastian lächelte gequält und Jakob kam eine Idee.

»Ich kann sie für Euch in Farbe malen. Ich habe schon einige Leute porträtiert und in Öl würde sie beinahe lebendig wirken.«

Bastian blickte ihn an. Ein sehnsuchtsvolles Lächeln umschmeichelte seine vollen Lippen.

»Das würdet Ihr für mich tun? Ein Ölgemälde von Anna anfertigen?«

Jakob nickte. Er war nicht nur Musiker, sondern auch ein geschickter Maler und wollte Bastian aus tiefstem Herzen eine Freude bereiten.

»Seht! Stommels Geliebte verlässt das Wirtshaus.« Bastian hatte sich aufgerichtet und zeigte mit dem Finger auf die Eingangstür des Wirtshauses.

»Wir müssen uns aufteilen. Los, Jakob. Ihr verfolgt das Weib und ich bleibe hier und habe ein Auge auf den Hellseher.«

Noch bevor Jakob etwas erwidern konnte, schob Bastian ihn mit seinen kräftigen Armen aus der Nische, in der Jakob gekauert hatte. Als Jakob zögerte, verstärkte Bastian den Druck.

»Nun macht schon, lauft schnell hinterher, ehe das Mädchen verschwunden ist.«

Jakob tat wie ihm geheißen. Der plötzliche Themenwechsel hatte ihn verwirrt. Eben noch war er in Gedanken bei Bastians heimlicher Liebe gewesen und jetzt stolperte er durch die dunkle Nacht. Jakob trat auf die Straße hinaus und sah im letzten Moment, wie die Frau hinter dem nächsten Haus abbog. Die schmale Gestalt huschte wie ein Schatten durch die dunklen Gassen und Jakob hatte Schwierigkeiten, ihr zu folgen.

Die Dunkelheit verschlang sein Ziel das eine oder

andere Mal und er kniff konzentriert die Augen zusammen. Die Frau bog in die Grünwaldstraße ab und Jakob glaubte schon, sie würde zum Brunnen laufen, als sie die Richtung änderte und nach links in die Zehntgasse eilte. Wieder verlor er ihre Spur in der Dunkelheit. Mit rasendem Herzen blieb er stehen und wartete auf eine Bewegung oder irgendetwas, das ihm verriet, wo das Mädchen hinlief.

Jakob spürte, wie ihm der Schweiß ausbrach und seine Schläfen zu pochen begannen. Der Druck in seinem Kopf wurde stärker und artete in ein schmerzhaftes Stechen aus. Verzweifelt lief er weiter, in der Hoffnung, die Frau irgendwo zu erblicken. Doch es war so stockdunkel, dass er sie einfach nicht entdecken konnte. Er versuchte, sich zu beruhigen und spulte seine Lieblingsmelodie im Kopf ab. Bei seiner Mutter funktionierte dieser Trick immer. Er selbst hatte es auch schon einige Male ausprobiert. Er stellte sich vor, auf seiner Laute zu spielen und spürte, wie die lieblichen Töne seinen Geist durchdrangen und das Pochen ein wenig reduzierten. Dann endlich sah er sie. Das Mädchen war die ganze Zeit direkt vor ihm gelaufen und er hatte sie in seiner Panik übersehen.

Trotzdem konnte er sich nicht wieder beruhigen. Er stolperte ihr mit schrecklichen Kopfschmerzen hinterher, die Hände an die Schläfen gepresst. Die Melodie in seinem Kopf schwoll zu einem lauten Dröhnen an und er musste kurz stehen bleiben. Die Luft wurde ihm knapp. Plötzlich begann sich alles um ihn herum zu drehen. Jakob taumelte ein paar Schritte vorwärts und stützte sich an einer Hauswand ab. Die Beine versagten, er ging in die Knie. Seine Sinne schwanden und das Letzte, was er wahrnahm, war seine eigene Melodie, die sich wie in einer Endlosschleife in seinem Kopf wiederholte.

X
Gegenwart

Jakob Heckhoven. Oliver notierte sich den Namen, den Musikprofessor Hans Dieter Engelbert ihm gerade durchs Telefon zugerufen hatte. Er hatte diesen Namen noch nie gehört, allerdings war er auf diesem Gebiet auch nicht besonders bewandert. Er kannte die berühmten klassischen Komponisten, aber Jakob Heckhoven war ihm absolut kein Begriff.

Der Musiker war Ende des 15. Jahrhunderts in Zons bekannt geworden. Zahlreiche Lautenkompositionen gingen auf ihn zurück. Er war der einzige Sohn des damaligen Zollschreibers Henrich Heckhoven und seiner Frau Johanna gewesen. Mehr hatte Professor Engelbert nicht herausgefunden. Es war extrem schwierig gewesen, überhaupt an diese wenigen Informationen heranzukommen. Die Komposition war typisch für ihre Zeit und unterschied sich nur in Nuancen von anderen Melodien, die in Köln, Neuss oder Düsseldorf gespielt wurden.

»Und Sie bleiben bei Ihrer Einschätzung, dass wir mit dem neuen Notenzettel maximal zwanzig Prozent des ganzen Stücks haben?«, fragte Oliver frustriert, weil er die Antwort längst erahnte.

»Ja, ich kenne jetzt die gesamte Komposition, und

wenn der Täter bei seinem bisherigen Schema bleibt, dann kann er die Melodie genau in zehn Teile aufteilen. Tut mir leid, dass ich keine besseren Nachrichten für Sie habe«, sagte Professor Engelbert.

Völlig desillusioniert legte Oliver den Hörer auf und starrte aus dem Fenster seines Büros. Eigentlich war es ein wunderschöner, sommerlicher Tag mit strahlend blauem Himmel, aber Oliver fröstelte dennoch. Sie hatten es mit einem wahnsinnigen Serienmörder zu tun. Das war spätestens seit dem zweiten Opfer klar.

Mit Grauen dachte er an den Zettel, den der Mörder bei der Toten hinterlassen hatte. *Fortsetzung folgt.* Die Worte kreisten bedrohlich in seinem Hirn. Wenn Engelbert recht hatte, und davon ging Oliver aus, dann plante der Mörder, noch acht weitere Frauen zu töten. Verdammt. Olivers Faust donnerte auf die Schreibtischplatte. Er musste diesen Verrückten aufhalten.

»Schlechte Neuigkeiten?«, fragte Klaus, der gerade mit einer dampfenden Tasse Kaffee das Büro betreten hatte.

»Eigentlich nur die Bestätigung dessen, was wir längst wussten.«

Oliver erklärte Klaus, was Professor Engelbert ihm eben berichtet hatte.

»Was ist mit Herbert Molden, dem Nachbarn des ersten Opfers?«, wollte Klaus wissen.

Oliver zuckte mit den Schultern. »Ich habe das überprüft. Er hat ein hieb- und stichfestes Alibi und war die ganze Nacht zu Hause. Unser Überwachungsteam hat ihn nicht aus den Augen gelassen. Wir können Molden als Verdächtigen ausschließen.«

Klaus nickte und schlürfte seinen Kaffee. Oliver studierte die Namen auf dem Whiteboard. Er stand auf und setzte eine Klammer um Herbert Moldens Namen. Irgendetwas hielt ihn davon ab, Molden sofort zu streichen. Vielleicht lag das aber auch nur an der Überwachungspanne, die bei Thomas Mulch passiert war. In diesem Fall durften sie sich keine weiteren Fehler erlauben. Oliver musste diesen Wahnsinnigen aufhalten, und zwar so schnell wie möglich. Ein Klopfen an der Tür ließ ihn hochfahren. Als er Emily im Türrahmen erblickte, schlug sein Herz Purzelbäume.

»Emily, Schatz, was machst du denn hier?« Oliver konnte seine Überraschung nicht verbergen. Mit hochrotem Kopf stand er stocksteif da und starrte Emily an, als wäre sie eine Fata Morgana.

Emily lächelte und trat ein.

»Ich war in der Gegend und habe über mittelalterliche Musik in Zons recherchiert. Ich dachte, ich überbringe dir meine Ergebnisse persönlich.« Sie war jetzt ganz dicht vor Oliver und hauchte ihm einen Kuss auf die Lippen.

»Außerdem wollte ich dich unbedingt sehen. Ich habe dich vermisst«, flüsterte sie heiser in sein Ohr.

Olivers Körper reagierte prompt. Er hätte Emily am liebsten auf seinen Schreibtisch geworfen und sich über sie hergemacht. Einzig und allein Klaus' Anwesenheit hielt ihn davon ab. Er versuchte, seine Gedanken zu ordnen und die plötzliche Lust unter Kontrolle zu bringen. Emilys Parfüm hing verheißungsvoll in der Luft. Er atmete tief ein und war überwältigt von der

Wirkung, die ihr Duft auf ihn ausübte. Gegen seinen Willen trat er einen Schritt zurück und brachte vorsichtig eine Ecke des Schreibtisches zwischen sich und Emily. Sie grinste ihn wissend an und seufzte.

»Ich hoffe, ich komme nicht ungelegen?« Ihre Lippen verzogen sich zu einem wundervollen Schmollmund, der in Oliver den unwiderstehlichen Drang auslöste, sie zu küssen. Er wollte sie schmecken und nie wieder loslassen. Diese Frau machte ihn wirklich verrückt.

»Ich lasse euch Turteltäubchen dann mal alleine.« Klaus hatte sich bereits erhoben.

»Nein.« Oliver wischte seine aufgeheizten Gedanken beiseite. »Du solltest hören, was Emily zu berichten hat.«

Klaus hob zweifelnd die Brauen. Doch Oliver bedeutete ihm energisch, im Zimmer zu bleiben. Der Fall hatte oberste Priorität und Oliver durfte sich jetzt nicht von seinen Emotionen ablenken lassen. Er würde sowieso die ganze Nacht mit Emily verbringen. Die Zeitspanne bis dahin war zwar quälend lang, aber auf der anderen Seite würde sie seine Lust ins Unermessliche steigern, und das war immerhin eine berauschende Aussicht.

»Ehrlich gesagt, habe ich nicht allzu viel herausgefunden«, gestand Emily und setzte sich auf einen freien Stuhl. Sie kramte in ihrer Handtasche und zerrte einen zerfledderten Notizblock hervor. Oliver grinste innerlich. Das war typisch Emily. Er liebte ihr Chaos.

Sie nahm einen Bleistift und kaute gedankenverloren darauf herum, bevor sie zu sprechen begann.

»Zons ist nicht gerade als Stadt der Künste bekannt. Dieser Ort hat bis auf wenige Ausnahmen weder herausragende Dichter noch Maler oder gar Komponisten hervorgebracht. Der Ort lag im Mittelalter strategisch günstig unmittelbar am Rhein, was den Kölner Erzbischof Friedrich von Saarwerden im Jahr 1372 dazu bewogen hatte, den Rheinzoll von Neuss nach Zons zu verlegen und ein Jahr später die Stadtrechte zu verleihen. Deshalb fanden sich in Zons viele Händler, Schiffer und auch Wirte, die den ständigen Strom an Fremden versorgten. Auch Bauern und Fischer waren häufig anzutreffen, da die Stadt winzig war und die umliegenden Ländereien sich hervorragend bewirtschaften ließen. Parallel bot der Rhein den Fischern genug, um vom Fang leben zu können. Pfannen- und Ziegelbäcker kamen erst im 17. Jahrhundert hinzu; die sind für unsere Lautenmusik also nicht von Belang.« Emily runzelte kritisch die Stirn.

»Künstler jeglicher Art gab es vermutlich nur auf dem Marktplatz und im Schloss. Musik wurde in der Kirche gespielt und ich habe in Aufzeichnungen von Katharina von Weinfels, die damals dem Kloster vorstand, Belege gefunden, dass auch die Nonnen häufig musizierten.« Emily machte eine Pause.

»Ich habe nur einen einzigen Hinweis auf Lautenmusik entdeckt. Die Nonnen waren offensichtlich von den Künsten eines gewissen Jakob Heckhoven sehr angetan. Er hat regelmäßig auf der Laute für sie gespielt.«

Oliver horchte auf. Das war doch derselbe Name, den Professor Engelbert erwähnt hatte.

»Hast du auch noch andere Musiker gefunden?«, forschte Oliver nach.

»Nein, nur für Heckhoven existiert ein Beleg. Aber sicherlich wird er nicht der einzige Komponist und Musiker gewesen sein. Aus dem 15. Jahrhundert gibt es einfach nicht so viele gut erhaltene Dokumente«, schloss Emily.

»Ich habe eine Komposition von Heckhoven im Stadtarchiv entdeckt.« Emily zog ein weiteres Blatt aus ihrer Handtasche und gab Oliver die Kopie. Stumm betrachtete er die feinen Notenlinien und die geschwungenen Zeichen, deren Reihenfolge ihm nur allzu bekannt vorkam. Er stand auf und heftete das Blatt ans Whiteboard, direkt neben die Kopien der Notenpassagen, die bei den beiden Opfern gefunden worden waren.

»Es ist dieselbe Melodie«, murmelte Oliver.

»Nur der Takt ist an dieser Stelle anders«, warf Klaus ein, der sich neugierig zu Oliver gestellt hatte. Er zeigte auf zwei Zahlen hinter dem Notenschlüssel. Oliver kniff die Augen zusammen. Der Unterschied war minimal und wäre ihm gar nicht aufgefallen.

»Der Takt im Original von Jakob Heckhoven ist jedenfalls schneller als der unseres Täters.«

Oliver grübelte. Was hatte das zu bedeuten? Mechanisch griff er nach dem Handy und wählte Engelberts Nummer. Schon nach zwei Klingeltönen hörte Oliver die tiefe Stimme des Professors.

»Bergmann von der Mordkommission hier. Ich habe noch eine Frage zu der Komposition von Jakob Heckhoven. Sind Ihnen die abweichenden Taktangaben zwischen der Originalmelodie und den am Tatort gefundenen Notenzetteln aufgefallen?«

Am anderen Ende der Leitung herrschte angestrengtes Schweigen. Papier raschelte im Hintergrund.

»Hier habe ich es. Ja, Sie haben recht. Das hatte ich gar nicht bemerkt. Ursprünglich war die Melodie für eine Laute komponiert worden. Vielleicht hat der Täter ein anderes Instrument benutzt. Ich denke da beispielsweise an ein Klavier. Es handelt sich nur um eine minimale Abwandlung, die dem Stück allerdings etwas von seiner ursprünglichen Schnelligkeit nimmt. Die Melodie dürfte daher tragender und möglicherweise auch ein wenig theatralischer klingen.«

Oliver legte auf. Der Täter hatte die Musik also in seinem Sinne angepasst. Theatralisch. Das Wort ließ ihn nicht mehr los. Engelbert hatte den Nagel auf den Kopf getroffen. Die gesamte Inszenierung der Morde triefte nahezu vor Theatralik. Sicherlich auf eine ganz besondere Art, wenn Oliver an die von einem Küchenmesser zerstochenen Körper dachte.

»Kann eigentlich jeder in das Kreisarchiv gehen und die Noten zu dieser Melodie finden?«, fragte Oliver zu Emily gewandt.

»Ja, die Unterlagen sind öffentlich zugänglich, und wenn ich das richtig verstanden habe, hat Professor Engelbert die Komposition ja sogar in einer Datenbank gefunden.«

»Das bedeutet also, dass der Täter relativ leichten Zugriff auf die Noten hatte. Jeder Kenner der Materie weiß wahrscheinlich, wo er danach suchen muss.«

Oliver dachte an das zweite Opfer. Die Mutter der

Toten hatte ausgesagt, dass ihre Tochter in der Mordnacht mit einem Musiker namens Stefan zusammen gewesen war. Auch Sophie Hoffmann, die beste Freundin und Kollegin des ersten Opfers, hatte behauptet, dass eine von Mandy Sieberts Bekanntschaften ein Musiker gewesen war.

Professor Engelbert hatte Oliver erklärt, dass zumindest jeder Student der Musikwissenschaften auf die Datenbank, aus der er die Komposition von Jakob Heckhoven gezogen hatte, zugreifen konnte. Damit ließ sich der Beschaffungsweg leider nicht so einfach zurückverfolgen. Oliver hatte eine andere Idee. Schließlich verfügten sie über die Namen der Internetbekanntschaften von Mandy Siebert. Die Analyse des PCs des zweiten Opfers würde bald abgeschlossen sein, und dann konnte Oliver jeden einzelnen Kandidaten überprüfen. Bis dahin lägen auch die Ergebnisse von Professor Morgenstern auf dem Tisch, der genau in diesem Moment die nächste Hypnosesitzung mit Thomas Mulch durchführte.

…

Professor Morgenstern massierte sich müde die Schläfen. Er hatte heute Morgen verschlafen und auf eine Rasur verzichtet. Auf keinen Fall wollte er zu spät in der Klinik sein. Sein Besucher sollte nicht auf ihn warten müssen und womöglich in eine Unruhe verfallen, die der Hypnose absolut abträglich wäre. Thomas

Mulch musste total entspannt sein, damit Morgenstern vernünftige Auskünfte aus ihm herausholen konnte. Er hatte für diesen Termin sogar einen Phantomzeichner engagiert; den Besten, den Oliver Bergmann für ihn hatte auftreiben können.

Wiederum war es Morgenstern gelungen, Mulch innerhalb kürzester Zeit in eine tiefe Hypnose zu versetzen. Er sprach wirklich außerordentlich gut darauf an. Mulch lag vor ihm auf einem ledernen Sofa, den Kopf auf ein weiches Kissen gebettet. Seine Augen bewegten sich unter den geschlossenen Lidern. Er sah etwas vor sich. Obwohl die Augen nicht geöffnet waren, kniff Mulch sie zusammen, so als ob er so besser sehen könne.

»Er hat eine Knollennase«, sagte Mulch nach einer Weile. »Die Nasenspitze ist rund und noch oben gerichtet.«

Plötzlich grinste der Hypnotisierte. »Der Panther sieht mit diesen großen Nasenlöchern eigentlich mehr aus wie ein Schwein.«

Neben Morgenstern saß der Phantomzeichner, der jedes von Mulchs Worten geschickt in sein Grafikprogramm übertrug. Der Mann klickte sich durch verschiedene Nasentypen und wählte dann eine passende aus. Noch war das Gesicht viel zu schemenhaft, deshalb ließ Morgenstern Thomas Mulch weitere Details wie Lippen, Kinnpartie und die Augenform beschreiben. Mulch erinnerte sich erstaunlich gut, und der Phantomzeichner kam schnell voran.

Nach ungefähr dreißig Minuten hatte er ein ziemlich genaues Bild vom Panther gezeichnet. Professor

Morgenstern prüfte noch einmal den Trancezustand seines Patienten. Das war sehr wichtig, denn gleich würde er ihn bitten, die Augen zu öffnen. Normalerweise wurde diese Technik benutzt, um die Trance zu vertiefen und den Patienten in einen sogenannten fraktionierten Hypnosezustand zu versetzen, aber Morgenstern wollte etwas anderes erreichen. Mulch sollte das entstandene Phantombild sehen und den Panther idealerweise erkennen.

»Ich zähle jetzt rückwärts von zehn bis eins. Bei eins öffnen Sie Ihre Augen. Sie werden eine Zeichnung erblicken und mir sagen, wen Sie sehen und was wir an dem Bild verändern müssen.«

Morgenstern begann langsam und mit tiefer, ruhiger Stimme zu zählen. Mulchs Augenlider fingen an zu flattern. Als Morgenstern bei der Ziffer eins ankam, öffneten sie sich ruckartig. Er schwieg und ließ Mulch Zeit, das Phantombild in aller Ruhe zu betrachten. Der Zeichner hatte seinen Laptop so positioniert, dass er das Gesicht deutlich erkennen konnte.

»Das ist der Panther«, sagte Mulch nach einer Weile gedehnt. »Nur die Augen sind zu schmal. Er hat große Augen.«

Der Phantomzeichner klickte ein paar Mal auf dem Laptop und schon waren die Augen größer. Mulch nickte versonnen, den Blick fest auf den Bildschirm geheftet.

»Schauen Sie noch einmal auf alle Details. Stört Sie noch etwas an diesem Gesicht?«

»Das ist der Panther«, wiederholte Mulch, wobei er die einzelnen Silben in die Länge zog.

»Schließen Sie Ihre Augen wieder und erzählen Sie mir von jenem Abend, als Sie sich zum zweiten Mal getroffen haben. Sie waren der Bär und trafen sich mit dem Reh vor dem Hauseingang. Sie stritten, und dann kam der Panther dazu.«

Mulch schüttelte den Kopf. »Nein, der Panther kam später. Ich wollte ihn nicht dabei haben und Mandy wollte nicht vor der Haustür streiten. Also sind wir hineingegangen und haben uns in die Küche gesetzt.«

»Hat der Panther geklingelt?«

»Er hat ans Fenster geklopft.«

Morgenstern machte sich eine Notiz. Er ließ Mulch die Geschehnisse mehrfach wiederholen, um ihren Wahrheitsgehalt zu prüfen. Bisher passten Mulchs Erläuterungen bis ins letzte Detail.

»Sie haben sich weiter gestritten?«, hinterfragte er.

»Nein, als der Panther kam, haben wir aufgehört. Es hatte keinen Zweck. Mandy war scharf auf ihn. Er hatte dieses Sixpack, von dem sie einfach nicht die Finger lassen konnte.«

»Beschreiben Sie mir genau, wie er in die Küche kam und was er dabei hatte«, forderte Morgenstern den Hypnotisierten auf.

»Mandy hat ihm die Tür geöffnet. Er trat ein und kam direkt zu mir in die Küche. Er hatte Koks dabei. Gutes Zeug. Wir haben es uns gleich reingezogen. Mandy auch. Dann hat er seine Tasche nach oben gebracht. Er wollte eine großartige Sexorgie vorbereiten. Vorher hat er mir noch etwas zu trinken gegeben, was mich besonders antörnen sollte. Er wollte, dass ich es Mandy mal so richtig besorge. Mandy hat gekichert und da habe ich das Zeug getrunken. War Wodka oder etwas Ähnliches. Jedenfalls ist mir davon übel geworden. Als der Panther wieder runterkam, hatte ich starkes Bauchgrummeln.«

Mulch hielt die Hände über den Bauch, während er redete. Offensichtlich spürte er seinen Bauch wie in jener Nacht. Morgenstern registrierte zufrieden, dass seine Erzählungen keine Widersprüche aufwiesen. Das war ein gutes Zeichen, denn unter Hypnose konnte es zu Fehlwahrnehmungen kommen. Manchmal dichtete der Patient Dinge dazu oder ließ gar ein wichtiges Detail weg. Aus diesem Grund ließ Morgenstern die Ereignisse unter Hypnose mehrfach wiederholen.

»Mandy war bereits total scharf und wollte nicht länger warten. Also ist sie mit dem Panther schon einmal nach oben gegangen.« Mulch schwieg, die Hände immer noch über dem Bauch verschränkt.

»Was ist danach passiert?«

»Ich habe ein Glas Wasser getrunken und mich wieder an den Küchentisch gesetzt. Anschließend bin ich eingeschlafen. Von oben drang Musik bis zu mir in die Küche. Kam mir bekannt vor. So ähnliche Melodien habe ich mit meiner Band gespielt, bis sie mich rausgeworfen haben. Irgendwann bin ich auf der Straße vor meinem Haus aufgewacht. Keine Ahnung, wie ich dahin gekommen bin. Ich weiß nur noch, dass mir fürchterlich schlecht war und ich total gefroren habe.«

»Denken Sie nach. Sie saßen am Küchentisch. Ihnen war schlecht. Musik kam von oben. Sie sind eingeschlafen. Wie ging es weiter?«

Mulch runzelte die Stirn, als er abermals die Szene durchging.

»Ich habe geschlafen«, wiederholte er. »Dann bin ich auf der Straße wieder zu mir gekommen. Es war kalt und mir war schrecklich übel.«

Morgenstern seufzte leise. Diese Erinnerungslücke ließ sich offensichtlich nicht mehr füllen. Er fragte sich, ob der Panther Mulch ein Betäubungsmittel in das Glas geschüttet hatte. Vieles sprach dafür, denn sein Patient konnte sich noch nicht einmal schemenhaft an die Ereignisse bis zum Erwachen erinnern. Morgenstern versuchte ein letztes Mal, die verschüttete Erinnerung ans Licht zu bringen, jedoch ohne Erfolg. Er machte eine allerletzte Notiz und weckte Mulch anschließend aus der Hypnose auf.

...

Der Leiter des Kriminalkommissariates Hans Steuermark tigerte in seiner unnachahmlichen Art vor seinem Schreibtisch hin und her. Olivers Blick war auf seine Schuhe gerichtet, die bereits einen deutlich sichtbaren Trampelpfad in den Teppichboden des Büros getreten hatten. An einigen Stellen glaubte Oliver, den Estrich durchschimmern zu sehen. Steuermarks Schritte waren fest, und wenn sich seine Schuhe zur Kehrtwende drehten, wirkten sie regelrecht aggressiv. Olivers Chef hatte allen Grund für die schlechte Laune, denn letztendlich standen sie immer noch vor dem Nichts. Zwei tote Frauen, viele Hinweise und Verdächtige, ja sogar eine Person, die sich selbst als Mörder gestellt hatte - doch sämtliche Spuren endeten in einer Sackgasse. Das Büro war voll. Links neben Oliver saß sein Partner Klaus und auf der anderen Seite Ingrid Scholten, die Leiterin der Spurensicherung. Gegenüber hatte Hartmut Meier aus der Rechercheeinheit Platz genommen. Meier blätterte durch die Akte, die er zu diesem Fall angelegt hatte, dann fuhr er mit seinen Erläuterungen fort.

»Ich habe den Computer des zweiten Opfers, Nicole Neumann, untersucht. Sie hatte Accounts in diversen Partnerbörsen. Die meisten sind seriöse Adressen, die für ihre Dienste Geld kassieren. Frau Neumann hatte sich noch bei zwei weiteren Börsen angemeldet, die kostenlos sind. Auf die habe ich mich erst einmal konzentriert, da ich nicht davon ausgehe, dass unser Mann viel Geld ausgeben will. Ich habe die IP-Adressen zurückverfolgt und mit denen verglichen, die die Bekanntschaften des ersten Opfers genutzt haben. Jeder Computer besitzt eine IP und ihrer Hilfe lässt sich der Standort des PCs lokalisieren. Leider ist es mir nicht gelungen, ein Match zu finden. Allerdings haben vier Kandidaten Internetcafés benutzt und ich denke, auf die sollten wir uns zunächst konzentrieren, weil sich dahinter auch nur eine Person verbergen könnte.«

Er verteilte Kopien mit den Adressen der Cafés, die sich in Dormagen, Neuss und Köln befanden. Oliver überflog die Profilangaben der vier Männer, die

Meier unter die Adressen notiert hatte. Keiner von ihnen nannte sich Panther oder Stefan. Dafür gaben zwei von ihnen an, sich für Musik zu interessieren. Oliver zückte seinen Kugelschreiber und unterstrich die beiden Namen. Einer von ihnen war Matthias Schroiff, der Bekannte des ersten Opfers, der sich größer gemacht hatte, als er in Wirklichkeit war.

»Haben Sie die Personenangaben von den Bekanntschaften des zweiten Opfers schon überprüft?«, fragte Oliver in Richtung Meier.

»Ja, diesmal sind die Größenangaben korrekt. Interessanterweise sind alle vier Kandidaten nicht besonders groß und kommen damit als Täter in Frage.«

»Sie haben recht«, warf Ingrid Scholten ein, »der größte von ihnen ist 1,79 Meter. Das passt absolut ins Profil. Ich kann übrigens bestätigen, dass es sich um ein und denselben Täter handelt. Diesmal hat der Mörder zwar nicht ganz so häufig auf das Opfer eingestochen. Wir haben siebenundvierzig Messerstiche gezählt, während es bei der ersten Tat fünfundsechzig Einstiche waren. Auch hat der Mörder offenbar wieder rittlings auf dem Opfer gesessen, da die Körpermitte unversehrt geblieben ist. Die Reichweite der Verletzungen ist identisch und lässt aus diesem Grund auf dieselbe Körpergröße von ungefähr 1,75 Meter schließen. Eine Vergewaltigung liegt ebenfalls nicht vor.«

Olivers Handy klingelte und unterbrach Scholtens Ausführungen. Er warf ein Blick auf das Display und erkannte Professor Morgensterns Nummer.

»Tut mir leid, da muss ich mal kurz ran«, sagte er und hob ab.

»Bergmann hier.«

Professor Morgenstern kam direkt zur Sache.

»Wir waren in der Lage, ein verwertbares Phantombild zu erstellen. Ich habe Ihnen die Bilddatei gerade per E-Mail geschickt. Ansonsten gehe ich nicht davon aus, dass Thomas Mulch der Täter ist. Er ist labil und verstärkt aufmerksamkeitsbedürftig, aber nach meiner Einschätzung liegt die Wahrscheinlichkeit deutlich unter dreißig Prozent. Er hat sich sehr kooperativ verhalten und die Hypnose war äußerst erfolgreich. Ich habe seine Erinnerungen mehrfach auf Richtigkeit überprüft und denke, dass wir auf Mulchs Beschreibungen vertrauen können. Hatten Sie bei Mulch eigentlich ein Drogenscreening durchgeführt?«

»Ja, wir konnten nachweisen, dass er in der Tatnacht unter dem Einfluss von Koks und LSD stand, außerdem wurden Spuren von K.O.-Tropfen gefunden.«

»Das erklärt einiges. Ich konnte Mulchs Erinnerungen nur bis zu jenem Moment rekonstruieren, als er in der Küche des Opfers eingeschlafen ist. Der Panther hatte ihm vorher ein Glas Wodka gegeben, dem er vermutlich die K.O.-Tropfen beigemengt hat. Das ist der Grund, warum auch meine Hypnosetherapie an dieser Stelle nichts ausrichten kann. Ich konnte nicht herausfinden, wie Mulch in der fraglichen Nacht nach Hause gekommen ist.«

Oliver bedankte sich bei Morgenstern und wollte gerade auflegen, als der Professor noch etwas hinzufügte. »Ich habe eine Kleinigkeit vergessen. Der Panther hat von außen an das Küchenfenster geklopft, als er in jener Nacht das Opfer besuchte. Ich vermute, dass die Klingel bereits auf Fingerabdrücke untersucht worden ist. Vielleicht machen Sie das auch mit dem Fenster.«

»Haben Sie vielen Dank für Ihre Hilfe«, sagte Oliver. Er legte auf und schaute in die fragenden Gesichter der versammelten Runde.

»Ich komme sofort wieder«. Oliver wandte sich zur Tür von Steuermarks Büro. Bevor er die Klinke herunterdrückte, drehte er sich noch einmal um.

»Frau Scholten, könnten Sie veranlassen, dass die Spurensicherung das Küchenfenster von Mandy Siebert auf Fingerabdrücke überprüft?«

Dann verließ Oliver eilig das Büro und hastete zu seinem PC. Neugierig öffnete er Morgensterns E-Mail und betrachtete das Phantombild des Panthers. Der Mann, der vermutlich der Täter war, hatte große Augen und ein markantes Gesicht. Er wirkte durchtrainiert. Oliver fand ihn recht attraktiv. Sicherlich hatte er es nicht schwer, schnell Bekanntschaften mit dem anderen Geschlecht zu schließen. Er druckte das Bild aus und ging zurück in Steuermarks Büro.

»Wir haben ein Phantombild vom Panther«, sagte er, während er den Ausdruck hochhielt.

...

Die alte Frau saß vornübergebeugt im Rollstuhl. Ihr Buckel war so gekrümmt, dass sie nicht mehr aufrecht sitzen konnte. Nichts erinnerte an die starke Frau, die sie einmal gewesen war. Das Alter und die Krankheit hatten ihren Körper ausgemergelt und das Leben regelrecht aus ihr herausgesogen. Einzig in ihren eisblauen Augen konnte er die Härte erkennen, mit der sie ihn großgezogen hatte.

»Mutter, wie geht es dir?«, fragte er und hauchte einen Kuss auf ihre ausgetrocknete, faltige Wange.

Sie roch nicht gut, stellte er fest. Früher hatte sie nach Rosen geduftet. Jetzt stank es hier nach einer Mischung aus Urin, Fäkalien, abgestandenem Essen und Desinfektionsmitteln, die vielen Altersheimen anhaftete. Es war ein widerlicher Geruch, der sich in seiner Nase festkrallte.

Statt einer Antwort starrte sie ihn mit diesem leeren Blick an, der ihn daran zweifeln ließ, ob sie ihn überhaupt erkannte.

»Ich bin es, dein Sohn.«

Ein Funke glomm im Blau ihrer Augen auf. »Was hast du wieder angestellt, Junge?«, stieß sie plötzlich hervor. Die Stimme schneidend und viel bestimmter, als man es ihrer gebrochenen Gestalt zutrauen würde. Unwillkürlich zuckte der kräftige Mann zusammen.

»Nichts. Ich wollte nur nach dir sehen«, erwiderte er unsicher, den Kopf ein wenig eingezogen.

»Ich sehe es dir an, dass du wieder etwas ausgefressen hast.« Ihr Zeigefinger bohrte sich in seine Wange. »Hast du deine Melodie geübt?«

Er nickte und griff nach seiner Tasche, die er

extra mitgebracht hatte. Schnell holte er das Keyboard heraus.

»Willst du, dass ich sie dir vorspiele?«

Die Alte nickte. »Guter Junge«, sagte sie, und ihre ausgetrockneten Lippen verzogen sich zu einem Lächeln.

Er stellte das Keyboard auf den Tisch und setzte sich neben sie. Liebevoll begann er die Tasten zu streicheln, bevor er anfing zu spielen. Die Melodie war wundervoll und zufrieden nahm er aus dem Augenwinkel wahr, wie seine Mutter genüsslich die Augen schloss. Mutiger geworden, steigerte er das Tempo allmählich, um der schnellen Passage, in die er jeden Augenblick eintauchen würde, die richtige Passion zu verleihen. Die Alte wiegte sich bereits rhythmisch im Rollstuhl und er verlor die Angst, sie zu enttäuschen. Heute machte er alles perfekt.

Ein Lächeln huschte über sein Gesicht - und erstarb jäh. Sein Finger hatte danebengegriffen und eine Note verpasst. Eisblaue Augen durchbohrten ihn und sein Magen verschmolz zu einem glühenden Klumpen aus Furcht. Trotzdem spielte er weiter, bemüht, nicht in die kalten Augen seiner Mutter zu sehen. Er dachte an die dunkle Kammer und die Ratten. Die Narben an seinen Waden begannen zu brennen. Ein roter Film legte sich über seine Augen und Schweißtropfen perlten von seiner Stirn. Eine knorrige Hand legte sich kalt in seinen Nacken und abrupt unterbrach er das Spiel. Die Melodie hallte nach wie vor in seinem Kopf.

»Du hast nicht richtig geübt«. Die Stimme klang

eisig. Die kalten Finger vergruben sich in seinem Hals. Er schüttelte sich, doch die Hand packte mit erstaunlicher Kraft zu.

»Es tut mir leid, Mutter«, stotterte er und rückte von ihr ab.

Die krallenartigen Fingernägel der Alten kratzten die Haut in seinem Nacken auf. Ein Segen, dass sie an den Rollstuhl gefesselt war. Sie hatte ihre Hand aufs Neue nach ihm ausgestreckt, ihr Griff ging jedoch ins Leere. Er atmete heftig und versuchte die aufsteigende Panik abzuschütteln. Schnell sprang er auf und sammelte seine Sachen zusammen.

»Du bist und bleibst ein böser Junge. Du hast dich über die vielen Jahre nicht geändert. Nicht einmal diese einfache Melodie kannst du fehlerfrei spielen. Ich muss dich bestrafen!«, schrie seine Mutter, den verkrümmten Zeigefinger auf ihn gerichtet.

Doch er hörte nicht mehr hin und stolperte mit rasendem Puls aus dem Zimmer. Hastig lief er den dunklen Flur entlang und stürmte auf den Ausgang des Altenheims zu. Auf dem Weg nach draußen riss er fast eine Schwester um. Ohne sich zu entschuldigen, rannte er weiter.

Erst als er in seinem Auto saß, beruhigte sich sein Atem. Er klappte den Spiegel hinter der Sonnenblende hinunter und blickte in seine dunklen Augen. Eine schwarze Haarsträhne hatte sich gelöst und fiel ihm wild in die Stirn.

»Nein, nicht ich, sondern du musst bestraft werden«, murmelte er leise und startete den Motor.

»Ich werde dich bestrafen, Mutter. Ich lasse mir

das nicht mehr gefallen!«, sagte er lauter und trat wütend aufs Gas.

…

»Wohin denn so eilig?«

Die Frage wirbelte wie ein Tornado durch Annas Verstand. Dort stand sie, die moderne Version von Bastian Mühlenberg. Er hatte diese wahnsinnig schönen tiefbraunen Augen, und er hielt sie tatsächlich in seinen Armen. Das Gefühl war einfach unbeschreiblich und ihr fiel weiß Gott keine vernünftige Antwort auf seine Frage ein. Sie wusste nur eines: Im Augenblick hatte sie es überhaupt nicht mehr eilig. Die Welt um sie herum und ihre Verabredung mit Emily waren völlig vergessen.

Sie wünschte sich, dass dieser Moment niemals enden würde. Wie oft hatte sie sich vorgestellt, in seinen Armen zu liegen und sich ausgemalt, wie er sich wohl anfühlen und riechen würde. Aber selbst die schönste Vorstellung, die sie sich gemacht hatte, war ein schaler Abklatsch dessen, was die Wirklichkeit in genau diesem Moment in ihr auslöste. Sie hatte das Bedürfnis, die Augen zu schließen und seine vollen Lippen zu küssen.

»Anna, ist alles in Ordnung?« In seine Augen hatte sich ein sorgenvoller Schimmer geschlichen. Sie fand die Nachfrage zunächst umwerfend, doch dann stellte sie erschrocken fest, dass er ihren Namen kannte. Schlagartig wurde sie stutzig und wand sich aus seinen Armen.

»Woher kennen Sie meinen Namen?«

Eine unwiderstehliche Röte breitete sich in seinem Gesicht aus, gefolgt von einem Grinsen.

»Ich habe geraten. Du siehst aus wie eine Anna«, antwortete er mit einer Stimme, die so tief und verheißungsvoll war, dass Anna ihre Frage sofort bereute. Doch der intensive Moment war dahin, und ohne, dass sie es wollte, kam die kritische Bankerin in ihr zum Vorschein und verdrängte den romantischen Teil in ihr, der eigentlich nichts anderes wollte, als die vollen Lippen dieses Mannes zu küssen. Diesem Teil war es völlig egal, ob er ihren Namen nun kannte oder nicht. Doch jetzt übernahm die skeptische Bankerin die Regie.

»Ich glaube Ihnen kein Wort«, entgegnete sie mit deutlicher Empörung in der Stimme.

»Richtig, ich habe nicht geraten, sondern einfach nur abgelesen«. Lächelnd deutete er mit dem Finger auf das linke Revers, an dem ein Schild mit ihrem Namen hing. Anna trug bereits ihr Kostüm für die Bank und hatte völlig vergessen, das Schild wieder abzunehmen. Vor ein paar Tagen hatte sie einen Vortrag gehalten, und das Tragen von Namenschildern war Pflicht gewesen.

»Glaubst du an Schicksal?«, fragte er schließlich.

»Denken Sie etwa, dass dieser Unfall vorherbestimmt war?«, erwiderte Anna spöttisch und betonte dabei das »Sie« in ihrer Gegenfrage besonders deutlich.

Er schüttelte den Kopf.

»Nein, den Unfall meine ich nicht«, sagte er und drehte sich plötzlich um.

Er ging zu seinem Auto zurück und Anna folgte ihm verwundert. Dann holte er eine Tasche aus dem Wagen und öffnete sie umständlich. Anna bemerkte, dass seine Finger nervös zitterten.

»Weißt du, normalerweise habe ich das Bild nie dabei. Doch heute Morgen, da hatte ich das Gefühl, dass es mir nützlich sein könnte.« Er machte eine Pause und sah sie bedeutungsvoll an. Langsam zog er das Bild heraus.

»Ich meine dich. Dich zu treffen war mein Schicksal.« Seine Stimme klang mit einem Mal ganz heiser.

Anna starrte benommen auf die Frau, die sie aus grünen Augen anblickte. Sie benötigte ein paar Sekunden, bis sie sich selbst auf der feinen Ölmalerei erkannte.

»Woher haben Sie das?«

XI
Vor fünfhundert Jahren

Bastian war beeindruckt. Er konnte kaum den Blick von dem Kunstwerk abwenden, das Jakob für ihn angefertigt hatte.

»Wie habt Ihr das in so kurzer Zeit geschafft?«, fragte er bewundernd.

Jakob zuckte mit den Achseln.

»Nun, ich habe den ganzen Tag daran gearbeitet. Ihr Gesicht ging mir einfach nicht mehr aus dem Kopf und ich musste ihre Schönheit so schnell wie irgend möglich auf meine Leinwand bannen.«

Bastian streckte die Hand nach dem Gesicht aus, das ihm so lebendig vorkam, als stünde Anna ihm wahrhaftig gegenüber.

»Nein, nicht anfassen. Die Farbe ist noch feucht. Es dauert Wochen, bis die unterste Schicht richtig durchgetrocknet ist.« Jakob stellte sich schützend vor das Gemälde und Bastian zog augenblicklich die Hand zurück.

»Ich muss auch noch ein paar Kleinigkeiten nacharbeiten. Das dauert einige Tage. Ich wollte es Euch jedoch unbedingt sofort zeigen.«

»Dafür bin ich sehr dankbar. Ihr habt mir wirklich einen Herzenswunsch erfüllt«, erwiderte Bastian, ohne den Blick von dem Bild abzuwenden. Jakob hatte Anna perfekt getroffen, und das, obwohl Bastian ihm nicht mehr als eine Federzeichnung von ihr gegeben hatte. Dieser Mann war ein wahrer Künstler. Er verstand es nicht nur, die Menschen mit seiner Musik in den Bann zu ziehen, sondern auch eine leere Leinwand in ein Wesen aus Fleisch und Blut zu verwandeln. Annas Augen waren smaragdgrün und sahen Bastian direkt an. Er musste genauer hinsehen und sich klarmachen, dass es nur ein Bild war.

»Ich wollte mit Euch über die letzte Nacht sprechen. Wohin ist das Weib gelaufen?«, bemerkte Bastian gedankenverloren.

Eigentlich war er hergekommen, um Jakob nach seinen Beobachtungen zu befragen. Sie hatten sich in der letzten Nacht vor dem Wirtshaus, in dem der Hellseher stets übernachtete, getrennt. Bastian war vor dem Haus geblieben und Jakob der Frau gefolgt, mit der Hubert Stommel dort kurz zuvor ein Schäferstündchen verbracht hatte.

Fast bis zum Morgengrauen hatte Bastian vor dem Wirtshaus ausgeharrt, ohne dass der Hellseher wieder herausgekommen war. Er hatte dem Wirt eine Münze in die Hand gedrückt, damit dieser ein Auge auf den Mann warf. Anschließend war Bastian müde ins Bett gekrochen.

Mittlerweile neigte sich die Sonne dem Abend entgegen und Bastian wollte neue Pläne für die kommende Nacht fassen.

Jakob zögerte mit seiner Antwort und starrte versonnen aus dem Fenster, bevor er sagte: »Sie ist einfach nach Hause gelaufen.«

Was sonst hätte er Bastian Mühlenberg auch erzählen sollen? Dass er es nicht geschafft hatte, dieses Mädchen zu verfolgen? Dass er sie noch in der Grünwaldstraße verloren hatte, weil ihm schwarz vor Augen geworden war? Sollte er zugeben, dass die Schatten der Nacht sein Herz mit Angst erfüllt und ihn unfähig gemacht hatten, wie ein Mann seinen Dienst zu tun? Nein, das brachte er nicht fertig. Er wusste schließlich selbst nicht mehr genau, was eigentlich geschehen war. Seine Erinnerung war ein einziges schwarzes Loch.

Irgendwann war er einfach in seinem Bett aufgewacht. Nach der ersten Verwirrung war er aufgestanden, hatte eine Kerze angezündet und mit dem Porträt für Bastian Mühlenberg begonnen. Er hatte sorgfältig Ölfarben auf die Leinwand aufgetragen und nach und nach das Gesicht der hübschen Frau geformt, die offenbar Bastians Herz erobert hatte. Es war das Gefühl gewesen, etwas Gutes zu tun, das ihn so schnell hatte malen lassen. Er war geübt in dieser Kunst, die er von klein auf von seiner Mutter Johanna erlernt hatte. Neben der Musik war die Malerei ein wenig in den Hintergrund geraten, doch es war eine Handfertigkeit, die er nie wirklich verlernt hatte. Ihm gefiel die Arbeit mit Farben, die ihn in einen Ruhezustand versetzte, in dem sein Gehirn abschalten und die Gedanken frei fließen konnten.

»Das ist gut. Bei mir ist auch nichts passiert«, sagte Bastian und holte Jakob mit diesen Worten zurück aus seinen Gedanken in das Zimmer seines Elternhauses.

»Wernhart hatte auch eine ruhige Nacht. Am Brunnen ist keine Menschenseele aufgetaucht und die Kameraden der Stadtwache haben auf ihren Rundgängen ebenfalls nichts Auffälliges beobachtet. Der Wirt hat mir berichtet, dass Hubert Stommel seine Unterkunft erst gegen Mittag verlassen hat.«

»Findet Ihr das nicht merkwürdig, wo doch heute Markttag ist?«, fragte Jakob.

Bastian schüttelte den Kopf. »Nein, die meisten Menschen wollen am frühen Morgen keinen Hellseher besuchen. Sie sind mit dem alltäglichen Leben beschäftigt. Aber je weiter der Tag voranschreitet und je mehr Mühen auf den müden Knochen lasten, desto eher neigen sie dazu, sich ein wenig Mut von diesem Scharlatan zusprechen zu lassen.«

»Dann ist er jetzt an seinem Stand?«

»Ja, ich bin auf dem Weg zu Euch über den Marktplatz gelaufen und habe gesehen, wie er die nächste Frau mit seinen Lügen bezirzt hat.« In Bastians Stimme war deutlich die Verachtung zu hören, die er für diesen Mann empfand.

»Und wenn er nun doch einfach nur ein Trunkenbold ist und stattdessen Lorenz Schlebusch die Mädchen auf dem Gewissen hat?«, mutmaßte Jakob.

»Da sprecht Ihr einen guten Punkt an. Einer unserer Männer ist ihm gestern Nacht begegnet. Er war alleine und unverdächtig, deshalb ließ unser Soldat Lorenz seiner Wege gehen. Aber ich wollte Euch bitten, Euch heute Nacht auf die Lauer zu legen und ihn zu verfolgen. Das ist der eigentliche Grund meines Besuches. Ich ...«

Noch bevor Bastian den Satz beenden konnte, wurde die Tür zu Jakobs Zimmer aufgestoßen. Johanna Heckhoven stürzte mit kreidebleichem Gesicht in den Raum.

»Ihr müsst sofort nach unten kommen. Wernhart Tillmanns hat eine schreckliche Neuigkeit. Er hat eine weitere Tote gefunden.«

…

So schnell war Bastian noch nie durch Zons gelaufen. Wernharts Nachricht hatte ihn aufgewühlt. Trotz aller Vorsichtsmaßnahmen hatte dieser Teufel wieder zugeschlagen und das nächste Mädchen quasi unter den Augen der Stadtwache ermordet. Bastian fühlte die Wut in sich brodeln. Zum hundertsten Mal fragte er sich, was er falsch gemacht und wie dieser Kerl erneut hatte zuschlagen können, ohne von der Stadtwache erwischt zu werden.

Die Tote lag in einer Scheune, weit weg von dem Brunnen vor der Kirche, den sie die ganze Nacht bewacht hatten. Das Gebäude befand sich an der Mauerstraße in der Nähe des Krötschenturms, dem großen Wehrturm im Nordwesten der Stadt. In Kriegszeiten diente dieser Turm zur Verteidigung, aber in Friedenszeiten wurde er für andere Zwecke genutzt. Der Krötschenturm beherbergte Kranke und Schwache. Immer wieder brachen Seuchen aus, und die Stadtoberen achteten streng darauf, Kranke mit ansteckenden Leiden bis zur Genesung oder schlimmstenfalls bis zu ihrem Tod in den Krötschenturm zu verbannen.

Bastian betrat die Scheune, in der nichts weiter als ein paar Strohballen lagen. Der Bauer, dem sie gehörte, verfügte über mehrere Scheunen, und diese hier wurde nur selten benutzt. Er verkaufte das Stroh an die örtlichen Gasthäuser, die damit ihre Pferdeställe versorgten. Die Sonne hatte den Abendhimmel bereits in Rot gehüllt. Durch die wenigen Öffnungen in der Scheune drang kaum Licht und es herrschte eine trübe Dämmerstimmung, die nur durch vereinzelte Strahlen der Abendsonne aufgelockert wurde. »Wer hat sie gefunden?«, fragte Bastian, während er eine Fackel anzündete, die einer der Stadtsoldaten für ihn bereithielt.

»Es war der Bauer selbst. Er sagt, er wollte gerade neues Stroh ausliefern und ist fast über den Leichnam gestolpert«, erwiderte der Mann der Stadtwache.

Bastian leuchtete den Boden ab und entdeckte die tote Frau, die sitzend an einen Holzbalken gefesselt war. Mehrere Stricke sorgten für eine aufrechte Körperhaltung und für einen Moment glaubte Bastian, dass das Mädchen noch am Leben war.

Geschockt trat er näher. Die Stirn war ebenfalls mit einem Strick fixiert, so dass ihre Augen ihn geradewegs anblickten. Er kannte die Tote. Es war die Hure, mit der Hubert Stommel es vor zwei Nächten in dem Verschlag hinter der Kirche getrieben hatte. Ihr Gesicht war unversehrt. Auch am Hals konnte Bastian keine Verletzungen erkennen. Erst als sein Blick weiter den Körper hinabwanderte, offenbarte sich die Todesart. Ein Nagel hatte ihre Brust durchbohrt.

Bastian schluckte und zog vorsichtig das Leinentuch herunter, das den Körper bedeckte. Zum Vorschein kam ein einziges Blutbad. Der Mörder hatte mehrere schwere Eisennägel in den Leib des Mädchens getrieben und ihren Bauch in einen blutigen Klumpen verwandelt.

Der Anblick war so grauenvoll, dass Bastian würgen musste. Er schloss die Augen und versuchte, seinen Herzschlag zu beruhigen. Wernhart, der die ganze Zeit neben ihm gestanden hatte, lief hinaus und übergab sich geräuschvoll vor der Tür. Jakob Heckhoven hingegen bewahrte kühles Blut. Mit versteinerter Miene hockte er vor dem Leichnam und betrachtete das Mädchen ausgiebig.

»Wo hat er diese Nägel her?«, fragte er nach einer Weile.

»Der Schmied müsste eine Menge davon besitzen. Vielleicht liegen auch noch welche im Keller der Kirche. Sie erinnern mich jedenfalls an die Nägel vom Jesuskreuz, mit denen Teresia gekreuzigt worden ist.«

»Du meine Güte. Was ist diesem armen Ding nur geschehen?« Josef Hesemann, der Zonser Arzt, hatte sich zu ihnen gesellt.

Als ihm niemand antwortete und er bemerkte, dass Bastian und Jakob wie gebannt auf den toten Körper blickten, ging er in die Knie und ergriff die Hand der Hure.

»Sie ist schon mehrere Stunden lang nicht mehr bei uns. Ihr Körper ist vollkommen starr. Ich vermute, dass sie bereits in der Nacht ihren letzten Atemzug getan hat.«

Josef betrachtete die vielen Nägel, die den Leib der Hure in einem grässlichen Muster verschandelten.

»Seht, die Blutspritzer reichen sehr weit. Der ganze Balken ist verschmiert und selbst das Heu dort drüben hat noch Spritzer abbekommen.« Der Arzt bekreuzigte sich. »Ich befürchte, sie wurde bei lebendigem Leib mit diesen Nägeln malträtiert.«

Der Arzt hob das Leinentuch hoch, um einen Blick auf die Beine und Füße des Opfers zu werfen. Dabei fiel eine Pflanze zu Boden. Bastian hob sie auf.

»Das ist eine Brennnessel«, stellte er fest und runzelte die Stirn. »Was zum Teufel soll das jetzt wieder bedeuten? Will uns ihr Mörder damit sagen, dass sie eine Hure war?«

»Nun, es würde in der Tat passen. Vermutlich verachtet der Täter Huren ganz einfach. Vielleicht wollte er ihre Liebe und sie hat ihn zurückgewiesen und sich nur für Geld angeboten. Auch die Brennnessel stößt mit ihrem Saft ab. Wer sie berührt, erlebt ein unangenehmes Brennen auf der Haut, und außerdem ist sie eine hässliche Pflanze«, warf Jakob ein.

»Warum hat er ihr nicht nur die Kehle aufgeschlitzt, so wie er es bei seinem zweiten Opfer, Margret, getan hat?«

Noch während Bastian die Frage aussprach, erblickte er eine Kiste gleich neben der Toten. Sie lag halb verdeckt im Stroh, der Deckel war geöffnet.

»Er musste sich die Nägel gar nicht erst beim Schmied oder in der Kirche besorgen. Sie lagen hier, direkt vor seiner Nase«, sagte Bastian und griff beherzt in die Kiste hinein. Ein massiver Eisennagel kam zum

Vorschein. Offenbar hatte der Täter einfach das Werkzeug benutzt, das am nächsten in Reichweite lag. Nachdenklich betrachtete Bastian den Ort des Geschehens.

»Wir sollten den Frauenwirt sprechen, für den sie im Frauenhaus gearbeitet hat. Vielleicht kann er uns sagen, mit welchem Liebhaber sie zuletzt gesehen worden ist.«

»Seid Ihr eigentlich sicher, dass sie nicht doch gestern Nacht mit dem Hellseher zusammen war?«, fragte Jakob und sprach damit Bastians größte Befürchtung aus. Bastian hatte gestern bis zum frühen Morgengrauen vor der Unterkunft des Hellsehers ausgeharrt und er hatte nicht einen Moment lang die Augen geschlossen. »Es könnte ja sein, dass die Hure schon vor Beginn Eurer Wache im Wirtshaus war. Vielleicht bei einem der anderen Gäste?«, fügte Jakob hinzu.

Bastian schüttelte den Kopf. »Ich weiß nicht. Gustav, der Frauenwirt, hätte sicherlich etwas dagegen, wenn jemand ihm das Geschäft verdirbt und die Huren ins Wirtshaus lässt. Das kann nur eine Ausnahme sein. Aber ich hatte Hubert Stommel schon die ganze Zeit in Verdacht. Jedem Weib schleicht er lüstern hinterher und er ist als Hellseher mit der Symbolik von Pflanzen vertraut. Welcher Verrückte würde sonst bei seinem Opfer eine Rose, eine Distel oder gar eine Brennnessel hinterlassen?«

Bevor Jakob antworten konnte, hob Bastian erneut an.

»Nehmt Euch ein paar Männer mit und lauft ins Wirtshaus. Nehmt den Hellseher fest und sperrt ihn im Juddeturm ein. Ich will mich noch ein wenig umsehen. Möglicherweise finde ich doch noch einen handfesten Beweis.«

Jakob nickte und wandte sich dem Ausgang der Scheune zu. »Noch etwas. Wenn Ihr den Hellseher nicht im Wirtshaus antrefft, schaut auf dem Marktplatz nach. Vielleicht ist er noch auf einem Stand und verführt schon das nächste Weib.«

Jakob verschwand aus der Scheune, und Bastian konzentrierte sich wieder auf den toten Körper.

»Kennt Ihr ihren Namen?«, fragte Josef Hesemann, der sich an den blutigen Nägeln zu schaffen machte und einen nach dem anderen aus dem Leichnam herauszog.

»Ja, man nannte sie Ursel von Monheim«, erwiderte Bastian und blickte sich weiter in der Scheune um.

»Ich frage mich immer noch, warum er diese Symbole bei den Opfern hinterlässt? Wieso gibt er sich so viel Mühe?«

»Unser Mann scheint jedenfalls gebildet. Ein einfacher Bauer verfügt nicht über das notwendige Wissen über die Symbolik der Pflanzen. Traut Ihr denn diesem dahergelaufenen Scharlatan wirklich so viel Klugheit zu? Ich bin mir da gar nicht so sicher«, sagte Josef Hesemann nachdenklich.

Bastian zuckte mit den Achseln. »Ich traue ihm diese Tat zu, aber irgendwie passt alles nicht recht zusammen. Gestern hatte dieser Hurensohn ein anderes Weibsbild bei sich und ich habe ihn die ganze Nacht nicht aus dem Wirtshaus kommen sehen.« Er kratzte sich grübelnd am Kopf. »Jakob hat hingegen den Kaufmannssohn Lorenz Schlebusch in Verdacht. Vielleicht liegt er ja richtig mit seiner Vermutung. Schlebusch wusste, dass wir den Brunnen bewachen. Es ist ja schon merkwürdig, dass der Mörder bei seinem dritten Opfer den Ort gewechselt hat.«

»Soll ich mich um Lorenz Schlebusch kümmern?«, fragte Wernhart, der eben leichenblass die Scheune wieder betreten hatte.

»Nein. Lauf zum Frauenhaus und befrage Gustav, den Frauenwirt, nach Ursels letztem Liebhaber. Lorenz Schlebusch nehme ich mir selbst vor. Schickt mir den Stadtsoldaten her, der ihn gestern Nacht gesehen hat.«

Wernhart nickte. »Das mache ich, Bastian. Vorher muss ich dir allerdings noch etwas zeigen.« Der Tonfall seiner Stimme ließ Bastian aufhorchen. Ohne Nachfrage folgte er Wernhart nach draußen.

Wernhart lief um eine Ecke und blieb dann stehen. Als Bastian nicht sofort begriff, worauf er hinauswollte, hielt er seine Fackel auf den Boden. »Brennnesseln«, stellte Bastian erstaunt fest. »Also hat unser Mörder diesmal alle Dinge direkt zur Hand gehabt.«

»Ja. Wahrscheinlich ist der Kerl schlicht verrückt und hat überhaupt keinen religiösen Beweggrund für seine Taten. Die Hure hat er sich geschnappt, weil sie greifbar war und den Brunnen hat er gemieden, weil er wusste, dass wir dort auf ihn warten.«

»Aber die Rose war nicht so leicht zu beschaffen«, warf Bastian ein.

»Stimmt. Der erste Mord an Teresia erschien irgendwie besser vorbereitet. Mit der armen Margret hat er kurzen Prozess gemacht und ihr ohne viel

Federlesen die Kehle durchtrennt. Auch mit der Hure hat er sich nicht besonders viel Mühe gegeben, sondern einfach die Nägel genommen, die direkt vor seiner Nase lagen. Wer weiß, ob er ohne die Nägel nicht auch nur ein Messer benutzt hätte. Ich glaube, der Mistkerl will uns mit den Pflanzen lediglich zeigen, dass er alleine der Mörder ist. Er möchte keinen Zweifel daran lassen, dass er alle drei Mädchen auf dem Gewissen hat.«

Bastian schaute prüfend in den Himmel. Es war schon spät, zu spät, um noch etwas auszurichten. Aber gleich morgen früh würde er Pfarrer Johannes bitten, in der morgendlichen Messe die Bürger zur Vorsicht zu ermahnen. Keine Frau, kein junges Mädchen sollte nach Einbruch der Dämmerung mehr ohne Begleitung unterwegs sein. Egal, ob sie auf dem Weg zum Wasserholen oder zu sonstigen Besorgungen war. Wernhart brach zum Frauenhaus auf und Bastian ging zurück in die Scheune. Josef Hesemann war immer noch über den Leichnam gebeugt.

»Wurde sie geschändet?«, fragte Bastian.

Hesemann schüttelte den Kopf. »Nein, er hat sie nicht angerührt. Die Kleidung und auch ihre Haut sind an den betreffenden Stellen vollkommen unversehrt.«

»Ihr wolltet mich sprechen, Bastian Mühlenberg?« Ein hochgewachsener Stadtsoldat stand zögernd im Eingang der Scheune. Offenbar war der Mann unsicher, ob er eintreten oder lieber draußen warten sollte.

»Ich komme«, sagte Bastian und schob den jungen Burschen vor den Scheuneneingang. Er wollte dem Mann den grausamen Anblick ersparen.

»Ihr seid gestern Nacht Lorenz Schlebusch begegnet?«, fragte er dann ohne Umschweife.

»Ja, er kam mir entgegen, kurz nachdem der Nachtwächter zur zehnten Stunde gerufen hatte«, erwiderte der Bursche schüchtern.

»Und wo genau habt Ihr ihn getroffen?«, wollte Bastian wissen.

»Er lief zum Zollturm. Ich war gerade in die andere Richtung zum Schloßplatz unterwegs.«

»Hatte er irgendetwas bei sich?«

»Nein. Ich habe nichts bemerkt. Ich habe ihn nur kurz gesehen und mir nichts dabei gedacht. Er wohnt ja schließlich in der Rheinstraße.«

Bastian nickte. Die Tatsache, dass Lorenz zu so später Stunde das elterliche Haus verlassen hatte, konnte alles Mögliche bedeuten. Es war denkbar, dass er einfach nur eine der Schenken, die es zahlreich in der Umgebung des Zollturms gab, aufgesucht hatte. Andererseits konnte Bastian auch nicht ausschließen, dass er von der Rheinstraße in die Mauerstraße abgebogen war. Dort lag die Scheune, in der sie die tote Hure gefunden hatten. Er beschloss, Lorenz Schlebusch einen Besuch abzustatten.

...

Jakob konnte es nicht fassen. Er hatte den Hellseher nur knapp verpasst. Der Stand war längst abgebaut und Jakob war daraufhin ins Wirtshaus gelaufen.

Hubert Stommel hatte seine Unterkunft jedoch gerade verlassen und der Schenk zählte noch die Münzen, die Stommel dafür entrichtet hatte. Jakob hatte drei Männer dabei und musste zügig handeln. Einen der Stadtsoldaten sandte er zurück zu Bastian Mühlenberg. Dieser musste über die überstürzte Abreise des Hellsehers informiert werden. Außerdem sollte Bastian Verstärkung zu Pferde schicken, damit der Flüchtige so schnell wie möglich ergriffen werden konnte.

Es gab drei Stadttore. Das Nächstgelegene befand sich am Zollturm. Natürlich konnte der Hellseher auch durch das Feldtor oder über das Südtor geflüchtet sein. Jakob beschloss, dass sie sich aufteilen mussten. Während er selbst in Richtung des Zollturms hetzte, hatte er seine beiden Begleiter je zu einem der anderen Stadttore geschickt. Wenn er nur herausfand, durch welches Tor der Mann entkommen war, könnte von dort aus seine Fährte verfolgt werden.

Die Rheinstraße war bereits von tiefer Dunkelheit eingehüllt und Jakob rannte, so schnell seine Füße ihn zu tragen vermochten. Völlig außer Atem erreichte er sein Ziel. Das große Haupttor war längst verschlossen. Dies geschah immer mit Anbruch der Dämmerung. Um diese Zeit war nur noch die kleine Pforte geöffnet. Roprecht Peltzer, der Sohn des Schmiedes, mit dem Jakob gemeinsam die Aufnahmeprüfung in die Zonser Stadtwache bestanden hatte, grüßte ihn freundlich.

»Jakob, wie schön, Euch zu sehen«, hob er an und verstummte sogleich, als er Jakobs gehetzten Gesichtsausdruck bemerkte.

»Hat gerade noch jemand die Stadt durch das Tor

verlassen?«, krächzte Jakob atemlos.

»Ein paar Männer haben mit Einbruch der Dunkelheit die Stadt verlassen. Warum fragt Ihr?«

»Ich bin auf der Suche nach Hubert Stommel, dem Hellseher, der in den letzten Tagen regelmäßig auf dem Marktplatz war.«

Roprecht zog die Augenbrauen hoch. Offensichtlich kannte er den Gesuchten nicht. Deshalb schob Jakob eine Beschreibung des Mannes hinterher.

»Er ist nicht sonderlich groß, aber sehr muskulös. Seine Haare sind nicht besonders gepflegt und stehen in alle Richtungen vom Kopf ab. Außerdem trägt er einen Bart. Könnt Ihr Euch an einen solchen Mann entsinnen?«

Roprecht dachte angestrengt nach. Noch bevor er antworten konnte, öffnete sich eine Seitentür des Zollturms und ein Mann kam zum Vorschein. Erstaunt blickte Jakob in das Gesicht seines Vaters Henrich Heckhoven.

»Jakob, mein Junge. Du bist aber fleißig. Absolvierst du jetzt jede Nacht deinen Wachdienst am Zollturm?«, fragte er freundlich und klopfte Jakob zur Begrüßung auf die Schulter. Die angespannte Stimmung entging ihm ganz offensichtlich, denn er fuhr im Plauderton fort.

»Ich bin ja so stolz auf dich, mein Junge. Du bist in den letzten Wochen zu einem wahrhaft ehrbaren Mann herangereift.«

»Vater, was macht Ihr zu so später Stunde hier?«, fragte Jakob überrascht. Es war eigentlich eine überflüssige Frage, denn sein Vater war Zollschreiber in

Zons und es war nicht ungewöhnlich, ihn an diesem Ort anzutreffen. Je nachdem, wie viele Schiffe tagsüber angelegt hatten, konnte sich die Abrechnung des Zollgeldes bis tief in die Nacht hinziehen.

»Das habe ich dir doch gestern schon erklärt, mein Junge«, erwiderte Henrich Heckhoven gut gelaunt. »Das Wetter wird endlich sommerlich und der Rhein ist voller Handelsschiffe. Wir werden in diesem Jahr gute Zolleinnahmen haben.«

Hektisch und ein wenig verwirrt unterbrach Jakob ihn. »Vater, ich bin auf der Suche nach einem Verdächtigen und habe es wirklich eilig. Verzeiht die Unhöflichkeit, aber ich muss Roprecht weiter zu diesem Mann befragen.«

»Ich verstehe. Dann walte deines Amtes.« Heckhoven klopfte Jakob ein letztes Mal auf die Schulter und verschwand in die Dunkelheit.

»Nun«, hob Roprecht erneut zu einer Antwort an. »Es war schon ziemlich dunkel. Aber ich denke, auf einen der Männer passt Eure Beschreibung. Er hat mit Anbruch der Dämmerung Zons verlassen und zog einen Holzkarren hinter sich her.«

»Hat er gesagt, wo er hin will?«

»Ja, er sprach von Stürzelberg.«

»Ich danke Euch, Roprecht«, sagte Jakob und stürzte an ihm vorbei zum Zolltor hinaus.

Von hier aus gab es ohnehin nur einen Weg nach Stürzelberg. Rechts von ihm lag der Rhein, zu seiner linken Hand erstreckten sich Wälder und vereinzelte Felder. Nach Stürzelberg ging es einfach geradeaus in nördliche Richtung. Wenn sich Hubert Stommel also nicht in die Büsche geschlagen hatte, rechnete sich Jakob gute Chancen aus, den Hellseher einzuholen. Immerhin musste dieser noch seinen Karren ziehen und konnte nicht so schnell laufen wie Jakob.

Er rannte, doch nach ein paar hundert Metern ging ihm die Luft aus und er wurde langsamer, bis er schließlich keuchend stehen blieb. Sein Herz schlug bis zum Hals und Jakob hatte Schwierigkeiten zu atmen. Er sank auf die Knie und verschnaufte, bis das Flackern vor seinen Augen, das ihm eine bevorstehende Ohnmacht ankündigte, verschwand. Einen Ohnmachtsanfall konnte er sich jetzt nicht erlauben.

Jakob verharrte noch einige Momente, bis sich sein Körper erholt hatte. Er war immer noch auf den Knien, die Hände auf dem Boden abgestützt. Jakob lauschte in sich hinein und wartete auf den richtigen Augenblick, um weiterzulaufen. Am linken Knie spürte er ein heftiges Pochen, das er bisher ignoriert hatte. Verwundert ging er in die Hocke und tastete die stark geschwollene Stelle ab, die bei jeder Berührung schmerzte. Die Verletzung zeugte von einem erheblichen Aufprall oder Stoß und Jakob fragte sich, wo er sich diese Prellung zugezogen hatte. Er konnte sich absolut nicht erinnern. Sein Vater hatte ihn in den letzten Tagen in Frieden gelassen und nicht verprügelt. Ganz im Gegenteil, Henrich Heckhoven war ihm sogar mit Ehrfurcht und Stolz begegnet. Die letzte Frage seines Vaters kam Jakob in den Sinn. Ob er jetzt immer am Zollturm Wache hatte? Was meinte er nur damit?

Ein aufblitzendes Licht unterbrach seine Gedanken und fesselte seinen Blick. Links von ihm, mitten in dem riesigen Feld, leuchtete eine Fackel auf. Aufregung machte sich in ihm breit. Hatte der Hellseher sich doch in die Büsche geschlagen?

Ohne weiter nachzudenken, lief Jakob los. Seine Füße bewegten sich direkt auf das Licht zu, das nur ab und an aufflackerte. Jakob stolperte durch die Dunkelheit. Ein paar Mal rutschte er auf Gestein aus, fing sich jedoch und lief weiter. Seine Augen waren unablässig auf die Stelle gerichtet, an der eben noch die Fackel gebrannt hatte. Aber jetzt war es dunkel. Verdammt, fuhr es ihm durch den Kopf. Er hätte sich anschleichen müssen, statt wie ein Bauerntrampel über das Feld zu stampfen. Der Hellseher hatte ihn sicher längst entdeckt und deshalb die Fackel gelöscht.

Vorsichtig näherte er sich der Stelle. Es war dunkel. Der Nachthimmel sandte nur spärliches Sternenlicht auf die Erde und auch der Mond lieferte kaum Helligkeit. Er war zu einer schmalen, gelben Sichel geschrumpft, die nur ab und zu durch ein Wolkenband zum Vorschein kam. Jakob tastete nach dem Kurzschwert, das er seit Neuestem bei sich trug. Das kalte Metall gab ihm Sicherheit.

»Was wollt Ihr?« Eine Stimme schnitt scharf durch die Nacht.

Es war unverkennbar eine Frauenstimme. Ängstlich ergriff Jakob sein Kurzschwert.

»Was habt Ihr hier zu suchen?«, fragte er und hielt das Schwert jetzt genau vor sich.

»Geht einfach Eures Weges und lasst mich in Frieden«, zischte das Weib.

»Ich bin Jakob Heckhoven von der Zonser Stadtwache. Zündet die Fackel an und gebt Euch zu erkennen, Weib!«

Steine schlugen schwer aufeinander und im nächsten Augenblick entzündete sich die Fackel. Vor Jakob stand ein Bettelweib, in Lumpen gehüllt und vom Leben gezeichnet.

»Was habt Ihr hier draußen zu suchen?«

»Was glaubt Ihr wohl? Man hat mich nicht in die Stadt gelassen.« Verächtlich spuckte sie aus und starrte Jakob feindselig an.

Das wunderte Jakob nicht. Die Frau stank fürchterlich. Mit ihren wild zerzausten Haaren und vor Dreck schwarzem Gesicht sah sie aus, als wäre sie direkt der Hölle entstiegen. Trotzdem tat die Frau ihm leid. Zons hatte sie abgewiesen. Auf der einen Seite konnte er das verstehen. Zons war eine saubere Stadt und hatte keinen Platz für solche Lumpengestalten, die bettelnd auf den Straßen saßen und unbescholtene Bürger belästigten. Aber auf der anderen Seite ging es für solche armen Geschöpfe oftmals um das nackte Überleben und die Alte konnte sich kaum zur Wehr setzen.

Trotzdem stahl sie ihm seine Zeit. Er konnte sich nicht damit beschäftigen, ob sie die Nacht auf dem Feld oder sonstwo verbrachte. Er musste den Hellseher finden. Deshalb machte er ohne ein weiteres Wort kehrt. Er wollte schnellstmöglich von diesem Acker herunter, zurück auf den Weg, der ihn nach Stürzelberg führte.

Er lief los und ehe er sich versah, spürte er einen

dumpfen Schlag auf den Hinterkopf. Dann sackte Jakob zusammen. Sein Gesicht drückte sich in die Erde des Feldes. Er hatte die Alte unterschätzt. Blitze zuckten vor seinen Augen und seine Melodie spielte plötzlich unerträglich laut in den Ohren auf. Er stöhnte und nahm aus dem Augenwinkel die Füße des Bettelweibes wahr, die genau vor seinem Kopf haltmachten.

Die Sinne begannen Jakob zu schwinden, doch kurz bevor er das Bewusstsein verlor, übernahm eine fremde Stimme sein Denken. Bilder rauschten in Windeseile durch seinen Verstand. Eine weiße Rose ohne Blütenblätter. Die Disteln, die an dem Brunnen im Hinterhof seines Elternhauses wuchsen. Sein Knie, das in die Kiste mit Eisennägeln stürzte und der Schmerz, den die Nägel in seinem Fleisch verursachten. Die Leichen der Mädchen und ihre toten Augen. Seine Melodie, die zu einem wahren Sturm anschwoll und plötzlich alle Bilder wegfegte. Dann fühlte Jakob nur noch, wie etwas Fremdartiges von ihm Besitz ergriff. Er verschwand in der Dunkelheit, während sein Körper sich mit nahezu übermenschlicher Kraft aufrichtete.

XII
Gegenwart

Er hatte sie erst vor kurzem kennengelernt, und eigentlich hatte sie ihn mit einem äußerst offenen und freundlichen Lächeln empfangen. Ihr Blick war bewundernd über seinen durchtrainierten Körper gewandert. Die Begierde glitzerte in ihren Augen und ließ ihn sogar für einen Moment an seinem Vorhaben zweifeln. Aber auf der anderen Seite brodelte fortwährend die Wut in ihm. Der Besuch bei seiner Mutter hatte ihn aus der Bahn geworfen. So sehr, dass er einen halben Liter kaltes Wasser hinuntergestürzt hatte, in der Hoffnung, den Zorn ein wenig abzukühlen. Doch es half nichts.

Die blauen Augen seiner neuen Bekanntschaft erinnerten ihn gnadenlos an sein Versagen. Noch immer zitterten seine Finger, wenn er nur daran dachte. Er konnte regelrecht spüren, wie sie die Taste auf dem Keyboard verfehlten und eine Dissonanz auslösten, die in seinen Ohren kreischte wie das grässliche Kratzen eines Fingernagels auf einer Schiefertafel. Er musste jetzt einfach etwas tun, um diese schrecklichen Empfindungen loszuwerden.

Seit er damit angefangen hatte, sich zu wehren, war es ihm phasenweise immer besser gegangen. Er brauchte das Gefühl, die Kontrolle zu besitzen. Der Besuch bei seiner Mutter hingegen hatte ihn in einen Zustand völliger Hilflosigkeit zurückgeworfen. Dieses Ausgeliefertsein, ohne dass er auch nur das Geringste dagegen tun konnte, war unerträglich. Er musste etwas unternehmen. Sein Leben lang hatte er sich alles gefallen lassen, doch das war jetzt vorbei.

Erneut lächelte die Frau vor ihm. Sie fuhr mit dem Zeigefinger über seine Lippen und drückte ihm einen Kuss auf die Wange. Ihr Parfüm stieg in seine Nase und löste eine Erektion aus, die ihn für den Augenblick beruhigte. Ihre Hand nestelte an seiner Hose und berührte ihn dort, wo er gerade hart geworden war.

Er hob sie hoch und presste sich mit aller Kraft gegen ihre Mitte. Heftig rieb er sich an ihr, und als sie aufstöhnte, wäre er beinahe durch die geschlossene Hose gekommen. Doch als er ganz dicht über ihr war, öffnete sie plötzlich die Augen. Das Blau schoss wie eine Pistolenkugel durch seine Nervenbahnen und ließ ihn auf der Stelle erschlaffen.

Er presste sich erneut an sie, aber konnte keine Lust mehr daran empfinden. Sie bemerkte es und lockerte die Umarmung ein wenig. Ihre Stirn legte sich in Falten, sie starrte ihn an. Das intensive Blau ihrer Augen drohte ihn zu versengen. Hätte sie die Lider einfach weiter geschlossen gehalten, wäre er vielleicht wieder hart geworden. Dann hätte er sein Vorhaben auf das nächste Treffen verschoben. Aber so, wie sie ihn jetzt ansah, mit diesem fragenden Blick, der fast einem Vorwurf glich, da konnte er nicht anders. Er sah rot. Brutal riss er ihren Kopf an den Haaren nach hinten. Mit der anderen Hand griff er ihr an die Gurgel und drückte fest zu. Eine Weile zappelte sie mit den Armen und Beinen, doch ihre Gegenwehr glich den verzweifelten Bemühungen einer Maus, die versuchte, es mit einem ausgewachsenen Kater aufzunehmen. Er genoss die Kontrolle über dieses Miststück, das so willig die Beine für ihn hatte breitmachen wollen.

Als sie endlich ohnmächtig war, packte er sie und legte sie auf das große, einladende Bett. Anschließend fesselte er sie an den Handgelenken und Knöcheln, räumte einen Kosmetiktisch leer, der voll beladen mit Schminke, Bürsten und Schmuck war, und stellte sein Keyboard ab. Dann wartete er darauf, dass die Schlampe wieder zu Bewusstsein kam.

...

Oliver war wie betäubt. Er blickte auf die tote Frau, die ihn unwillkürlich an die ersten beiden Opfer erinnerte. Der ganze Tatort tat es. Er wusste im Grunde genommen bevor er genau hinsah, was die Tote in der Hand verborgen hielt. Trotzdem streifte er einen Gummihandschuh über und zog den Zettel zwischen ihren kalten Fingern hervor. Vorsichtig klappte er das zusammengefaltete Papier auf. Olivers Magen grummelte in der dumpfen Vorahnung der Botschaft, die ihm gleich entgegenspringen würde: *Fortsetzung folgt.* Er schloss die Augen, bevor er einen Blick auf den

Zettel warf. Dort standen die Worte, die keinesfalls eine leergemeinte Drohung waren und deren Wirkung sich mit der Last eines Felsbrockens auf Olivers Schultern legte.

Verdammt, fuhr es ihm durch den Kopf. Das war jetzt die dritte tote Frau in kürzester Zeit. Ein Schauer breitete sich auf seiner Haut aus. Musikprofessor Engelberts Theorie ging von zehn Teilstücken aus. Das bedeutete, dass vor Oliver erst das dritte von insgesamt zehn möglichen Opfern lag. Er musste endlich eine heiße Spur finden. Doch noch immer fehlte ihm der entscheidende Anhaltspunkt.

Wie gelähmt ging Oliver zu einem Kosmetiktisch an der hinteren Wand. Er war leergeräumt. Die Schminke, einige Haarbürsten und Lippenstifte lagen auf einem Regal über dem Tisch. Ein kurzer Blick genügte, um die kaum sichtbaren Abdrücke des Keyboards zu entdecken, die das Instrument auf der hauchdünnen Staubschicht hinterlassen hatte.

Sein Blick wanderte zurück zu dem Bett, auf dem die völlig zerstochene Frau lag. Wie auch bei den ersten beiden Opfern ähnelten Oberkörper und Beine einem blutigen Sieb. Oliver schätzte mindestens fünfzig Messerstiche, die den Körper entstellten. Was machte den Täter so wütend, dass er mit beinahe unbändigem Zorn auf diese armen Frauen einstach?

Er hatte mit Professor Morgenstern und dem zuständigen Polizeipsychologen darüber gesprochen. Beide waren sich darüber einig, dass der Täter bereits in der Kindheit traumatische Demütigungen und Zurückweisungen erlitten haben musste.

Sie waren auf der Suche nach einem Mann, der nach außen eher ruhig wirkte, gebildet schien und sich an sein Umfeld anpassen konnte. Niemand würde diesem unauffälligen und freundlichen, vielleicht ein wenig zurückgezogen lebenden Mann eine solche Tat zutrauen. Genau das war es, was diesen Fall so schwierig machte. Menschen, die ihr Gegenüber für harmlos hielten, waren unachtsam und bemerkten meist auch keine ungewöhnlichen Veränderungen. Sie taugten nicht als Zeugen.

Oliver dachte an das Phantombild, das den vermeintlichen Täter zeigte und landesweit an alle Polizeistellen weitergegeben worden war. Bisher ohne Ergebnis. Niemand kannte den Mann mit dem Spitznamen Panther. Auch die Datenbankrecherchen hatten keinen Treffer ergeben. Das Gesicht dieses Mannes passte zu keinem der Internetkontakte, die die Opfer gepflegt hatten. Nur die äußerlichen Merkmale seines Erscheinungsbildes wiesen Übereinstimmungen auf.

Der Panther hatte schwarze Haare und dunkle Augen. Außerdem wirkte er durchtrainiert und traf damit eindeutig den Männergeschmack des ersten Opfers. Auch Nicole Neumann, Opfer Nummer zwei, hatte dunkelhaarige Männer bevorzugt. Gegensätze schienen sich tatsächlich anzuziehen, denn im Kontrast zu dem vermutlichen Täter waren alle drei Opfer blond und bis auf Nicole Neumann auch blauäugig.

»Hast du schon herausbekommen, was Bettina Brings beruflich gemacht hat?«, erkundigte er sich bei Klaus, der bis eben mit seinem Handy telefoniert hatte.

»Ja, sie war Kellnerin in der Gaststätte »Zur

Rheinfähre«. Die liegt am Fähranleger in Zons. Sie arbeitete seit Jahren dort.«

Oliver nickte und trat dann hinaus in den kleinen Flur. An der Eingangstür machte sich ein Mitarbeiter der Spurensicherung zu schaffen. Ingrid Scholten war noch mit einem anderen Fall in Neuss beschäftigt und würde erst später zu ihnen stoßen. Als der Mann Oliver bemerkte, ließ er von der Tür ab.

»Es ist so, wie die Nachbarin es ausgesagt hat. Keinerlei Spuren von Gewalt. Sie muss ihn freiwillig hereingelassen haben oder er hatte einen Schlüssel.«

Bisher gab es im Vergleich zu den ersten beiden Morden lediglich eine Abweichung. Die Nachbarin war nur deshalb so schnell auf Bettina Brings Leiche gestoßen, weil der Täter die Tür nicht richtig zugezogen hatte. Sie stand einen Spaltbreit offen, und als die Nachbarin am frühen Morgen mit ihrem Hund spazieren gehen wollte, war ihr die offene Tür direkt ins Auge gesprungen. Sie wusste sofort, dass etwas nicht stimmte und wählte die Notrufnummer, ohne auch nur einen einzigen Fuß in die Wohnung des Opfers zu setzen.

Die ältere Dame hatte zitternd vor Angst im Hausflur auf das Eintreffen der Polizei gewartet und war in Tränen ausgebrochen, als die grausame Wahrheit ans Licht kam. Leider war die Nachbarin bereits deutlich schwerhörig und hatte keinerlei Geräusche in der Nacht gehört. Aber immerhin konnte sie bestätigen, dass Bettina Brings regelmäßig Besuch von unterschiedlichen Männern gehabt hatte.

Die Tatsache, dass der Mörder unvorsichtig wurde

und nicht darauf geachtet hatte, die Tür richtig zu verschließen, gab Oliver ein wenig Hoffnung. Entweder wurde er langsam nervös oder, was viel wahrscheinlicher war, er fühlte sich seiner Sache zu sicher. Vielleicht hatte er noch andere Fehler gemacht, die Oliver auf seine Fährte bringen würden.

Auf dem Weg zurück ins Schlafzimmer fiel sein Blick in die Küche. Auf dem Tisch stand ein Laptop. Oliver klappte ihn zu und klemmte ihn unter den Arm. Er würde das Gerät sofort mitnehmen und Hartmut Meier vom Rechercheteam übergeben. Oliver musste so schnell wie möglich herausfinden, ob Bettina Brings ihre Bekanntschaften auch übers Internet kennengelernt hatte und es womöglich Gemeinsamkeiten mit den ersten beiden Opfern gab.

»Klaus, lass uns zurück aufs Revier fahren. Steuermark will sicherlich gleich gebrieft werden und ich möchte, dass Meier sich den Laptop vornimmt.«

Auf dem Rückweg von der Zonser Wohnung des Opfers bis nach Neuss telefonierte Oliver mit dem Leiter des Überwachungsteams, das sie auf Thomas Mulch angesetzt hatten. »Und Sie sind sich sicher?«, fragte er, bevor er auflegte.

Vom anderen Ende der Leitung kam die Bestätigung. Thomas Mulch hatte ein unumstößliches Alibi für die letzte Nacht. Er hatte diese im psychiatrischen Krankenhaus bei Professor Morgenstern verbracht, der seinen Nachtschlaf hatte analysieren wollen.

»Schlechte Neuigkeiten?«, fragte Klaus, der das Dienstfahrzeug fuhr.

»Wie man es nimmt. Wir können Mulch jetzt endgültig von unserer Liste streichen. Er war es nicht. Hat ein wasserdichtes Alibi für die Mordnacht.«

»Dann müssen wir uns jetzt auf die vier Namen der Internetbekanntschaften unserer Opfer konzentrieren.«

Oliver nickte. »Wir gehen gleich noch einmal alles durch. Es kann doch nicht angehen, dass dieser Mistkerl Katz und Maus mit uns spielt.«

...

Keine zwanzig Minuten später saßen Oliver und Klaus wieder im Büro und starrten auf das Whiteboard, das die Eckpunkte der drei Morde mit blauem Marker und den wichtigsten Tatortfotos festhielt. Oliver rieb sich angestrengt die Schläfen. Er wusste, dass er irgendetwas übersehen hatte. Sie hatten so viele Indizien, ja, sogar ein Phantombild, da konnte es doch nicht wahr sein, dass sie dem Mann nicht auf die Spur kamen.

Plötzlich sprang Klaus auf.

»Weißt du was, ich fahre noch einmal zu den Internetcafés und zeige das Phantombild herum. Irgendjemand muss sich doch an den Kerl erinnern können. Vielleicht haben die Kollegen von der Streifenpolizei einfach nicht penetrant genug nachgefragt.«

Oliver nickte. »Dann durchforste ich noch einmal die E-Mails der Opfer und warte auf Meier, der den Laptop von Bettina Brings hoffentlich jede Minute analysiert hat. Ich rufe dich an, sobald sich etwas Neues ergibt.«

Klaus nickte, schnappte sich eine Kopie des Phantombildes und verließ das Büro. Oliver seufzte und öffnete die Datei, in der Meier den kompletten E-Mail-Verkehr von Mandy Siebert mit ihren Internetbekanntschaften zur Verfügung gestellt hatte. Es waren Hunderte Nachrichten, die meist nicht mehr als ein paar Worte beinhalteten, wie »sehe dich morgen« oder »es hat Spaß gemacht«. Oliver würde Stunden brauchen, bis er sich durch alle Mitteilungen durchgekämpft hatte. Gerade als sein Kopf zu rauchen begann, öffnete sich die Bürotür und die neue Kollegin Carina trat ein.

»Oh, ich dachte, Klaus wäre hier«, sagte sie ein wenig enttäuscht.

»Kann ich Ihnen vielleicht weiterhelfen?«, fragte Oliver und grinste.

»Die Ergebnisse der Spurensicherung sind da.«

Carina legte Oliver die Unterlagen auf den Schreibtisch. Ihr Blick verharrte dabei unwillkürlich auf Klaus' leerem Bürostuhl. Im selben Augenblick klingelte ihr Handy und Oliver konnte einen jungen Mann auf dem Display erkennen, der offensichtlich der Anrufer war. Verlegen drückte Carina den Anruf weg.

»Sie können ruhig rangehen. Das war doch bestimmt Ihr Freund?« Oliver konnte sich die Nachfrage nicht verkneifen. Er wusste, dass Klaus immer noch nicht den Mut gefunden hatte, sie einfach zu fragen. Stattdessen verließ er sich auf die Aussage eines Kollegen, der Carina angeblich mit ihrem Freund gesehen hatte.

»Das ist mein Bruder. Ich habe keinen Freund«, sagte Carina.

Aber Oliver hörte sie kaum. Er hatte gerade eine E-Mail geöffnet, die am Tag vor der Mordnacht gesendet worden war und deren Inhalt ihn auf eine Idee brachte. Der Absender hatte nur fünf Worte geschrieben, aber diese hatten es in sich: »Sehe Dich morgen im Supermarkt.«

Ohne weiter auf Carina einzugehen, hob Oliver den Telefonhörer ab und wählte Meiers Nummer.

»Haben Sie eigentlich die Überwachungsvideos aus dem Supermarkt, in dem Mandy Siebert gearbeitet hat, sichergestellt?«

»Ja, ich hatte nur noch keine Zeit, sie auszuwerten. Ich dachte, die Internetkontakte wären wichtiger.«

Oliver ging nicht auf Meiers Kommentar ein. »Kann ich die Aufnahmen vom Tag vor der Mordnacht haben?«

»Alles klar. Ich schicke Ihnen gleich einen Link zu dem Verzeichnis.«

Während Oliver auf die Freigabe des Videos wartete, blätterte er gedankenverloren in den Unterlagen, die Carina ihm auf den Schreibtisch gelegt hatte. Die junge Kollegin war während seines Telefonates wieder aus dem Büro verschwunden. Die Spurensicherung hatte am Küchenfenster von Mandy Siebert auswertbare Fingerabdrücke sicherstellen können. Aufgeregt nahm Oliver abermals den Hörer in die Hand.

»Bergmann hier. Hallo, Frau Scholten, ich habe gerade von den Fingerabdrücken erfahren. Konnten Sie einen Treffer in der Datenbank finden?«

Ingrid Scholten verneinte und Olivers Hoffnung auf eine schnelle Lösung des Falls löste sich mit dieser Antwort in Luft auf. Frustriert knallte er den Hörer auf die Gabel. Es war einfach verzwickt. Sobald er auf eine Spur stieß, rannte er bereits in die nächste Sackgasse hinein. Sie hatten ein Phantombild und jetzt sogar Fingerabdrücke, aber sie konnten nicht das Geringste damit anfangen.

Oliver blickte auf die Uhr. Klaus war seit fast zwei Stunden unterwegs und hatte sich noch nicht wieder gemeldet. Wahrscheinlich verlief seine Suche nach dem Panther ebenfalls ergebnislos. Ein Pop-up-Fenster auf seinem Bildschirm kündigte eine neue Nachricht an. Endlich hatte Meier den Link zu den Überwachungsvideos des Supermarktes geschickt. Oliver öffnete die Dateien. Vierundzwanzig Stunden Videomaterial würden ihn eine Menge Zeit kosten und er beschloss, sich vorher noch einen Kaffee zu besorgen.

...

Klaus hatte die reinste Odyssee hinter sich. Zuerst hatte er es in dem Internetcafé in Köln versucht und war von dort nach Dormagen gefahren. Niemand erkannte den Panther wieder. Es war fast so, als wären sie auf der Jagd nach einem Phantom. Seine letzte Anlaufstation war ein Internetcafé in Neuss. Es war ein schmuddeliges, kleines Lokal in der Hafengegend. Drei PCs waren alles, was der Laden zu bieten hatte.

Hinter der Theke stand eine Frau mit schwarz gefärbten Haaren und einem Piercing in der Unterlippe.

Klaus' Blick verharrte einen Moment lang auf dem Gesicht der Kellnerin, das eigentlich hätte attraktiv sein können, wären da nicht die künstliche Haarfarbe und die dunklen Ringe unter den übermüdeten Augen gewesen. Die Frau war sicherlich wesentlich jünger, als es ihr verbrauchtes Äußeres vorgaukelte. Klaus hielt ihr das Phantombild des Panthers vor die Nase, doch sie machte sich nicht einmal die Mühe, richtig hinzuschauen.

»Den hab ich hier noch nie gesehen«, nuschelte sie und fummelte dann weiter an der Kaffeemaschine herum.

Klaus blickte sich in dem Raum um. Nur einer der PCs war besetzt.

»Ist der Mann dort drüben öfter hier?«, fragte er dann die Bedienung, die fluchend versuchte, Milch für einen Cappuccino aufzuschäumen. Sie ließ kurz von der Maschine ab und sah zu dem Mann am PC.

»Kann sein, dass er öfter hier ist«, erwiderte sie knapp und würdigte Klaus keines weiteren Blickes mehr.

Klaus schlenderte zu den Computern hinüber und befragte den jungen Mann, der sich seine Baseballkappe tief ins Gesicht gezogen hatte und gerade auf Facebook chattete. Widerwillig unterbrach er seine Beschäftigung und betrachtete das Bild.

»Nee, kenne ich nicht. Sieht aus wie ein Kerl, der sich an Tussis ranmacht, obwohl er verheiratet ist.«

Der junge Mann widmete sich sofort wieder seinem Chat, als ein anderer Teenager das Lokal betrat.

»He Alter, was geht?«

Der blonde Teenager ging direkt auf den Jungen mit der Baseballkappe zu und boxte ihm freundschaftlich in die Seite. Erst dann schien er Klaus wahrzunehmen und bedachte ihn mit einem kritischen Blick. Er baute sich provokant vor Klaus auf und fragte: »He Mann, hast du mal ne Kippe?«

Klaus schüttelte den Kopf. »Nein, aber wenn du mir sagen kannst, wer das ist, besorge ich dir vielleicht welche.«

Der Jugendliche kniff die Augen zusammen und überlegte einen Moment, ob er Klaus' Angebot annehmen sollte. Dann ergriff er das Bild, das Klaus ihm vor die Nase hielt, und begutachtete den Panther. Schon bevor der Junge antwortete, wusste Klaus, dass er den Mann erkannte, denn seine Augen weiteten sich unmerklich.

»Treibt sich ab und zu hier rum. Ich glaube, er heißt Stefan oder so. He Jonas, du hast den doch bestimmt auch schon mal gesehen.«

Jonas schob die Baseballkappe ein wenig nach oben und warf erneut einen Blick auf das Phantombild.

»He Alter, ich kenne das Bild längst. Keine Ahnung, wer der Typ ist.« Jonas kratzte sich am Kinn und fügte dann hinzu: »Na ja, jetzt, wo du es sagst, dass es Stefan sein könnte, kommt er mir auch bekannt vor.«

Klaus triumphierte innerlich. Endlich hatte er eine Spur zum Panther gefunden. Er erinnerte sich an die

Aussage von Nicole Neumanns Mutter. Das zweite Opfer war in der Mordnacht mit einem Musiker namens Stefan zusammen gewesen. Offenbar waren der Panther und Stefan ein und dieselbe Person.

»Wie oft ist Stefan denn hier?«, fragte Klaus die beiden Teenager.

»Nicht oft. Macht ständig mit Tussen rum. Hab ich dir doch schon erklärt«, erwiderte Jonas, der sich längst wieder in seinen Facebook-Chat vertieft hatte.

»Bekomme ich meine Kippen?«, beharrte der blonde Junge trotzig.

»Klar, aber eine Antwort kannst du mir noch geben, oder?«, fragte Klaus.

»Ja doch, Mann. Also, der fährt auf Blondinen ab. Er hat mir mal die Plattform gezeigt, wo er sie klarmacht. Scharfe Dinger. Ein bisschen zu alt für mich, trotzdem, zur Not würde ich nicht Nein sagen.« Er stutzte und warf Klaus einen erneuten kritischen Blick zu. »He, warum willst du das eigentlich wissen? Bist du ein Bulle oder so was?«

Statt einer Antwort zog Klaus seine Dienstmarke hervor. Immerhin schien von dieser eine magische Wirkung auszugehen, denn selbst Jonas ließ von seinem Chat ab und starrte gebannt darauf.

»Er ist ein-, höchstens zweimal in der Woche hier. Schneit immer nur abends hier rein und ist spätestens nach einer halben Stunde wieder weg«, erklärte der blonde Teenager.

»Und wann war er zuletzt hier?«, hakte Klaus nach.

Der Blonde zuckte mit den Achseln. »Weiß nicht so genau.«

»Das war vor zwei Tagen. Er saß neben mir«, sagte Jonas und zeigte auf den Nachbartisch.

»Und wisst ihr, wie der Mann mit Nachnamen heißt?«

Die Jungs schüttelten den Kopf. Klaus bedankte sich und kaufte zwei Schachteln Zigaretten an der Theke, die er dann in hohem Bogen zu dem Teenager hinüberwarf. Dann verließ er das Lokal und wählte Olivers Nummer.

...

Steuermark war viel blasser als sonst. Die Pressekonferenz hatte ihm den Rest gegeben. Er war nicht besonders gut auf Journalisten zu sprechen. Sie wühlten in Dingen herum, aus denen sie die Nase lieber raushalten sollten und glaubten, alles besser zu wissen. Dabei waren sie keine Profis und von guter Polizeiarbeit verstanden sie erst recht nichts.

Steuermark war stark in die Defensive geraten. Er hatte keine heiße Spur, in keinem der drei Mordfälle. Seine beiden besten Ermittler stocherten nur im Nebel herum, ohne etwas Brauchbares zu Tage zu fördern. Bisher hatte er der Presse kein Wort von den Zetteln mit den Notenpassagen erzählt, aber einer der Journalisten war der Wahrheit verdammt nahegekommen. Um ein Haar wäre Steuermark die Sache mit den

Noten herausgerutscht, und der Ärger über seine eigene Unzulänglichkeit stand ihm deutlich ins Gesicht geschrieben.

»Wir müssen um jeden Preis verhindern, dass dieser Verrückte noch ein weiteres Mal zuschlägt«, sagte er und donnerte die Faust auf den Schreibtisch.

Oliver zuckte zusammen. So aufgebracht hatte er Steuermark noch nie erlebt. Aber er konnte es gut nachvollziehen. Dieser Fall ging ihm allmählich mächtig an die Nieren. Die ständigen Misserfolge zermürbten ihn. Müde rieb er sich die Augen. Er hatte die letzten Stunden ununterbrochen auf seinen Bildschirm gestarrt und die Überwachungsvideos des Zonser Supermarktes ausgewertet. Er hatte gut die Hälfte des Materials gesichtet, ohne eine Spur zu entdecken. Aber sein Jagdinstinkt war geweckt. Das Kribbeln in seinen Fingerspitzen bedeutete ihm, dass es nur noch eine Frage der Zeit war. Der Panther war auf diesem Videoband, das spürte Oliver ganz deutlich.

»Klaus ist auf eine vielversprechende Spur gestoßen. Der Panther, der sich im Übrigen auch Stefan nennt, wurde mehrfach in einem Neusser Internetcafé gesichtet. Ich habe die Spurensicherung dorthin geschickt. Es ist zwar unwahrscheinlich, aber vielleicht können sie Fingerabdrücke auf der Tastatur des PCs isolieren. Damit ziehen wir den Kreis um den Mann immer enger.«

»Bergmann, Sie sind viel zu sehr auf diesen Panther fixiert. Was, wenn er es gar nicht war? Was, wenn unser Mann sich hinter einem dieser Internetprofile verbirgt?«, unterbrach Steuermark ihn unwirsch.

Oliver atmete tief durch. Wenn sein Chef sich in einer derartigen Gemütslage befand, war mit ihm nicht gut Kirschen essen. Steuermark war im Grunde ein herzensguter Mensch, aber wenn sein Temperament mit ihm durchging, blieb man besser außer Reichweite. Für den Moment beneidete er Klaus, der immer noch unterwegs war. Er hätte ihn jetzt gerne an seiner Seite gehabt.

»Wir vernachlässigen keine Spur«, antwortete Oliver diplomatisch.

»Haben Sie jeden einzelnen Internetkontakt genau geprüft?«

»Ja, die IP-Adressen, die sich eindeutig zum Besitzer zuordnen ließen, ergaben alle keine brauchbaren Hinweise. Sämtliche Angaben waren stimmig und jeder der Männer konnte ein belastbares Alibi vorweisen. Wir müssen uns auf die Internetcafés konzentrieren. Das ergibt auch Sinn, denn unser Mörder wird sich nicht von zu Hause aus ins Internet einloggen. Er kann sich an drei Fingern abzählen, dass wir ihn dann innerhalb der nächsten Stunden festsetzen.«

»Was ist denn mit dem neuen Opfer? Hat Meier den PC endlich analysiert?«

Oliver schüttelte den Kopf. »Er ist dran. Es kann sich nur noch um ein paar Stunden handeln.«

»Verdammt. Diese ganze Geschichte zieht sich wie Kaugummi. Der Täter müsste längst hinter Schloss und Riegel sitzen.« Steuermark erhob abermals die Faust, ließ sie diesmal jedoch nicht auf die Tischplatte knallen. Im letzten Moment hielt er inne und blickte Oliver durchdringend an.

»Also gut, Bergmann. Machen Sie einfach weiter und schauen Sie diese verfluchten Überwachungsvideos durch. Wenn Sie Unterstützung brauchen, geben Sie Bescheid. Ich werde mein Möglichstes tun. Hauptsache, Sie schnappen diesen Kerl!«

...

Olivers Augenlider waren schwer. Immer wieder rieb er sie und blinzelte. Das flimmernde Licht seines Monitors versetzte ihn langsam in eine Art Trance und er brauchte dringend Koffein, wenn er nicht schlappmachen wollte. Er war mit den Überwachungsvideos bis zum Abend vor dem Mord an Mandy Siebert vorgedrungen.

Ab 18 Uhr war der kleine Supermarkt noch einmal deutlich voller geworden. Mandy Siebert saß an der Kasse und wirkte ein wenig hektisch. Sie klingelte bereits zum zweiten Mal nach einem Kollegen, der erst etliche Minuten vergehen ließ, bevor er sich endlich zu einer unbesetzten Kasse bewegte. Der Strom der wartenden Menschen teilte sich augenblicklich. Eine ältere Dame drängte sich energisch mit dem Einkaufswagen an einem noch zögernden Mann vorbei und schaffte es als Erste an die neu eröffnete Kasse.

»Geh schon und hol dir einen Kaffee. Ich mache so lange weiter«, sagte Klaus, der sich längst wieder zu Oliver gesellt hatte.

Oliver zögerte. Klaus' Augen ähnelten mittlerweile denen eines Albino-Kaninchens. Die Bindehaut war rundherum gerötet. Oliver wusste, dass Klaus eigentlich eine Brille benötigte, aus Eitelkeit jedoch nicht zum Augenarzt ging. Die Videoaufnahmen waren nicht besonders groß und er war sich nicht sicher, wie gut Klaus die Menschen im Supermarkt überhaupt erkennen konnte. Als wenn Klaus seine Gedanken erahnte, sagte er: »Jetzt hau schon ab. Ich bin schließlich noch nicht so blind wie ein Maulwurf. Wenn ich was sehe, drücke ich auf Pause.«

Er zog Olivers Stuhl zurück, dessen Rollen quietschend nachgaben, und drückte ihn aus dem Sitz.

»Und bring mir bitte einen Tee mit«, rief er Oliver hinterher, der gerade die Tür ins Schloss fallen ließ. Es tat gut, die Augen vom Monitor zu nehmen. Ihm war von der langen Regungslosigkeit ein wenig schummrig zumute und so streckte er sich erst einmal, bevor er in Richtung Kaffeeküche ging.

Das Polizeirevier war menschenleer. Oliver schaute auf die Uhr des Kaffeeautomaten und stellte fest, dass es weit nach 20 Uhr war. Aber das war ihm für heute egal. Sie mussten endlich diesen Verrückten dingfest machen. Dieser Kerl war mit Sicherheit schon auf der Suche nach Opfer Nummer vier und Olivers Magen zog sich bereits bei dem Gedanken daran zusammen.

Er nahm einen extrastarken Kaffee und kippte entgegen seiner sonstigen Gewohnheit etwas Zucker hinein. Oliver brauchte Energie und er hoffte, dass das Gemisch aus Koffein und Zucker ihn wieder auf Trab bringen würde. Gierig nahm er einen Schluck, bevor er den Tee für Klaus zubereitete. Mit klappernden Tassen schlurfte er zurück ins Büro. Klaus saß unverändert vor dem Bildschirm.

»Nichts Auffälliges«, murmelte Klaus und griff ohne hochzusehen nach der Tasse, die Oliver vor ihm abgestellt hatte.

Oliver starrte ebenfalls wieder auf den Bildschirm. Es waren ungefähr drei Minuten vergangen und er überlegte, ob er Klaus bitten sollte, das Video für diese Zeit zurückzudrehen. Er nahm noch einen kräftigen Schluck Kaffee, und gerade als er seine Bitte äußern wollte, entdeckte er einen Mann, der sich langsam der Kasse von Mandy Siebert näherte. Oliver verschluckte sich.

»Halt das an«, sagte er und hustete.

Der Mann hatte schwarze Haare und dunkle Augen. Das T-Shirt hing lässig über der Jeans und gab einen Blick auf seine kräftigen Oberarme frei. Oliver kroch fast in den Bildschirm hinein, als ihm klar wurde, dass dort an der Kasse der Panther stand.

»Das ist er!«, sagte Klaus gebannt und spulte die Filmsequenz zurück.

Tatsächlich, der Mann näherte sich der Kasse und hob die rechte Hand zum Gruß. Doch Mandy Siebert war zu beschäftigt. Sie zog hektisch die Lebensmittel über den Scanner und hielt den Kopf dabei gesenkt. Ihre ganze Aufmerksamkeit war auf das Laufband des Kassentisches gerichtet.

Der Mann zögerte einen Moment und blieb neben der Reihe der Wartenden stehen. Er hatte keinen Einkaufswagen dabei. Offensichtlich war er nur gekommen, um diese Kassiererin zu sehen. Nach einer Weile schlängelte er sich langsam an der Reihe vorbei, ohne dass Mandy Siebert ihn eines Blickes gewürdigt hatte. Dann verließ der Panther den Supermarkt.

XIII
Vor fünfhundert Jahren

Bastian klopfte ungehalten an das Haus der Schlebuschs. Er wollte sofort mit Lorenz sprechen, der in der Mordnacht von einem seiner Männer gesehen worden war. Die Tür öffnete sich und Lorenz' Vater, einer der reichsten Kaufmänner von Zons, ließ Bastian eintreten.

»Verzeiht mir meinen späten Besuch, aber ich muss dringend mit Eurem Sohn reden.«

»Lorenz ist nicht zugegen. Ich habe ihn nach Stürzelberg geschickt. Er hat dort für mich einen Handel zu erledigen«, erwiderte der Kaufmann. »Kann ich Euch weiterhelfen?«

»Hört zu. Euer Sohn wurde letzte Nacht, in der ein weiterer Mord geschehen ist, zu sehr später Stunde von einem meiner Männer gesichtet. Er hat sich in unmittelbarer Nähe des furchtbaren Verbrechens aufgehalten und es stellt sich die Frage, ob er etwas mit den Grausamkeiten zu tun hat. Er wurde vor ein paar Tagen ebenfalls nachts in der Nähe eines der Mordopfer gesehen und außerdem hat er einen meiner Männer am Brunnen vor der Kirche angegriffen.«

Lorenz' Vater schluckte.

»Er hat nichts damit zu tun«, sagte er dann. »Gestern Nacht war er mit Matthias Reinhardt, einem Freund, in der Rheinschenke. Dieser wird das sicher bestätigen können.«

»Ich werde das überprüfen. Vorher möchte ich jedoch mit Eurem Sohn persönlich sprechen. Wo genau hält er sich in Stürzelberg auf?«

Der alte Schlebusch nannte Bastian den Namen und die Adresse seines Handelspartners.

»Er wollte morgen früh nach Sonnenaufgang den Heimweg antreten. Könnt Ihr nicht so lange warten?«, fragte Lorenz' Vater.

Doch Bastian hörte ihm schon nicht mehr zu. Er wollte Lorenz sprechen, und wenn es mitten in der Nacht war. Knapp verabschiedete er sich und trat auf die dunkle Straße hinaus. Er drehte sich in Richtung Schloßplatz und wäre fast mit Wernhart zusammengestoßen, der völlig außer Atem vor ihm stehen blieb.

»Da bist du ja, Bastian. Ich habe Neuigkeiten von Gustav, dem Frauenwirt. Rate einmal, wer gestern die Nacht dort verbracht hat?«

Bastian musste nicht lange nachdenken, um auf die Antwort zu kommen. Er selbst hatte den Hellseher die ganze Nacht lang beschattet und wusste, dass er seine Unterkunft im Wirtshaus nicht mehr verlassen hatte. Es blieb nur noch einer übrig.

»Lorenz Schlebusch«, erwiderte Bastian.

Er hatte ein unangenehmes Kratzen in der Kehle, welches sich im selben Augenblick verstärkte. Einer seiner Männer näherte sich. Er rannte durch die Rheinstraße und rief lauthals Bastians Namen, als er ihn erblickte.

»Hubert Stommel, der Hellseher, ist aus Zons geflohen.« Der Stadtsoldat kam gleich auf den Punkt.

»Was sagt Ihr da?« Bastian konnte es nicht glauben. Er war fest davon ausgegangen, dass Jakob den Mann längst im Juddeturm eingesperrt hatte.

»Er war schon verschwunden, als wir im Wirtshaus ankamen. Jakob Heckhoven und zwei weitere Männer sind sofort zu den drei Stadttoren ausgeschwärmt, um den Mann aufzuhalten. Jakob hat mich geschickt, um Euch zu informieren und um Verstärkung zu bitten. Zu Pferd könnten wir Stommel leicht einholen.«

Bastian fluchte. Er hatte zwei Verdächtige und beide hatten Zons verlassen. Er musste jetzt kühlen Kopf bewahren und klug handeln. Der nächste logische Schritt war es, herauszufinden, durch welches der Stadttore Hubert Stommel aus Zons hinausgelangt war. Von dort aus könnte Bastian seine Fährte aufnehmen und ihn mit ein wenig Glück noch in dieser Nacht dingfest machen.

»Warum hat der Wirt uns nicht sofort über Stommels Abreise informiert?«, fragte Bastian, der sich insgeheim ärgerte. Schließlich hatte er dem Wirt ein paar Münzen in die Hand gedrückt, damit dieser ein Auge auf den Hellseher hatte.

»Er hat seine Zeche beglichen und ist ohne Eile abgereist. Deshalb ist der Wirt nicht misstrauisch geworden.«

»Ich verstehe«, erwiderte Bastian. »Das sieht mir aber nicht unbedingt nach Flucht aus. Hat der Wirt einen Grund für Stommels Abreise genannt?«

Der Stadtsoldat schüttelte den Kopf. Bastian dachte nach. Wenn der Hellseher in großer Eile geflohen wäre, hätte er ganz sicher nicht mehr seine Rechnung beglichen. Außerdem hatte er den Tag in aller Öffentlichkeit auf dem Marktplatz zugebracht. Das alles passte nicht zu einem Mann, der auf der Flucht war. Aus der Ferne hörte er Schritte. Ein weiterer Stadtsoldat näherte sich.

»Bastian Mühlenberg, gut, dass ich Euch hier antreffe. An der Scheune haben sie mir gesagt, dass Ihr zu Lorenz Schlebusch wolltet.« Der Stadtsoldat machte eine Pause und atmete durch. »Jakob Heckhoven hat mich zum Südtor geschickt, um zu kontrollieren, ob der Hellseher die Stadt durch dieses Tor verlassen hat. Aber auf dem Schlossgelände wurde kein Fremder gesichtet und es hat auch niemand versucht, das Tor zu passieren.«

Das war eine gute Auskunft. Blieben also das Feldtor und das Rhein- oder Zolltor übrig. Bastian überlegte kurz, ob er auf den Mann warten sollte, der zum Feldtor unterwegs war, beschloss dann jedoch, die Pferde zu satteln und aufzubrechen. Sie hatten schon viel zu viel Zeit verloren und Bastian wollte sowohl Hubert Stommel als auch Lorenz Schlebusch so schnell wie möglich befragen. Beide kamen für ihn als Täter in Betracht, wobei Lorenz mittlerweile an die erste Stelle auf seiner Liste der Verdächtigen vorgerückt war.

Die Tatsache, dass er am Brunnen und in der Mordnacht gesehen worden war und sich zudem noch in dem Frauenhaus vergnügt hatte, aus dem das dritte

Opfer stammte, wogen schwer. Hubert Stommel war ein widerlicher Kerl, aber Bastian hatte selbst die ganze Nacht beobachtet, dass der Mann seine Unterkunft nicht mehr verlassen hatte. Andererseits konnte er nicht ausschließen, dass sich der Hellseher womöglich ungesehen durch ein Fenster und über den Hinterhof fortgeschlichen hatte.

Bastian fühlte dieses Kribbeln in den Händen, das ihm sagte, dass er kurz davor stand, den Mörder dingfest zu machen. In Windeseile lief er mit seinen Männern in Richtung Schloßplatz, hinter dem sich der Stall mit den Pferden befand. Bastian sandte zwei seiner Männer zum Feldtor, er selbst ritt mit Wernhart zum Zolltor. Er konnte seine Entscheidung nicht logisch begründen. Es war ein reines Bauchgefühl, das ihn zu diesem Entschluss getrieben hatte.

Am Zollturm trafen sie auf Ruprecht Peltzer, den jüngsten Sohn des Schmiedes, der in der heutigen Nacht seinen Dienst an diesem Ort versah. Ohne dass Bastian überhaupt fragen musste, berichtete ihm der junge Bursche, dass Hubert Stommel die Stadt durch das Zolltor verlassen hatte und Jakob ihm gefolgt war.

Das kam Bastian gerade recht. Auf diese Weise würde er zwei Fliegen mit einer Klappe schlagen können. Zuerst würde er sich den Hellseher schnappen und anschließend Lorenz Schlebusch. Er gab dem Pferd die Sporen und preschte gemeinsam mit Wernhart in die schwarze Nacht hinaus. Die Luft außerhalb der Stadt fühlte sich viel kühler an und Bastian, der in der Eile auf einen Umhang verzichtet hatte, begann zu frösteln.

Er blickte in den Himmel, der kaltes Sternenlicht auf die Erde sandte. Bastian sah die schmale Mondsichel und wusste, dass es noch nicht Mitternacht war. Die Hufe der Pferde donnerten über den engen Weg, der direkt nach Stürzelberg führte.

Der Rhein lag wie ein schwarzes Band zu seiner Rechten. Das Wasser war ruhig und wirkte fast so, als wäre es in tiefen Nachtschlaf versunken. In rauen Wetterlagen hingegen schmatzten die Wellen des Rheines manchmal so laut, dass man sie aus weiter Ferne hören konnte. Der Fluss war dann aufgewühlt und die Spitzen der Wellenberge reflektierten das Mondlicht auf eine unheimliche Weise. In dieser Nacht jedoch wand sich der Rhein so träge dahin, dass man fast Angst haben musste, lautlos von dem dunklen Nass verschluckt zu werden.

Bastian sah den Schatten eines Vogels über das Wasser gleiten und erinnerte sich an die Erzählungen des Nachtwächters, der früher einmal zur See gefahren war. Hexenhafte Wesen, halb Vogel und halb Frau, lockten die Seefahrer bei scheinbar ruhiger See hinaus, um sie mit ihrem betörenden Gesang in die Tiefe zu reißen.

Eine Frauenstimme zerriss jäh die Nacht und Bastian erschauderte unwillkürlich. Er trieb sein Pferd unbarmherzig an. Erst ein Pfiff ließ ihn aufhorchen. Er drehte sich um und bemerkte, dass Wernhart stehen geblieben war. Bastian ließ sein Pferd anhalten und ritt zurück.

Er hatte die Frauenstimme für Einbildung gehalten. Doch jetzt, wo die Pferdehufe nicht mehr laut durch die Nacht donnerten, konnte er sie deutlich vernehmen. Kurz fragte er sich, ob es auch im Rhein Sirenen geben konnte, verwarf diesen Gedanken aber sofort. Das Geräusch kam nicht vom Rhein, sondern von der anderen Seite des Weges, wo ein großes Feld lag. Bastian war so in der Geschichte des Nachtwächters vertieft gewesen, dass erst der gellende Pfiff von Wernhart ihn aus den Gedanken gerissen hatte.

»Hast du das auch gehört?«, fragte Wernhart, als Bastian vor ihm Halt machte.

Das Geräusch oder vielmehr Wimmern war schwer zu greifen. Die Höhe deutete auf eine Frauenstimme hin. Allerdings war sie verzerrt, so dass Bastian sich schon fragte, ob es sich nicht eher um ein verletztes Tier handelte. In den Wäldern um Zons gab es zahlreiche Wölfe. Wenn einer der Bauern vergessen hatte, Kühe oder Ziegen des Nachts in Sicherheit zu bringen, konnte es gut sein, dass die Tiere von hungrigen Wolfsrudeln gerissen wurden. Nicht alle waren auf der Stelle tot und litten dann schreckliche Qualen, bis endlich der Tod sich ihrer erbarmte.

»Ja. Könnte es ein Tier sein?«

»Ich bin mir nicht sicher. Lass uns nachschauen«, sagte Wernhart und lenkte sein Pferd in die Richtung, aus der das Wimmern kam.

»Im ersten Augenblick dachte ich, es ist eine Frau«, sagte Bastian.

Vorsichtig verließen sie den Weg und trabten über den Acker. Sie hielten die Geschwindigkeit bewusst gering, weil sich keines der Pferde in der Dunkelheit und auf dem unebenen Boden verletzten sollte. Die

Schlachtrösser der Stadtwache waren wertvoll und die Ausbildung eines neuen Tieres kostete etliche Gulden und ebenso viel Mühe.

Das Wimmern schwoll erneut an. Es zog sich so fürchterlich in die Länge, dass Bastian eine Gänsehaut bekam. Was oder wen sie auch vorfinden würden, das Geräusch verhieß nichts Gutes. Sie entfernten sich immer weiter von dem Weg und ritten ein ganzes Stück querfeldein. Als Bastian prüfend zurücksah, war der Rhein aus seinem Blickfeld verschwunden. Nichts als Schwärze hüllte sie ein. Das Wimmern war jetzt so nahe, dass sie beschlossen, abzusteigen. Wernhart entzündete eine Fackel. Das helle Licht ließ Bastian blinzeln. Einige Meter weiter entdeckte er zwei Silhouetten. Sie bewegten sich. Noch konnte Bastian nicht ausmachen, worum genau es sich handelte.

»Ist da jemand?«, rief er mit tiefer und fester Stimme.

Die Gestalten hielten inne. Bastian erstarrte, als ihm klar wurde, dass es sich um menschliche Wesen handelte. Das Wimmern kam von dem am Boden liegenden Geschöpf. Blitzschnell zog Bastian sein Kurzschwert und lief auf die beiden Silhouetten zu. Wernhart war unmittelbar neben ihm und leuchtete mit der Fackel. Eine Gestalt - Bastian konnte nicht genau erkennen, ob Mann oder Weib - saß auf dem wimmernden und am Boden zusammengekrümmten Bündel. Der oder die Unbekannte hatte Bastian und Wernhart den Rücken zugewandt und trug einen Mantel mit einer Kapuze, die den Kopf bedeckte.

»Was tut Ihr dort?«, rief Bastian und wollte sich

auf die Gestalt im Mantel stürzen. Doch im selben Augenblick blitzte etwas Metallisches auf. Das grelle Funkeln machte die Pferde scheu. Während Bastians Gaul es bei einem ängstlichen Wiehern beließ, stieg Wernharts Pferd auf und schlug mit den Vorderbeinen aus. Wernhart bekam einen Tritt ab und ging stöhnend zu Boden. Die Fackel, die er eben noch in der Hand gehalten hatte, erlosch mit einem Schlag. Die plötzliche Dunkelheit war undurchdringlich. Bastian stürzte sich auf die Person und bekam den Mantel zu fassen.

»Verschwindet!«, stieß die Gestalt, die sich im selben Augenblick als Mann entpuppte, hervor. »Das hier geht Euch nichts an. Also macht, dass Ihr Eures Weges kommt.«

Das Wimmern schwoll erneut zu einem fürchterlichen Klagelaut an und nun erkannte Bastian voller Entsetzen, dass es tatsächlich eine Frauenstimme war.

»Lasst von dem Weib ab. Auf der Stelle«, forderte er und zerrte an dem Unbekannten.

Dieser wehrte sich aus Leibeskräften. Er klammerte sich an das Weibsbild und Bastian schaffte es nicht, ihn von der offensichtlich verletzten Frau herunterzuziehen. Verwundert über die Kräfte dieses Mannes, änderte Bastian seine Taktik und schlug mit dem Knauf seines Kurzschwertes auf dessen Hinterkopf ein. Der Unbekannte zeigte sich trotz des gewaltigen Hiebes wenig beeindruckt.

»Verflucht noch mal, haltet ein oder ich schlage Euch den Kopf ab«, brüllte Bastian wütend.

»Das könnt Ihr ja mal versuchen!«, erwiderte der Fremde und löste sich mit einem Sprung von der Frau.

Dann blieb er vor Bastian stehen, ein Schwert hoch über den Kopf erhoben. Obwohl der Mann einen ganzen Kopf kleiner als Bastian war, wirkte seine Haltung kampfsicher und kräftig. Die Klinge blitzte im Sternenlicht auf und Bastian trat instinktiv einen Schritt zurück. Immerhin hatte der Fremde von dem verwundeten Weib abgelassen, das jedoch keinen Ton mehr von sich gab. Bastian hatte keine Zeit, nach ihr zu schauen. Auch von Wernhart konnte er im Moment keine Hilfe erwarten. Er lag immer noch bewusstlos am Boden. Bastian konnte nur hoffen, dass er nicht schwer verletzt war. Sein Gegner holte zum ersten Schlag aus und Bastian wehrte diesen mühelos ab.

»Wer seid Ihr?«, fragte er und suchte mit seinen Füßen einen sicheren Stand auf dem löchrigen Ackerboden.

»Was geht Euch das an, Bastian Mühlenberg?«, erwiderte der Fremde.

Bastian wunderte sich, woher der Mann seinen Namen kannte. Zwar konnte er die Umrisse seines Gegners erkennen, das Gesicht lag aber schwarz im Schatten der Kapuze verborgen. Auch die Stimme kam ihm nicht bekannt vor.

»Nun, wenn Ihr mir nicht freiwillig sagt, wer Ihr seid, dann werde ich es wohl auf andere Weise herausfinden müssen.« Bastian hatte noch nicht zu Ende gesprochen, als er zu einem mächtigen Hieb ansetzte, der auf seinen Gegner niederkrachte.

Dieser hatte im letzten Augenblick die Klinge schützend über den Kopf erhoben und den Schlag abgewehrt. Trotzdem hatte die Wucht von Bastians

Schlag ihn ins Wanken gebracht.

Das war Bastians Gelegenheit. Mit einem geübten Tritt brachte er den Fremden zu Fall. Der Mann ließ sein Schwert los, krümmte sich zusammen und stöhnte. Bastian ließ ihn gar nicht erst zu Atem kommen und stürzte sich auf ihn. Seine Faust landete auf dem Kinn des Mannes und Bastian konnte Zähne knirschen hören. Das Geräusch entschädigte Bastian für den gewaltigen Schmerz, der durch seine Hand zuckte. Ungläubig bewegte er seine Finger.

Sein Gegner war viel robuster, als Bastian vermutet hatte. Es vergingen nur wenige Augenblicke und plötzlich schossen die Fäuste des Mannes empor und trafen Bastian an der Kehle und auf den Mund. Er bekam keine Luft mehr, warf sich aber trotzdem mit dem ganzen Körpergewicht auf den Angreifer. Rippen knackten. Bastian schmeckte Blut und spürte, wie der Mann unter ihm erschlaffte.

Schon wollte Bastian durchatmen, als der Kerl unter ihm mit unbändiger Kraft zu neuem Leben erwachte. Er stemmte sich hoch und das, obwohl Bastian immer noch auf ihm lag. Der Mann kam auf die Füße und warf Bastian einfach ab, so als wäre er nicht schwerer als ein Kartoffelsack. Verdutzt krachte Bastian auf die Erde, sein Kurzschwert flog durch die Luft und landete irgendwo in der Dunkelheit.

Genau in diesem Moment flackerte Licht auf. Sein Gegner, der gerade zu einem weiteren Schlag ausholen wollte, hielt verblüfft inne und hob den Kopf. Bastian starrte ungläubig in das Gesicht, das ihm plötzlich ganz und gar nicht mehr unbekannt vorkam. Wernhart, der wieder zu sich gekommen war und die Fackel erneut angezündet hatte, entfuhr ein erstauntes »Oh mein Gott«.

»Was zum Teufel treibt Ihr hier, Jakob?«, fragte Bastian völlig verstört.

Es war Jakobs Gesicht, doch die Augen und das Wesen dieses Mannes schienen fremd.

»Ich bin nicht Jakob«, erwiderte der Mann und zog sich die Kapuze tiefer ins Gesicht. Die Augen verschwanden im Schatten.

Bastian war regelrecht erstarrt. Seine Gedanken überschlugen sich. Hatte Jakob einen Bruder, von dem er nichts wusste? Er betrachtete die Gesichtszüge des Mannes, der vor ihm stand. Sie waren härter als Jakobs, trotzdem war die Ähnlichkeit frappierend. Jakob war kein besonders guter Kämpfer. Der Mann vor ihm verfügte hingegen über eine enorme Geschicklichkeit und immense Kraft.

»Wer seid Ihr?«, fragte Bastian erneut.

Statt zu antworten, griff der Mann erneut an. Mit einem gewaltigen Sprung stürzte er sich auf Bastian und riss ihn zu Boden. Ein Knie landete in Bastians Leistengegend. Er krümmte sich. Der Angreifer malträtierte ihn mit den Fäusten, und Bastian war zunächst nicht in der Lage, auszuweichen. Doch er ignorierte die Schmerzen und spannte jeden einzelnen Muskel in seinem Körper an. Mit letzter Kraft gelang es ihm, sich unter dem Mann wegzudrehen. Bastian durchforstete den Acker nach seinem Kurzschwert, das er beim Sturz fallengelassen hatte. Es musste ganz in der Nähe sein, doch er konnte es nicht finden. Aus dem Augenwinkel bemerkte er, dass Wernhart in Stellung gegangen war. Sicher wartete er nur auf den richtigen Moment, um seinen Feind auszuschalten.

»Ich bin der, nach dem Ihr seit Tagen so verzweifelt sucht!«, brüllte der Mann plötzlich.

Bastian sah ihn an und begriff, dass seine Worte nur ein Ablenkungsmanöver waren. Sein Gegenüber hatte das Schwert entdeckt und setzte zum Sprung an. Bastian tat es ihm gleich. Sie prallten mit den Köpfen in der Luft zusammen und blieben stöhnend liegen. Bastians Blick fiel auf die Stiefel seines Angreifers.

Plötzlich huschte eine Erinnerung durch seinen Kopf. Er sah, wie Jakob seinen Stiefel neben den Fußabdruck hielt, den wahrscheinlich der Mörder der drei Mädchen auf dem Schemel hinterlassen hatte. Die Stiefel waren handgemachte Unikate, die sich nur wohlhabende Bürger wie die Familie des Zollschreibers Henrich Heckhoven leisten konnten. Was auch immer in ihn gefahren war, vor Bastian stand kein Fremder. Es war Jakob. Kaltes Grauen packte Bastian und er schluckte schwer.

»Habt Ihr die Mädchen auf dem Gewissen?«, fragte er und bewegte sich nicht.

Doch sein Gegner hatte Bastians Verwirrung ausgenutzt. Die Schwerthand umfasste bereits den Griff der Waffe und holte in diesem Moment in hohem Bogen zu einem Hieb aus. Bastian war regungslos und sah die Klinge mit voller Wucht auf sich zukommen. Er war wehrlos und hatte nicht einmal eine Waffe, um den tödlichen Schlag abzuwehren. Entgeistert starrte er auf die Klinge. Doch mitten in der Bewegung sauste

Wernharts Schwert in die ungeschützte Brust des Angreifers. Der Mann ließ die tödliche Waffe auf der Stelle fallen. Blut besudelte die Kleidung und Jakob sank kraftlos und röchelnd zu Boden.

»Habt Ihr die Mädchen auf dem Gewissen?«, brüllte Bastian noch einmal, während er den Sterbenden schüttelte.

Ein teuflisches Grinsen huschte über das Gesicht, dann folgte ein kaum merkliches Nicken.

»Jeremias«, röchelte Jakob. »Ich bin Jeremias.«

Bastian sah, wie die Härte in den Augen des Todgeweihten verschwand. Die Gesichtszüge entspannten sich und mit einem Mal kehrte der Bastian mittlerweile so vertraute Ausdruck zurück. Es war fast, als hätte ein Dämon den Körper verlassen, der jetzt die eigentliche Seele wieder freigab. Noch einmal musste Bastian ungläubig blinzeln. Vor ihm lag Jakob Heckhoven. Die feingeschwungenen, sensiblen Gesichtszüge, die ihn als Künstler zeichneten. Die Augen, deren Klugheit und Mitgefühl Bastian vom ersten Augenblick an gemocht hatte. All das war plötzlich wieder da. Der Mann, der jetzt vor ihm lag, hatte nichts mit seinem Angreifer von eben gemein.

»Bastian?« Der junge Jakob hob fragend den Kopf. In seinen Augen stand Verwunderung. Offenbar hatte er keine Ahnung, was hier vor sich ging. Er wirkte, als wäre er aus einem langen Schlaf erwacht. »Was ...«, hob Jakob erneut an. Doch dann verstummte er einfach. Sein Kopf fiel zur Seite. Der Funke des Lebens, der eben noch fragend in seinen Augen aufgeglommen war, verlosch, als ob Gott gerade eine Kerze ausgepustet hatte. Jakobs Blick ging ins Leere und die Pupillen starrten stumpf auf einen Punkt am Nachthimmel, weit über Bastians Kopf.

...

Johannas Augen waren gerötet Noch immer liefen Tränen ihre Wangen hinab und noch immer hatte sie sich nicht von der Stelle bewegt. Sie stand über den Leichnam ihres Sohnes gebeugt und schluchzte herzzerreißend. Jakobs Vater hatte sich abgewandt. Er wirkte gebrochen, auch wenn er um Beherrschung rang. Bastian und Wernhart hatten den Leichnam von Jakob auf dem Boden des von Fackeln erleuchteten Wohnraumes abgelegt.

Nachdem sie festgestellt hatten, dass das Bettelweib tot war, hatten sie keine weitere Zeit verloren und waren mit dem toten Jakob nach Zons zurückgekehrt. Der Schock saß tief. Noch nie war Bastian ein Mensch begegnet, der ein zweites Gesicht besaß. Wäre Wernhart nicht bei ihm gewesen, würde er vielleicht immer noch glauben, dass der Tote vor ihnen ein Fremder war. Er würde wahrscheinlich einfach ignorieren, was er auf dem Acker gesehen hatte. Alles in seinem Inneren wehrte sich gegen die Erkenntnis, dass Jakob der Mörder der drei Frauen sein sollte, und dass er womöglich leibhaftig vom Teufel besessen war.

Nie in seinem Leben würde er den bösartigen Ausdruck in den Augen des Mannes vergessen, der über ihn hergefallen war und mit beinahe übermenschlicher Kraft auf ihn eingedroschen hatte. Wäre sein Freund Wernhart nicht zur Stelle gewesen, hätte Bastian die Nacht wahrscheinlich nicht überlebt.

Er seufzte und trat vorsichtig näher an Johanna Heckhoven heran. Er wusste, dass eine Mutter den Schmerz über den Verlust des eigenen Kindes wohl nie überwinden konnte, trotzdem hatte Bastian seine Pflicht zu erfüllen. Er musste herausfinden, ob Jakob tatsächlich der Mörder von Teresia, Margret und der Hure Ursel war. Bastian hatte das kaum merkliche Nicken Jakobs als »Ja« gedeutet. Auch Wernhart war in dieser Hinsicht seiner Meinung. Im Grunde genommen zeugten auch Jakobs plötzlich unbändige Kraft und sein mörderischer Blick von seiner Schuld, aber Bastian wollte ganz sicher sein.

»Dürfte ich mich in Jakobs Gemach umsehen?«, fragte er und legte eine tröstende Hand auf Johannas Schulter.

»Er war ein guter Junge«, schluchzte sie, nickte jedoch.

Bastian zog Wernhart wortlos hinter sich her. Mit einer Fackel in der Hand leuchtete er die groben Holzstufen aus und stieg energisch die Treppe hinauf. Jakobs Kammer war die erste auf der linken Seite. Bastian stieß die Tür auf und ging hinein. Der Schein seiner Fackel gab zunächst nichts Ungewöhnliches preis. Der Raum war nicht sonderlich groß. Ein Bett, ein Tisch und ein Stuhl befanden sich darin.

In der Ecke hinter der Tür stand außerdem ein großer Holzschrank, von dem sich Bastian magisch angezogen fühlte. Der Schrank war mit einem wunderschönen Rosenmuster verziert und hielt Bastians Blick gefangen. Ohne nachzudenken öffnete er die Türen, die knarrend einen Blick in das Innere gewährten. Er durchwühlte die Kleidung, die ordentlich sortiert und gefaltet war. Plötzlich zog er aus dem Stapel einen Knebel hervor.

»Sieh, was ich gefunden habe«, sagte Wernhart und hielt einen Ledereimer hoch, der unter dem Bett versteckt gewesen war.

Das unverkennbare Symbol des Klosters am Zollturm war auf der Vorderseite eingebrannt. Es war nur ein schlichter Kreis, doch er ließ keinen Zweifel an der Herkunft des ledernen Eimers.

»Das könnte der Eimer sein, mit dem Teresia in jener Nacht Wasser holen wollte«, stellte Bastian fest.

Sein Blick blieb auf dem Tisch hängen. Dort lag ein Buch. Er las den Titel, der in lateinischen Worten aus goldenen Buchstaben den Einband schmückte, und öffnete es. Es war ein Buch über Pflanzensymbolik und die Seite, die Bastian gerade aufgeschlagen hatte, erklärte die Bedeutung der Distel. Er blätterte weiter und fand die Erläuterungen zur Brennnessel und auch zur Rose.

Unter dem Buch befanden sich Pergamentblätter, auf denen Jakob seine Lautenkompositionen festgehalten hatte. Die kunstvoll geschwungenen Linien und Noten, die sich harmonisch aneinanderschmiegten, ließen Bastian ein wenig wehmütig werden. Warum nur hatte Jakob das getan? Fragend betrachtete er den Knebel, den er immer noch in der Hand hielt.

»Mein Sohn litt unter Ohnmachtsanfällen. Josef Hesemann hatte sich dieses Leidens angenommen, konnte allerdings auch nicht viel dagegen ausrichten.«

Bastian hatte Johanna, die aschfahl im Türrahmen stand und ihn aus verweinten Augen anblickte, erst jetzt bemerkt.

»Und wozu diente dann der Knebel?«, fragte er.

»Ich wollte nicht, dass er sich verletzt, und habe Jakob den Stoff zwischen die Zähne geschoben«, erklärte sie.

Bastian verstand. Johanna hatte wohl verhindern wollen, dass Jakob sich Zunge und Lippen blutig biss.

»Wie oft hat er denn diese Ohnmachtsanfälle gehabt?«

»Ich erinnere mich an die Nacht, in der Teresia gestorben ist. Ich habe ihn selbst auf sein Bett gelegt«, erwiderte Johanna.

»Und Ihr seid dann die ganze Nacht bei ihm geblieben?«

»Nein, ich konnte ihm ja nicht helfen und nach ein paar Stunden ist er immer von alleine aufgewacht. Danach war er wieder der Alte.«

Bastian nickte stumm. »Ist er Euch manchmal fremd vorgekommen?«, fragte er nach einer Weile.

Johanna zögerte mit einer Antwort und fragte: »Warum?«

»Sagt Euch vielleicht der Name Jeremias etwas?«, erkundigte Bastian sich.

Jakobs Mutter wurde noch bleicher, als sie ohnehin schon war.

»Woher habt Ihr diesen Namen?«, fragte sie mit zitternder Stimme.

»Jakob hat uns kurz vor seinem Dahinscheiden gesagt, dass er Jeremias sei.«

Johanna schluchzte. »Jeremias war mein erstgeborener Sohn. Er starb, als er noch nicht einmal ein Jahr alt war. Das war lange vor Jakobs Geburt.«

Bastian war schockiert. Das hatte er nicht gewusst. Trotzdem war ihm nicht klar, warum Jakob die Mädchen getötet haben sollte. Das einzige handfeste Indiz war bis jetzt der Wassereimer, den Wernhart unter dem Bett hervorgeholt hatte. Unvermittelt fielen Bastian die Stiefel wieder ein, die Jakob immer getragen hatte.

»Besaß Jakob eigentlich mehrere Paar Stiefel?«, fragte er Johanna.

»Nein, nur dieses eine Paar. Er liebte sie. Sie waren etwas Besonderes. Auf den Sohlen hat Jakob ein Rosenblatt einprägen lassen, weil er diese Blume so sehr mochte. Es waren nur drei miteinander verbundene Punkte, die das Blatt symbolisieren sollten. Er wollte verhindern, dass sein Vater es entdeckte. Die weiße Rose hatte es ihm höchlich angetan. Der ganze Hinterhof ist voll davon und ...«

Bastian musste nicht länger zuhören. Er rannte einfach aus dem Raum, die Treppe hinunter zu Jakobs Leichnam. Wernhart stürmte hinterher.

»Was hast du vor, Bastian?«

»Wir nehmen seine Stiefel und vergleichen die Abdrücke.«

In Windeseile sprangen sie auf die Pferde und ritten in hohem Galopp durch die engen Gassen von Zons. Bastian war es egal, ob die donnernden Pferdehufe den einen oder anderen Zonser aus dem Tiefschlaf schreckten. Er wollte endlich Gewissheit haben. Der Stiefelabdruck war der Schlüssel zur Überführung des Mörders. Er hatte Jakobs Stiefel in der Satteltasche verstaut. Der Ritt dauerte nicht lange. Im Nu erreichten sie den Juddeturm, der sich in der Mitte der Stadt befand. Bastian bewahrte den Schemel in einer verschlossenen Truhe auf. Wernhart leuchtete mit der Fackel und Bastian hielt mit zitternden Händen die Sohle des Stiefels neben den verstaubten, aber deutlichen Fußabdruck.

»Er passt haargenau. Sieh nur, Wernhart. Hier ist das Rosenblatt, von dem Johanna gesprochen hat.«

Wernhart bückte sich und nickte. »Jakob hat uns die ganze Zeit an der Nase herumgeführt. Warum hat er das getan?«

»Ich glaube nicht, dass er es gewusst hat«, warf Bastian ein. Er würde niemals den fremdartigen Gesichtsausdruck und die eiskalten blauen Augen vergessen, aus denen Jakob oder besser Jeremias ihn angeblickt hatte. »Pfarrer Johannes hat mir schon einmal von solchen Fällen erzählt. Der Teufel ergreift Besitz vom Körper eines Gläubigen und verdrängt seine Seele. Ich glaube, so etwas ist Jakob auch passiert.«

Bastian bekreuzigte sich und verließ mit Wernhart schweren Herzens den Juddeturm. Die Fälle waren gelöst und der Mörder zur Strecke gebracht. Trotzdem war Bastian nicht glücklich. Er hatte Jakob gemocht und es fiel ihm schwer, die Geschehnisse übereinanderzubringen. Er trennte sich von Wernhart und ritt fröstelnd zum Mühlenturm, an dessen Fuße er mit seinem Weib und seiner kleinen Tochter lebte. Erschöpft kroch er ins Bett und lag noch lange wach, bevor der Schlaf ihn endlich von dem quälenden Gedankenstrom erlöste, der unaufhörlich in seinem Kopf gekreist war.

…

Es hatte mehrere Wochen gedauert, bis Bastian wieder einen Schritt in das Haus an der Rheinstraße setzen konnte, in dem Jakob Heckhoven gelebt hatte. Johanna, die ihm die Tür öffnete, war nicht mehr wiederzuerkennen. Sie war nur noch ein Schatten ihrer selbst, zerfressen von Trauer und Kummer. Bastian hatte sowohl mit Pfarrer Johannes als auch mit dem Arzt Josef Hesemann lange Gespräche geführt, die alle mit dem gleichen Ergebnis geendet waren. Jakob Heckhoven war offenbar besessen gewesen und nur ein Exorzist hätte ihn vielleicht retten können. In seinem Körper hatte ein Dämon oder gar der Teufel persönlich gehaust und Jakob hatte höchstwahrscheinlich selbst keine Ahnung davon gehabt.

Obwohl der Stiefelabdruck ein unwiderlegbarer Beweis für Jakobs Schuld war, hatte Bastian sowohl den Hellseher als auch Lorenz Schlebusch noch ins Verhör genommen.

Schlebusch wurde von seinem Freund Matthias Reinhardt und dem Wirt der Schenke, in der sie gemeinsam den Abend verbracht hatten, entlastet.

Den Hellseher hatte Bastian in Stürzelberg bei einem Weibsbild dingfest gemacht. Der Scharlatan jagte zwar jedem Rock hinterher, war aber dennoch kein Mörder. Bastian ließ ihn laufen. Schließlich hatte Hubert Stommel zwei Zeugen, die ihn entlasteten. Zum einen den Wirt und zum anderen Bastian selbst, der ihn in der dritten Mordnacht im Auge behalten hatte. Eine Flucht über den Hinterhof des Wirtshauses wäre unmöglich gewesen, davon hatte sich Bastian mit eigenen Augen überzeugt.

Am Ende blieb nur die abscheuliche, aber unausweichliche Wahrheit. Jakob Heckhoven, der überaus beliebte, feinfühlige Musiker, war ein brutaler Frauenmörder. Bastian hatte gemeinsam mit Johanna rekonstruiert, wann Jakob Ohnmachtsanfälle gehabt hatte. Johanna hatte ihm verraten, dass nach ihrer Vermutung eine bestimmte Melodie diese Anfälle auslöste. Doch Jakob hatte dieses Lied extra für sie komponiert und sie hatte es ihn vorspielen lassen, wann immer ihm der Sinn danach stand.

Niemals im Leben wäre sie auf die Idee gekommen, dass er sich während dieser Anfälle in einen anderen Mann verwandelte. Die Ohnmacht fiel jedenfalls immer mit einem Mord zusammen, was Bastian für keinen Zufall hielt. Auch Pfarrer Johannes schenkte seiner Theorie Glauben. Er hatte gesagt, dass der Teufel immer eine Pforte benötigt, die erst geöffnet werden muss. Nur dann kann er von dieser Welt Besitz ergreifen. Jakobs Melodie war die Pforte gewesen, durch die das Böse ihn beherrschen konnte.

Über die Pflanzensymbole, die Jakob bei den Opfern hinterlassen hatte, grübelte Bastian noch lange nach. Schließlich erinnerte er sich an Erklärungen, die Jakob selbst geliefert hatte. Offenbar hatte dieser zumindest im Unterbewusstsein etwas über sein zweites Gesicht geahnt, denn die Erläuterungen erschienen Bastian durchweg schlüssig. Teresia war eine Ordensfrau gewesen, die jeden Mann abweisen musste.

So war es wahrscheinlich auch in jener Nacht geschehen. Sie hatte Jakob zurückgewiesen, er fühlte sich gedemütigt. Deshalb zerstörte er ihre Schönheit, indem er sie ans Kreuz nagelte und erwürgte. Symbolisch tat er mit der Rose genau das Gleiche und riss die Blütenblätter allesamt heraus. Bastian hatte im Nachhinein erfahren, dass Jakob Teresia mehrfach am Brunnen begegnet war. Lorenz Schlebusch behauptete hartnäckig, dass Jakob ein Auge auf die hübsche Novizin mit den großen traurigen Augen geworfen hatte.

Die Lage bei dem Mord an Margret war noch viel eindeutiger. Bei ihrer Leiche hatte Jakob eine Distel hinterlassen. Die Distel galt als Symbol für Schmerz und Leid. Außerdem stand sie für die Sünde. Johanna hatte Jakob erzählt, dass Margret eigentlich seit ihrer Geburt Jakob versprochen war. Als sich eine bessere Partie für das Mädchen fand, brachen Margrets Eltern dieses Versprechen. Dies war eine Sünde. Jakob kannte Margret sehr gut. Als Kinder hatten sie viel Zeit miteinander verbracht. Doch nachdem Margret einem anderen versprochen worden war, hatte er sie nicht mehr sehen dürfen. Während er unter der Trennung litt, machte sie Margret zumindest nach außen hin nicht sonderlich viel aus. Offensichtlich hatte Jakob Margret dafür bezahlen lassen.

Auch auf die Brennnessel, die bei der Hure gefunden worden war, passte Jakobs Erklärung. Vermutlich wollte Jakob die Liebe dieser Frau erobern, durfte sie jedoch nur für Geld besitzen. Für diese Zurückweisung musste sie wahrscheinlich ihr Leben lassen. Die Wahrheit war mit Jakob - oder besser gesagt Jeremias - gestorben.

Bastian seufzte und verscheuchte die Gedanken an die armen Mädchen, die Jakobs Besessenheit nicht überlebt hatten. Er folgte Johanna hinauf in das Obergeschoss. Diesmal wurde er in einen anderen Raum geführt. Es war ein heller Raum mit Blick auf den Brunnen im Hinterhof, der als Musizierzimmer und Atelier diente.

Doch Bastian hatte weder Augen für den schönen Ausblick auf den voller Rosen blühenden Hof noch für die wertvolle Laute, die auf einem edlen Holztisch lag. Er starrte auf ein Gemälde, das eine junge Frau mit grünen Augen und dunklen Locken zeigte. Ihr Blick hielt Bastian gefangen und sein Herz pochte im Klang ihres Namens. Anna. Er würde dieses Gemälde an sich nehmen und dem Schicksal auf diese Art und Weise unter die Arme greifen.

Er selbst würde diese Frau nur in seinen Träumen lieben können, aber jemand von seinem Fleisch und Blut würde sie eines Tages tatsächlich finden und lieben. Das hatten Bastians Träume verraten und er glaubte aus tiefstem Herzen daran. Bastian nahm das Gemälde, und als ein sanfter Windhauch durch das offene Fenster fuhr und beinahe zärtlich über seinen Nacken streifte, da wusste Bastian, dass er das Richtige vorhatte. Er würde dieses Bild an seine Nachfahren weitergeben.

XIV
Gegenwart

Anna starrte immer noch benommen auf das Ölgemälde, das ihr wie ein Spiegelbild glich. Die Farben wiesen an der einen oder anderen Stelle kleine Risse auf; ein untrügliches Zeichen für das enorme Alter des Gemäldes. Sie schaute sich verunsichert um. Sie sah die Beule, die sie in das Auto ihres Gegenübers gefahren hatte. Ihr eigener Wagen hatte so gut wie nichts abbekommen.

Die Stoßstange des in die Jahre gekommenen Opels bestand aus unlackiertem Kunststoff und hielt einiges aus. Dann glitt Annas Blick hoch zu dem Gesicht des Mannes mit den blonden Strubbelhaaren. Seine Augen waren tiefbraun. Die hohen Wangenknochen und das markante Kinn machten ihn außergewöhnlich attraktiv. Er war tatsächlich die moderne Version von Bastian Mühlenberg. Das Zittern in ihren Knien verstärkte sich. Schnell senkte Anna den Blick. Sie war vollkommen verwirrt und wusste nicht so recht, wie sie mit der Situation umgehen sollte.

Da ihr nichts Besseres einfiel, wiederholte sie einfach ihre Frage. »Woher haben Sie dieses Bild?«

Der junge Mann hob verlegen die Hand an den Kopf.

»Na ja, es hört sich vielleicht ein wenig merkwürdig an, aber meine Mutter hat es mir gegeben.«

»Aha«, erwiderte Anna perplex.

»Hör zu. Ich kann auch nicht genau erklären, wie das passieren konnte. Aber als ich dich neulich in der S-Bahn gesehen habe, da habe ich dich sofort erkannt. Ich hätte es selbst nie für möglich gehalten. Schließlich ist das Bild ein uralter Schinken. Es stammt aus dem 15. Jahrhundert und ...«

»Aus dem 15. Jahrhundert?«, unterbrach Anna ihn ungläubig.

»Ja, das stimmt. Es ist so eine Art Familientradition bei uns. Es hieß immer, dass diese Frau irgendwann einem Mitglied aus der Familie begegnen werde.« Der Mann zuckte mit den Achseln und setzte ein unbeholfenes Lächeln auf. »Ich hätte nur nie gedacht, dass ich derjenige sein würde, der dich entdeckt.«

In Annas Kopf schlugen die Gedanken Purzelbäume. Ihr Herz wusste genau Bescheid. Dort stand er leibhaftig vor ihr, der Mann ihrer Träume. Das war er im wahrsten Sinne des Wortes, denn sie hatte so oft von ihm beziehungsweise Bastian Mühlenberg geträumt, dass sie es gar nicht mehr zählen konnte. Trotzdem wehrte sich ihr Verstand gegen diese Erkenntnis. Die Angst, enttäuscht zu werden oder gar einem Betrug aufzusitzen, ließ sie zögern. Vorsichtig fragte sie: »Kennen Sie den Namen Bastian Mühlenberg?«

»Ja, natürlich. Er ist mein Vorfahre, sozusagen einer meiner Urahnen. Also ...« Er kam plötzlich näher und strich ihr sanft eine Locke aus der Stirn. Für einen

Moment fragte Anna sich, warum er sie eigentlich immer duzte, sie kannten sich schließlich nicht. Doch seine Berührung löste ein eigenartiges Kribbeln in ihr aus und sie wischte den Gedanken beiseite.

»Ich habe dich auch erkannt«, gestand sie atemlos.

»Tatsächlich?«, fragte er und fesselte sie regelrecht mit seinem Blick.

Sie nickte. Ohne, dass sie es wirklich wollte, fuhr Annas Hand hoch und berührte seine Wange. Noch bevor sie die Finger zurückziehen konnte, hatte er seine Hand darüber gelegt und hielt sie fest. Seine Haut fühlte sich so vertraut an, dass Anna unmerklich ein Seufzer entfuhr. Sein Gesicht war so nahe und in seinen Augen leuchtete etwas, das ihr Herz bis zum Hals schlagen ließ.

Die Bankerin in ihr zündete eine rote Alarmfackel an, aber Annas Gefühle waren nicht mehr aufzuhalten. Sie spürte, wie er die andere Hand vorsichtig um ihre Taille legte. Wie von selbst ging sie auf die Zehenspitzen und ohne, dass auch nur ein Wort fiel, näherten sich ihre Lippen einander. Einen letzten, winzigen Moment zögerte Anna. Wie gerne wollte sie diesen attraktiven Mann, den sie eigentlich noch nie gesehen hatte, küssen. Sie nahm das unglaubliche Prickeln wahr, das die Berührung seiner Hand in ihr auslöste. Er fühlte sich so fremd und vertraut zugleich an. Doch bevor ihre Lippen sich berühren konnten, stieß sie sich von ihm ab, als hätte er sie verbrannt.

»Ich bin eigentlich verabredet und viel zu spät dran«, plapperte Anna unbeholfen drauflos. Ihr Blut rauschte in Höchstgeschwindigkeit durch ihren Körper und benebelte ihren Verstand. Aber die Geschäftsfrau in ihr funktionierte noch. Beinahe professionell zückte sie eine Visitenkarte und drückte sie ihrem sichtlich verwirrten Gegenüber in die Hand.

»Ruf mich doch einfach an, wenn du mal Zeit hast.« Hektisch drehte sie sich um. Es fiel ihr schwer, sich aus seiner Nähe zu lösen. Aber sie war so durcheinander, dass sie diese Begegnung erst einmal verdauen musste. Schließlich konnte sie nicht so tun, als würde sie ihn bereits seit Jahren kennen. Außerdem wollte sie nichts verderben und im Moment war sie schlicht nicht in der Lage, klar zu denken.

Sie rannte die paar Schritte zu ihrem Auto und riss eilig die Tür auf. Ohne sich umzudrehen, sprang sie hinein und startete mit zitternden Händen den Motor. Dann fuhr sie vorwärts über ein Stück Rasen hinweg und drehte. Langsam näherte sie sich dem Mann, der sich nicht von der Stelle gerührt hatte und sie mit großen Augen anstarrte.

»Wie heißt du eigentlich?«, rief sie, nachdem sie die Scheibe heruntergelassen hatte.

Endlich löste sich ihr Gegenüber aus der Erstarrung.

»Maximilian.«

»Freut mich sehr, dass ich dich kennengelernt habe«, sagte sie schlicht und warf ihm ein Lächeln zu, bevor sie auf das Gaspedal trat. Als sie in den Rückspiegel blickte, sah sie, dass er hinter dem Auto herlief. Mechanisch trat sie auf die Bremse.

»Hey, Anna. Ich werde dich anrufen!«, rief er und legte eine Hand auf die Seitenscheibe. Anna nickte.

Dann ließ er los und sie fuhr mit klopfendem Herzen davon.

....

Oliver und Klaus starrten gebannt auf den Bildschirm. Sie hatten die Filmsequenz etliche Male zurückgespult.

»Das ist der Panther!«, wiederholte Klaus triumphierend. »Die beiden Teenager aus dem Internetcafé werden das sicher bestätigen. Ich bestelle sie für morgen ins Revier.«

Oliver sah erneut, wie sich der Mann der Kasse im Supermarkt näherte und die Hand zum Gruß hob. Mandy Siebert würdigte ihn keines Blickes. Ihre ganze Aufmerksamkeit galt den Lebensmitteln, die sie eilig über den Scanner zog. Selbst als der Panther sich unmittelbar an ihr vorbeischlängelte, bemerkte sie ihn nicht.

Für eine Sekunde glaubte Oliver, so etwas wie Enttäuschung in den Gesichtszügen des Panthers zu sehen, bevor er aus dem Supermarkt und damit dem Sichtfeld der Kameras verschwand. Es war jetzt genau 21 Uhr. Endlich machten sie Fortschritte. Immerhin wussten Oliver und Klaus nun, dass es sich bei dem Panther und dem Mann namens Stefan um ein- und dieselbe Person handelte. Der Panther, der in der Mordnacht bei Mandy Siebert war, und Stefan, der das zweite Opfer, Nicole Neumann, in der Nacht vor ihrem Tod besucht hatte.

Jetzt fehlte nur noch der Link zum dritten Opfer, Bettina Brings, das sie erst am Morgen gefunden hatten.

»Wo bleibt die Auswertung des Laptops?«, fragte Oliver ungeduldig mit einem erneuten Blick zur Uhr. Dann nahm er den Hörer in die Hand und wählte die Nummer von Hartmut Meier. Dieser hob sofort ab.

»Ich habe es. Tut mir leid, dass es so lange gedauert hat, aber der Laptop hatte es in sich. Bettina Brings hat ausschließlich verschlüsselt im Internet gesurft und ich brauchte eine Weile, bis ich den Browserverlauf wiederherstellen konnte und ihre Passwörter geknackt habe.« Meier erklärte Oliver in allen erdenklichen Details, wie er vorgegangen war. Diesmal gingen Oliver allerdings die Nerven durch. Nicht eine Sekunde länger konnte er diese unnötigen Einzelheiten ertragen. Entgegen seiner sonstigen Art, die eigentlich immer recht höflich war, unterbrach er Meier unwirsch.

»Verdammt, Meier! Jetzt sagen Sie schon, ob Sie einen Treffer haben.«

Am anderen Ende der Leitung herrschte prompt Stille. Oliver konnte regelrecht Meiers empörtes Gesicht vor sich sehen.

»Tut mir leid, Herr Meier. Aber wir brauchen jetzt endlich etwas Handfestes«, entschuldigte er sich schnell.

»Ja, ich habe tatsächlich einen Treffer«, verkündete Meier daraufhin. »Bettina Brings war auf derselben Internetplattform aktiv wie das erste Opfer,

Mandy Siebert, und sie hat sich ebenfalls mit Matthias Schroiff getroffen.«

»Was?«, entgegnete Oliver. Das passte überhaupt nicht ins Bild. Er hatte gehofft, dass Meier eine Verbindung zum Panther würde herstellen können. Zügig öffnete er die E-Mail, die ihn auf die Idee mit den Überwachungsvideos gebracht hatte. Der Absender bestand aus einem einzigen Buchstaben - G. - und gehörte zu den vier IP-Adressen, denen lediglich Internetcafés zuzuordnen waren.

Oliver war sich eigentlich ganz sicher gewesen, dass sich hinter G. der Panther verbarg. Die Verbindung zu Matthias Schroiff konnte er sich nicht erklären. In Olivers Kopf wirbelten die Gedanken durcheinander. Er presste unbewusst den Telefonhörer so stark an sein Ohr, dass die Knöchel weiß hervortraten.

»Wer verbirgt sich denn hinter dem Buchstaben G?«, fragte er Meier, der stumm am anderen Ende der Leitung verharrt hatte.

»Das ist ja genau das Problem. Ich weiß nicht, wer sich dahinter verbirgt. G. gehört zu den vier Männern, die anonym über Internetcafés agieren. Hinter dem Profil könnten sich alle möglichen Leute verbergen.«

»Aber wieso haben Sie dann die Personendaten von Matthias Schroiff vergleichen können? Sie haben doch herausgefunden, dass er bei seiner Größe geflunkert hat.« Oliver verstand die Zusammenhänge immer noch nicht richtig. Nachdenklich starrte er auf das Whiteboard, auf dem vier Namen oder Kürzel notiert waren.

- Matthias Schroiff
- G.
- Andreas
- Dieter F.

Die Namen waren nicht mehr als leere Hülsen, da die Spur der Männer in anonymen Internetcafés mit mehreren hundert Benutzern endete.

»Nun«, begann Meier langsam zu erklären, »Matthias Schroiff ist der einzige vollständige Name von den vier Profilen, die sich ausschließlich von Internetcafés aus eingeloggt haben. Ich habe in Neuss nur eine passende männliche Person gefunden. Deshalb bin ich davon ausgegangen, dass es sich um ein und dieselben Verdächtigen handelt.

»Was genau meinen Sie mit passend?«, hakte Oliver nach.

»Wenn Sie mir nur einmal richtig zuhören würden, müsste ich Ihnen das jetzt nicht schon wieder erklären«, Meiers Stimme hatte einen zickigen Unterton angenommen.

»Matthias Schroiff ist fünfunddreißig Jahre alt und wohnt nur ein paar Blocks vom Neusser Internetcafé entfernt. Er ist nicht verheiratet und hat keine Kinder.«

Oliver verstand. Er ging näher an das Bild heran, das Meier zu dem Profilnamen Matthias Schroiff geliefert hatte und das seit ein paar Tagen am Whiteboard klebte. Die schwarze Haarfarbe und auch die dunklen Augen passten zum Panther, aber die Gesichtsform schien völlig anders. Der Mann hatte ein Fliehkinn und war nicht annähernd so muskulös gebaut wie der

Mann auf dem Phantombild und dem Überwachungsvideo des Supermarktes.

»Es kann also sein, dass sich hinter dem Profilnamen Matthias Schroiff gar nicht der echte Schroiff verbirgt, sondern jemand völlig anderes.«

»Ja, wie gesagt, es war nur eine Vermutung von mir. Es wäre doch ein merkwürdiger Zufall, oder?«

Da musste Oliver Hartmut Meier recht geben. Es wäre in der Tat erstaunlich.

»Vielleicht sollten wir die Videoaufnahmen noch einmal nach Schroiff durchforsten«, schlug Klaus vor, der das Telefon inzwischen auf laut gestellt hatte.

Oliver nickte. Das sollten sie sicherlich tun, aber er wollte erst noch etwas anderes prüfen. Die Idee war ihm schon vor einer halben Stunde durch den Kopf gegangen, als sie den Panther auf dem Videoband des Supermarktes identifiziert hatten.

»Gibt es eigentlich vor dem Supermarkt in Zons noch Kameras? Vielleicht auf dem Parkplatz?«

»Einen Moment bitte«, erklang es vom anderen Ende der Leitung. Danach war es still.

»Es gibt noch Aufnahmen vom Parkplatz«, erklärte Meier dann.

Oliver warf Klaus einen bedeutungsvollen Blick zu.

»Wir brauchen diese Aufnahmen so schnell wie möglich.«

Keine zehn Minuten später hatte Meier ihnen das Video zur Verfügung gestellt. Oliver hatte sich den Zeitpunkt, zu dem der Panther an der Kasse aufgetaucht war, genau gemerkt. Es war kurz nach halb sieben gewesen und der Supermarkt hatte sich zu dieser Uhrzeit deutlich gefüllt. Unruhig spulte er das Überwachungsband bis 18:30 Uhr vor.

Oliver konnte die Anspannung kaum aushalten. Als der Panther nur zwei Minuten später aus dem Supermarkt heraustrat, kroch er noch näher an den Bildschirm heran. Der Mann ging ohne sich umzuschauen über den Parkplatz und hielt den Autoschlüssel hoch. Er betätigte die ferngesteuerte Türöffnung und ein paar Meter weiter leuchteten die Lichter eines silberfarbenen Wagens auf. Das Auto war lediglich von der Seite zu sehen. Die hinteren Scheiben waren dunkel getönt.

»Das ist ein Golf«, bemerkte Klaus heiser.

Der Mann ging auf das Auto zu und stieg ein. Es gab nur einen Weg, der vom Parkplatz hinunter auf die Straße führte. Der Panther gab Gas und fuhr eine Schleife, die ihn näher zur Kamera brachte. Olivers Herz klopfte bis zum Anschlag, als der Wagen frontal auf die Ausfahrt und die Linse der Kamera zusteuerte. Schnell griff er zu seinem Kugelschreiber und notierte das Kennzeichen, das aus diesem Winkel deutlich zu erkennen war. Ein triumphierendes Grinsen machte sich auf seinem Gesicht breit.

»Jetzt haben wir ihn!«

...

Er wollte es wieder tun. Er musste diesen Rausch einfach so schnell wie möglich wieder erleben. Er fühlte sich unendlich frei. Eine riesige Last war von ihm gefallen. Es war, als hätte er alle Fesseln gesprengt. Endlich konnte er richtig durchatmen und empfand eine tiefe Befriedigung. Mit rasendem Tempo fuhr er auf das Altersheim zu und bremste abrupt.

Das Zimmer seiner Mutter lag im Erdgeschoss zur Straße hinaus. Es war dunkel. Wahrscheinlich schlief sie längst. Er überlegte kurz, sie trotzdem zu besuchen, denn genau in diesem Moment fühlte er sich stark genug, ihr gegenüberzutreten. Wenn sie ihn noch ein einziges Mal kritisierte, würde er nicht wieder davonlaufen, sondern ihr die Stirn bieten. Doch genau in dieser Sekunde fiel sein Blick auf die Uhr des Armaturenbrettes. Es war 22 Uhr. Viel zu spät. Er wollte, dass seine Mutter wach war. Hellwach.

Er zögerte einen Moment, wendete und trat dann entschlossen aufs Gas. Wie ferngesteuert fuhr er in den Neusser Hafen. Vor dem Internetcafé blieb er stehen. Ein Teenager stand vor der Tür und rauchte. Er kannte den Jungen. Er stellte den Motor ab und öffnete die Wagentür. Ein kühler Lufthauch fegte über ihn hinweg und zerstreute die Begierde, die eben noch in ihm gewütet hatte.

Es war nicht einmal vierundzwanzig Stunden her, dass er dieses Miststück bestraft hatte. Die Vorsicht ließ ihn innehalten. Er sollte überlegt vorgehen und abwarten. Morgen war ein neuer Tag. Wenn er seine Macht zu häufig genoss, würde die Polizei ihm wahrscheinlich schneller auf die Pelle rücken, als ihm lieb war. Ein wenig enttäuscht zog er die Wagentür wieder zu. Er beobachtete den Teenager eine Weile. Dann startete er den Motor und brauste davon.

...

Oliver hatte Himmel und Hölle in Bewegung gesetzt, um noch am Abend den Halter des silberfarbenen Golfs zu ermitteln. Es war kurz nach zehn und draußen hatte sich die Nacht über Neuss gesenkt. Doch an Dienstschluss war nicht zu denken. Oliver wollte den Panther so schnell wie möglich fassen. In Windeseile hatte er mit Unterstützung von Steuermark ein Team zusammengestellt und war nun gemeinsam mit Klaus auf dem Weg zu der Adresse, an der der Besitzer des Golfes gemeldet war. Er hieß Markus Baumgarten.

Oliver hatte keine Ahnung, wie der Kerl aussah oder ob er verheiratet war. Zu dieser späten Uhrzeit hatte er keine Chance mehr gehabt, diese Informationen zu bekommen. Der Kollege, der Zugriff auf das System hatte, war längst im Feierabend. Dass er überhaupt an die Adresse gekommen war, verdankte er einem alten Freund von der Kfz-Zulassungsbehörde, der sich auf sein Drängen hin noch einmal an den Schreibtisch gesetzt und die Daten für ihn herausgesucht hatte.

Markus Baumgarten lebte im Neusser Bahnhofsviertel in einem heruntergekommenen Wohnblock.

Das Sondereinsatzkommando der Polizei war mit zwei Fahrzeugen unterwegs, von denen eines auf der Straße vor dem Hauseingang und das andere im Hinterhof parkte. So war dem Panther der Fluchtweg von vornherein abgeschnitten.

Oliver sprang aus dem Wagen und prüfte die Klingelschilder. Baumgarten wohnte in der zweiten Etage. Er schaute sich um und wartete auf ein Zeichen vom Leiter des Einsatzkommandos. Als dieser nickte, drückte er den Klingelknopf. Ein schriller Ton zerriss die Nachtstille. Nach einer Weile knatterte die Sprechanlage und eine schlaftrunkene Männerstimme fragte: »Wer ist da?«

»Polizei. Öffnen Sie die Tür!«

Der Türöffner summte und Oliver stürmte die Treppe hinauf, gefolgt von drei Polizeibeamten mit der Waffe im Anschlag. Klaus kam als Letzter hinterher. Im zweiten Stock stand ein Mann im Schlafanzug in der Tür und starrte Oliver ungläubig aus müden Augen an.

»Sind Sie Markus Baumgarten?«

»Ja, was ist denn los?«

Oliver antwortete nicht, sondern drängte Baumgarten zurück in den Flur.

»Dürfen wir hereinkommen? Wir haben ein paar Fragen an Sie.«

Markus Baumgarten riss den Mund auf, sagte jedoch nichts. Schließlich nickte er und trat unbeholfen zur Seite. Die Polizisten stürzten in den Flur.

»Dürfen wir uns hier einmal kurz umsehen?«

Baumgarten zuckte mit den Achseln. Er schien

völlig überfordert mit der Situation.

»Die Wohnung ist leer«, sagte der Leiter der Einsatztruppe schließlich und knipste das Flurlicht an.

Erst jetzt realisierte Oliver, dass Baumgarten strohblond war. Er wies keinerlei Ähnlichkeiten mit dem Panther auf. Verdammt, fuhr es ihm durch den Kopf. Sie waren auf eine falsche Fährte geraten.

»Können Sie sich ausweisen?«, fragte Oliver.

Der Mann, der inzwischen hellwach war und entgeistert auf die vielen Polizisten starrte, die mitten in der Nacht seinen kleinen Flur bevölkerten, ging zur Garderobe und griff in eine Jackentasche.

»Könnten Sie mir vielleicht endlich sagen, was los ist?«, fragte er ungehalten.

Oliver griff nach dem Ausweis und prüfte Lichtbild, Namen und Adresse. Alles schien zu stimmen. Markus Baumgarten war nicht der Panther.

»Wir untersuchen mehrere Mordfälle und sind in diesem Zusammenhang auf Ihren PKW gestoßen«, erklärte er dem Mann schließlich.

»Ich muss wissen, was für ein Auto Sie fahren und brauche die Papiere.«

Markus Baumgarten schüttelte ungläubig den Kopf. »Das verstehe ich nicht. Mit Mordfällen habe ich nichts zu tun.« Seine Augen weiteten sich plötzlich. »Oh nein. Sie meinen die drei Frauen?«

Oliver schwieg und wartete, bis der Mann den Fahrzeugschein herausgekramt hatte. Demnach fuhr Baumgarten einen BMW.

»Sind noch mehr Fahrzeuge auf Sie zugelassen?«

Baumgarten schüttelte den Kopf. Oliver sah sich

die Papiere genauer an. Irgendetwas stimmte nicht. Er überprüfte das Kennzeichen des BMWs. Das Fahrzeug hatte tatsächlich dasselbe Kennzeichen wie der silberne Golf. Das konnte nur eines zu bedeuten haben: Der Panther fuhr mit gefälschtem Kennzeichen durch die Gegend.

»Besitzen Sie noch einen Golf?« Oliver wollte ganz sichergehen.

Doch Baumgarten verneinte erneut und Olivers Laune sank auf den Nullpunkt. Er hätte damit rechnen müssen, dass der Panther nicht so leicht zu schnappen war. Abermals warf er einen Blick auf Baumgartens blonde Haare und die Fahrzeugpapiere. Das war nicht ihr Mann.

Frustriert drückte er Baumgarten die Papiere in die Hand und entschuldigte sich für die nächtliche Störung. Dann ließ er Baumgarten mit zwei Polizeibeamten alleine. Die Polizisten sollten feststellen, ob der Mann für die drei Mordnächte Alibis vorzuweisen hatte und mit den Opfern bekannt war. Es war eine reine Routinemaßnahme. Oliver war sich sicher, dass Baumgarten nicht das Geringste mit ihrem Fall zu tun hatte. Außer natürlich, dass sein Fahrzeugkennzeichen missbraucht wurde.

»Was machen wir jetzt?«, fragte Klaus, als sie wieder im Auto saßen.

Oliver zuckte mit den Achseln. Er war für den Augenblick ratlos. Verdammt, er hatte sich so gefreut, als sie das Kennzeichen entdeckt hatten, dass ihm nicht im Traum eingefallen wäre, dass es gefälscht sein könnte. Abermals waren sie in einer Sackgasse gelandet. Oliver schickte ein Stoßgebet zum Himmel und hoffte, dass der Mörder in dieser Nacht nicht erneut zuschlagen würde.

»Wir geben gleich noch eine Fahndung nach dem silbernen Golf raus. Vielleicht haben wir ja Glück und können den Panther auf diesem Weg kriegen.«

Klaus nickte, wirkte jedoch wenig überzeugt. Die Fahndung nach dem PKW konnte sich Tage, wenn nicht sogar Wochen hinziehen, und so viel Zeit blieb ihnen nicht.

»Wir sollten die Betreiber der Internetpartnerbörse bitten, uns Zugriff auf die vier Profile zu geben«, schlug Klaus schließlich vor.

»Meier hat das schon versucht, aber die wollen einen richterlichen Beschluss sehen und das kann noch Tage dauern«, erwiderte Oliver.

Sie parkten den Wagen in der Tiefgarage und stiegen die Treppen zum Polizeirevier hinauf. Alles war dunkel, auch das Büro von Hartmut Meier. Oliver musste Licht auf dem Flur anschalten. Sein Blick streifte das Namensschild an der Bürotür der neuen Kollegin, Carina Schuhmann. Plötzlich sah er sie ganz deutlich vor sich und hatte eine Idee.

»Klaus, ich weiß, was wir tun können. Wir legen ein Fake-Profil an und sehen zu, dass der Panther uns ins Netz geht.«

...

»Mann, ich hasse dich für diese Idee!«, fluchte Klaus leise, ohne den Blick von den flackernden Monitoren zu nehmen.

»Es wird alles gutgehen«, erwiderte Oliver zuversichtlich.

Sie hockten im Überwachungswagen, der vor einem Wohnblock geparkt hatte. Die Monitore zeigten Carina Schumann, die sich gerade auf die Unterlippe biss und nervös die Hände rieb. Es war ihr erster echter Feldeinsatz und die Aufregung konnte man ihr deutlich ansehen.

Der Panther hatte auf das Fake-Profil sofort reagiert. Zumindest glaubten sie, dass der Panther dahintersteckte, denn es hatte sich tatsächlich jemand mit dem Profilnamen Matthias Schroiff gemeldet. Die erneute Überprüfung dieses Namens hatte ergeben, dass es sich um einen erfundenen Namen handeln musste.

Der echte Matthias Schroiff, den Hartmut Meier hinter dem Internetprofil vermutet hatte, verfügte über ein Alibi. Er befand sich seit drei Monaten in Brasilien, wo er für seine Firma ein neues Werk für Automobilteile errichten sollte. In allen drei Mordnächten war er nachweislich nicht in Deutschland gewesen. Wer auch immer sich mit seinem Namen schmückte, hatte nichts mit dem echten Schroiff gemein.

Olivers Blick fiel erneut auf Carina Schuhmann, die immer noch nervös im Flur der Wohnung auf und ab lief. Es war Olivers Idee gewesen, Carina Schumann als Lockvogel für den Panther einzusetzen. Sie passte einfach perfekt mit ihren langen blonden Haaren und den strahlend blauen Augen. Ihr Profilfoto, das sie auf der Internetplattform hinterlegt hatten, zog haufenweise Männer an. Schon in den ersten fünfzehn Minuten hatte Carina beinahe fünfzig Date-Anfragen. Als das Profil Matthias Schroiff nur zwei Stunden später um ein Treffen bat, frohlockte Oliver. Diesmal würde ihnen der Mistkerl nicht wieder durch die Lappen gehen.

...

Er hatte die ganze Nacht wach gelegen und sich unruhig hin- und hergewälzt. Auf der einen Seite wollte er geduldig sein und nicht sofort eine neue Frau suchen. Andererseits hatte er Blut geleckt und hielt es einfach nicht länger aus. Der Vorfall mit seiner Mutter steckte ihm immer noch in den Knochen und er musste Dampf ablassen.

Zuerst hatte er es mit einer warmen Dusche versucht, doch die hatte ihn nur noch fiebriger gemacht. Er brauchte einen weiteren Kick. Er wollte seine Melodie spielen und dabei die Schreie seines Opfers hören. Alle Frauen waren gleich, und wenn er eine von ihnen bestrafte, dann traf er sie alle. Auch seine bösartige Mutter. Er würde es ihr ein für alle Mal zeigen.

Das Internet bot ausgezeichnete Möglichkeiten. Er scrollte durch die Profile der Frauen, die unbedingt ein Date suchten und entdeckte eine attraktive Neuanmeldung. Er war hin und weg von ihrem Foto. Blonde

Haare und große blaue Augen, die ihn verführerisch anblickten. Er überlegte nicht lange und klickte auf das vielversprechende Profil.

...

»Wenn ihr etwas passiert, dann rede ich nie wieder mit dir«, fluchte Klaus, als die Türklingel endlich ertönte. Es war so weit. Der Panther hatte angebissen. Carina warf einen letzten ängstlichen Blick in die Überwachungskamera.

»Bleib ganz ruhig, du machst das großartig«, redete Klaus ihr durch den Knopf im Ohr gut zu.

»Alles klar«, erwiderte sie mit einem leichten Zittern in der Stimme. »Ich mache jetzt die Tür auf.«

In High Heels stolperte sie zur Wohnungstür des Appartements, das die Polizei eigentlich für neue Mitarbeiter als Übergangslösung bereitstellte. Etwas anderes hatte sich auf die Schnelle nicht organisieren lassen.

»Ist er das?«

Hans Steuermark hatte sich zu ihnen gesellt. Als Leiter des Kriminalkommissariates wollte er bei der Verhaftung dieses bestialischen Serientäters unbedingt dabei sein.

»Ja, die Kollegin macht ihm gerade die Tür auf.«

»Ist die Truppe einsatzbereit?«

Oliver nickte stumm. Alles war perfekt vorbereitet. In der Abstellkammer der Wohnung warteten zwei bis an die Zähne bewaffnete Polizisten auf das Signal für den Zugriff. Beim kleinsten Vorfall würden sie Carina Schuhmann zu Hilfe eilen und sie in Sicherheit bringen. Oliver holte tief Luft. Adrenalin schoss durch seine Blutbahnen und machte ihn hellwach. Er fühlte sich wie eine Raubkatze kurz vor dem Angriff. Carina drückte die Klinke der Wohnungstür herunter. Niemand im Überwachungswagen sagte einen Mucks.

…

Die Neue hatte es nicht besser verdient. Er hatte genau recherchiert. Die geile Schlampe hatte sich erst vor ein paar Stunden in der Partnerbörse angemeldet und wollte sich schon mit ihm treffen. Wer als Frau so unvorsichtig war, konnte nichts taugen. Sie war exakt das, was er heute Nacht brauchte, um sich abzureagieren.

So schnell war er noch nie zum Zug gekommen. Normalerweise traf er seine Dates beim ersten Mal an einem öffentlichen Ort, in einem Restaurant oder einer Bar. Aber die aufreizende Blondine hatte ihn direkt in ihre Wohnung bestellt, weil sie dringend Abwechslung benötigte. Dafür würde er sorgen.

Sie war sofort auf ihn angesprungen, als er ihr verraten hatte, dass er Musiker war und ihr gerne auf seinem Keyboard eine wunderschöne Melodie vorspielen wollte. Sie fand das so romantisch, dass sie ihm keine fünf Sekunden später ihre Adresse zugeschickt hatte. Er stieg langsam die Treppen hinauf. Der Gurt seiner Tasche schnitt ihm in die Schulter. Das Musikinstrument wog ein paar Kilo und auch die anderen Utensilien, die er für diese Nacht eingepackt hatte, brachten ein ordentliches Gewicht auf die Waage.

In der Nase konnte er schon das Koks spüren, das er sich gleich mit ihr reinziehen wollte. Zum Aufwärmen sozusagen. Er liebte es, wenn seine Partnerinnen ein wenig neben sich standen. Dann konnten sie seine Melodie länger genießen, weil sie erst viel zu spät begriffen, wohin die Reise eigentlich ging. Er war jetzt unmittelbar vor ihrer Wohnungstür und genoss die Stille vor dem Sturm. Dann klingelte er und hörte, wie sich Schritte näherten. Er konnte regelrecht sehen, wie sie hinter der Tür haltmachte und ganz langsam die Klinke herunterdrückte.

...

Die Tür öffnete sich wie in Zeitlupe. Oliver konnte die Spannung kaum aushalten. Für einen Moment fragte er sich, warum sie die Kameras nur in der Wohnung und nicht im Treppenhaus installiert hatten. Doch dann war die Tür endlich auf und Oliver konnte einen Blick auf die Statur des Mannes werfen, der so eilig auf Carinas Internetprofil angesprungen war und sich hinter dem Namen Matthias Schroiff versteckte.

Der Mann hatte eine bullige Gestalt. Muskulöse Oberarme sprengten fast das T-Shirt, das er trug. Auch die schwarzen Haare passten perfekt ins Bild. Der Panther hielt den Kopf gesenkt, so dass sein Gesicht nicht erkennbar war. Carina machte plötzlich einen Schritt rückwärts.

»Wer sind Sie?«, kreischte sie, stolperte und knickte auf den High Heels um. Die Angst stand ihr regelrecht ins Gesicht geschrieben, und Klaus sprang entgeistert aus seinem Stuhl. Hektisch tatschte er auf den Bildschirm, als ob er Carina dadurch irgendwie helfen könnte. Carina fiel auf die Knie. Das Gesicht ihrer Verabredung war immer noch nicht zu erkennen. Doch in den weit aufgerissenen Augen der jungen Kollegin spiegelte sich deutlich die Panik, als der Mann auf sie zustürzte und sie an den Armen packte.

»Zugriff.«

Der Befehl kam vom Einsatzleiter des Sondereinsatzkommandos und sprach Oliver aus dem Herzen. Ihn hielt es nicht mehr im Überwachungswagen. Er sprang auf und rannte los, dicht gefolgt von Klaus. Im Eiltempo stürmten sie die Treppe hinauf und liefen in die Wohnung. Die Situation war offenbar bereits geklärt. Carina saß im hinteren Teil des Flurs und weinte. Die beiden Polizisten hatten dem Täter bereits Handschellen angelegt. Klaus stürzte sich mit sorgenvollem Gesicht auf Carina.

»Geht es dir gut?«

Oliver hingegen nahm sich den Panther vor, der seinen Kopf gesenkt hielt. Als Oliver näher trat, hob er das Gesicht. Oliver blieb fast das Herz stehen, als er in ängstliche, blaue Augen blickte. Der Panther hatte keine blauen Augen! Verdammt, sie waren beim falschen Mann gelandet. Im selben Augenblick klingelte sein Handy. Am Apparat war Hartmut Meier.

»Ich habe ihn.«

»Was?«, brüllte Oliver ungehalten. »Sie haben ihn?«

»Ja, ich habe den Panther. Er hat seine eigene IP getarnt und sich hinter einer anderen IP-Adresse versteckt. Dafür hat er sein Mobiltelefon benutzt und ich konnte es gerade orten. Ich ...«

»Verdammt, Meier. Geben Sie mir die Adresse. Wir fahren sofort dorthin.«

...

Die Tür öffnete sich und ihm blieb fast der Atem weg. Die Frau war um ein Vielfaches attraktiver, als ihr Profilbild vermuten ließ. Er hatte einen echten Volltreffer gelandet. Der Triumph machte sich hart zwischen seinen Beinen bemerkbar. Sie schenkte ihm ein umwerfendes Lächeln und ließ ihn eintreten.

Sie führte ihn in eine kleine Küche, in der zwei gefüllte Champagnergläser auf dem Tisch standen. Als sie ihn bat, Platz zu nehmen, strich ihre Hand über seinen Hals. Die Berührung erregte ihn so sehr, dass er fast vergaß, warum er eigentlich gekommen war. Er wollte diese Frau besitzen, soviel stand fest. Er setzte ein verlegenes Grinsen auf und beobachtete, wie sie aufreizend vor ihm auf und ab stolzierte. Mit dem Champagnerglas in der Hand sah sie überhaupt nicht wie eine dahergelaufene Schlampe aus. Sie war so anders, als er es erwartet hatte. Hastig leerte er sein Glas und sie füllte es sofort wieder auf.

»Soll ich dir meine Melodie vorspielen?« Er meinte es ernst. Er wollte, dass sie seine Musik genoss. Aber zu seinem Entsetzen lehnte sie seinen Vorschlag ab. Sie wollte erst einen Happen essen und abwarten, wie sich der Abend entwickelte.

Ihre Zurückweisung kränkte ihn. Er nahm hastig einen Schluck Champagner und wollte den Ärger herunterspülen, doch dann fiel ihm auf, wie eisig der Ausdruck in ihren Augen wirkte. Ihr Blick schien nahezu vorwurfsvoll, als er auch das zweite Glas in einem Zug leerte. Verdammt, was glaubte dieses Miststück, wer es war?

Er erhob sich und baute sich vor ihr auf. Schon besser. Ein Funken Angst hatte sich in ihren Blick geschlichen. Das gefiel ihm, doch für die Schlampe war es zu spät. Er würde ihr die Abwechslung besorgen, auf die sie so scharf war. Ohne Vorwarnung stürzte er sich auf sie und würgte sie bis zur Besinnungslosigkeit. Dann packte er sie und legte sie auf das Bett im Schlafzimmer.

…

Oliver konnte es nicht fassen. Hartmut Meier hatte ihm eine Adresse in Zons gegeben. Sie waren gute zwanzig Minuten entfernt. Mit Blaulicht rasten sie über die Autobahn, die zum Glück um diese Uhrzeit nicht mehr stark befahren war.

Mit quietschenden Reifen hielten sie vor dem Haus, in dem vier Parteien untergebracht waren. Meier konnte nicht sagen, aus welcher Etage er das Handysignal empfangen hatte. Im Grunde konnten sie froh sein, dass ihm überhaupt die Ortung des Mobiltelefons gelungen war.

Oliver betrachtete das Gebäude und bemerkte ein flackerndes Licht im Fenster in der zweiten Etage.

»Dort oben. Da brennt eine Kerze«, brüllte er und lief los.

Der Leiter des Einsatzkommandos folgte ihm. Für großartige Planungen blieb keine Zeit. Oliver spürte instinktiv, dass es auf jede Sekunde ankam. Als sie den Hausflur betraten, stockte ihm der Atem.

Da war sie, die unverkennbare Melodie, der sie so lange hinterhergejagt waren. Er kannte sie inzwischen in- und auswendig. Geschockt erkannte er, dass das Stück bereits zur Hälfte gespielt war. Die Muskeln in seinen Oberschenkeln brannten, trotzdem nahm er drei Stufen auf einmal.

Wenigstens führte die Musik sie auf Anhieb zur richtigen Wohnung in der zweiten Etage, aus der das Kerzenlicht gedrungen war. Der Leiter des Einsatzkommandos überholte ihn auf dem letzten Treppenabsatz. Er warf sich mit aller Kraft gegen die Wohnungstür, die sofort aufsprang.

Oliver stürmte hinterher. Irgendwo hinter ihm trampelten die Stiefel von mindestens drei Polizeibeamten des Sondereinsatzkommandos die Treppe hoch, gefolgt von Klaus und Hans Steuermark.

Die Wohnung war klein. Rechts die Küche, deren Tür offen stand, und links zwei weitere Zimmer. Der Leiter der Einsatztruppe nahm die erste Tür und Oliver stürzte sich auf den hinteren Raum. Mit vollem Körpereinsatz riss er die Tür aus den Angeln und warf sich im Lauf auf einen Mann, der eine schwarze Maske trug. Der Panther ging völlig überrascht zu Boden, und Oliver landete auf dem Rücken des Mannes. Er drückte ihm das Knie ins Kreuz und versuchte, die Arme des Panthers nach hinten zu drehen.

»Keine Bewegung. Hände hoch.« Die scharfen Worte erklangen über ihm und er rollte sich zur Seite. Zwei Beamte hievten den Panther vom Boden hoch.

Aus dem Augenwinkel bemerkte Oliver, dass die Frau auf dem Bett noch am Leben war. Erleichterung machte sich in ihm breit. In ihrem Mund steckte ein Knebel, der keinen Schrei zuließ. Ihre Augen waren weit aufgerissen, doch es lag mehr Hoffnung als Angst in ihnen. Sie wusste, dass sie es geschafft hatte. Oliver baute sich vor dem Panther auf und riss ihm die Maske herunter. Das Gesicht, das dahinter zum Vorschein kam, glich dem Phantombild bis aufs Haar. Sie hatten ihn!

...

Die letzten vierundzwanzig Stunden waren wie im Rausch vergangen. Der Panther oder vielmehr Torsten

Kruse saß in Untersuchungshaft. Nachdem Oliver ihn auf frischer Tat ertappt hatte, war der Mann geständig gewesen.

Die Untersuchung seiner Wohnung und seines PCs hatte zudem eindeutige Beweise ans Licht gebracht. Er hatte Fotos von seinen Opfern aufbewahrt, und Hartmut Meier konnte nachweisen, dass er mit allen vier Internetprofilen agierte, auf die sie sich schlussendlich konzentriert hatten.

Torsten Kruse war Musiker, der sich mit Gelegenheitsjobs durchschlug. Für das Engagement in einem großen Orchester oder einer Band hatten seine Fähigkeiten nie ausgereicht. Er kannte sich gut mit Computern aus und hatte deshalb keinerlei Schwierigkeiten gehabt, seine wahre Identität im Internet gekonnt zu verbergen. Zusätzlich konnten in seiner Wohnung noch zwei weitere gefälschte Kfz-Nummernschilder sichergestellt werden, die er benutzte, um unentdeckt zu seinen Opfern zu gelangen.

Den silbernen Golf fanden sie in einer Nebenstraße des Wohnblocks von Sabine Gruber, die das vierte Opfer des Panthers hatte werden sollen. Die junge Frau hatte großes Glück gehabt, denn bis auf den Schock war ihr kein Haar gekrümmt worden.

Warum der Täter so vernarrt in diese eine Melodie war, verrieten die vielen Fotos am Kühlschrank des Mörders. Notenblätter wechselten sich mit Schnappschüssen seiner Mutter aus den vergangenen Jahren ab, die im Übrigen eine frappierende Ähnlichkeit mit den Opfern aufwies.

Torsten Kruse gestand unter Tränen, im Kindesalter von seiner Mutter zum Klavierspielen gezwungen worden zu sein. Er sollte Konzertpianist werden und musste täglich mehrere Stunden üben. Immer dann, wenn er ein Stück nicht richtig spielte, sperrte Kruses Mutter ihn in eine Abstellkammer voller Ratten und ließ ihn stundenlang in der Dunkelheit zurück. Währenddessen spielte sie unablässig das Musikstück von Jakob Heckhoven, das sie über alles liebte.

Diese Melodie hatte ihr Ehemann und Torsten Kruses Vater im Stadtarchiv in Zons aufgetrieben und ihr zum Hochzeitstag vorgespielt. Er war ebenfalls Musiker gewesen und hatte sich auf mittelalterliche Lautenmusik spezialisiert. Deshalb hatte es eine ganz besondere Bedeutung für Kruses Mutter.

Der Vater verstarb kurz nach Torsten Kruses Geburt und der Junge musste die große Lücke füllen, die im Leben seiner Mutter entstanden war. Doch ihm fehlte das Zeug zum großen Pianisten und so sehr seine Mutter ihn auch malträtierte, daran war einfach nichts zu ändern.

Torsten Kruse wuchs zu einem verschüchterten jungen Mann heran, der kaum Freunde hatte und seiner Mutter auch als Erwachsener nicht die Stirn bieten konnte. Sein Leben drehte sich ausschließlich um die Musik und um seine Mutter. Die permanenten Bestrafungen in der Kindheit hatten ihn gebrochen, und erst als seine Mutter in ein Altersheim kam, lebte er endlich auf.

Er entdeckte die Möglichkeiten des Internets für sich, und irgendwann entschloss er sich dazu, seine langgehegten Hass-Fantasien in die Tat umzusetzen.

Sein halbes Leben hatte er davon geträumt, sich gegen seine übermächtige Mutter zur Wehr zu setzen, doch jedes Mal, wenn er kurz davorstand, verließ ihn der Mut.

Also suchte er sich Frauen, die seiner Mutter extrem ähnlich sahen, und ließ seine Wut an ihnen aus. Mit seinen scheußlichen Taten wollte er die Frauen für das Trauma seiner Kindheit bestrafen. Er teilte deshalb die Melodie von Jakob Heckhoven, die er zugleich liebte und hasste, in zehn Passagen auf und wollte für jedes Teilstück ein passendes Opfer suchen.

Oliver konnte dieses abartige Rachebedürfnis kaum nachvollziehen. Aus seiner Sicht war der Mann wahnsinnig. Über seine Schuldfähigkeit würde ein psychologischer Gutachter befinden müssen. Das Wichtigste war jedoch, dass sie den Mistkerl geschnappt hatten, bevor er weitere Frauen ermorden konnte.

»Hey, willst du auch einen Kaffee?«, fragte Klaus und erhob sich aus seinem Bürostuhl.

Oliver nickte und starrte Klaus gedankenverloren an.

»Was hast du? Haben wir etwas übersehen?«

Oliver schüttelte den Kopf und grinste breit. Nein, dachte er. Er hatte nur vergessen, Klaus etwas sehr Wichtiges mitzuteilen. Klaus blieb irritiert in der Tür stehen.

»Carina hat übrigens keinen Freund. Der Typ, mit dem Hartmut sie gesehen hat, ist ihr Bruder. Ich habe sie selbst gefragt und wollte dir das noch zurufen; für den Fall, dass du ihr auf dem Weg zur Kaffeeküche begegnest.«

Klaus warf Oliver einen langen Blick zu. Dann erhellte ein Lächeln sein Gesicht und die Bürotür fiel ins Schloss.

ENDE

Nachwort der Autorin

Liebe Leserin,
lieber Leser,

ich möchte mich bei Ihnen dafür bedanken, dass Sie meinen fünften Roman »Tiefschwarze Melodie« gekauft und gelesen haben. Ich hoffe, Ihnen hat die Lektüre des Buches gefallen und Sie hatten ein spannendes Leseerlebnis. An dieser Stelle möchte ich insbesondere für die historisch interessierten Leser noch folgende Punkte anmerken:

Alle Orte, die ich in meinem Thriller beschreibe, existieren tatsächlich. Die von mir eigenhändig gezeichnete Karte, die Sie ganz vorne im Buch finden, stellt den historischen Stadtkern von Zons dar. Genauso werden Sie die Stadt vorfinden, wenn Sie ihr einen Besuch abstatten. Schauen Sie doch dann einmal in der Tourist-Information gegenüber dem Kreismuseum an der Schloßstraße vorbei. Sie werden dort einen ähnlichen Plan erhalten.

Das »Schloss Friedestrom« heißt heute offiziell »Burg Friedestrom«, aber da viele Zonser es lieber Schloss nennen und auch die Straße davor den Namen »Schloßstraße« und nicht etwa »Burgstraße« trägt, habe ich diesen Namen beibehalten.

Es existieren keine Belege darüber, ob Ende des 15.

Jahrhunderts in Zons Nonnen gelebt haben oder ob es ein Frauenkloster gab. Erst viel später, im Jahre 1855, ist das Wirken von Franziskanerinnen im Kloster »Zur heiligen Dreifaltigkeit« dokumentiert

Auch der Kräutergarten, in dem Jakob den Kaufmannssohn Lorenz Schlebusch beim Pflücken von Rosen beobachtet hat, gab es erst viele hundert Jahre später. Dieser Kräutergarten existiert bis heute und ist für Besucher von Zons frei zugänglich. Auch wenn dort keine Rosen wachsen, lohnt sich ein kleiner Rundgang beim Besuch des Schloßplatzes.

Jakobs Vater, Henrich Heckhoven, hat tatsächlich in Zons gelebt. Er war von 1480 bis 1482 Zollschreiber in Zons und wechselte fünf Jahre später in das Amt des Zöllners, das er bis 1491 ausübte. Der Name seines Nachfolgers als Zollschreiber ist bis ins Jahr 1529 unbekannt. Danach weisen die historischen Aufzeichnungen Johann Reifferscheidt als Zollschreiber aus, der dieses Amt zwanzig Jahre lang innehatte. Die erste überlieferte Zollordnung für Zons stammt aus dem Jahr 1484. Demnach waren mit der Zollabwicklung ein Zöllner, ein Beseher und ein Zollschreiber befasst. Unterstützend waren noch zwei Zollknechte tätig. Die Zollbeamten genossen einen hohen sozialen Status. Sie standen über der städtischen Bürgerschaft und auch über den Angestellten des Domkapitels. Nur der Amtmann hatte Ehrenvorrang. Zu diesen Zeiten war es typisch, dass nicht dem Bürgermeister, sondern den Zöllnern bei einem Aufenthalt in der Stadt die Aufwartung gemacht wurde.

Die Familie Heckhoven lebt in meinem Buch in der Rheinstraße 20, wo heute der Malteser Hilfsdienst zu Hause ist. Ob der Zollschreiber damals tatsächlich an diesem Ort gelebt hat, ist unbekannt. Carlo Hahn gestattete mir freundlicherweise, das Haus zu besichtigen und auch den privaten Brunnen zu bewundern, den es dort immer noch gibt. Er befindet sich allerdings nicht draußen im Innenhof, sondern gut geschützt inmitten des Wohnbereiches. Da Zons im Mittelalter eine reiche Stadt war, gab es zudem etliche öffentliche Zisternen, wobei die genaue Anzahl leider nicht belegt ist.

Professor Morgenstern ist eine Romanfigur, die schon in meinem Thriller »Kalter Zwilling« aufgetaucht ist. Die psychiatrische Klinik, in der er tätig ist, habe ich frei erfunden. Es gibt natürlich einige psychiatrische Kliniken im Rhein-Kreis Neuss, aber ich konnte mich nicht dazu durchringen, eine echte Klinik für meine Geschichte auszuwählen.

Der im Buch erwähnte Erzbischof Friedrich von Saarwerden hat von 1348 bis 1414 tatsächlich gelebt. Er verlegte im Jahr 1372 den Rheinzoll von Neuss nach Zons und verlieh dem Ort ein Jahr darauf die Stadtrechte.

Die Figuren in meinem Buch sind im Übrigen alle frei erfunden. Ich möchte nicht ausschließen, dass der eine oder andere Charakter Ähnlichkeiten mit heute lebenden Personen hat. Dies ist jedoch keinesfalls beabsichtigt.

Ein Leser hatte mich nach meinem ersten Buch gefragt, warum es vier Ecktürme in Zons gibt; er könne nur drei finden. Wenn man den Eisbrecher an der südöstlichen Ecke der Festung mitzählt, kommt man auf vier Ecktürme. Im Norden befinden sich der Zollturm, der auch Rhein- oder Petrusturm genannt wird und der Krötschenturm. Im Süden liegen der Mühlenturm sowie der Eisbrecher. Woher der Krötschenturm seinen Namen hat, ist unsicher. »Krötsch« bedeutet so viel wie »kränkelnd« und deshalb wird vermutet, dass in Pest- und Seuchenzeiten die Kranken in den Turm gesperrt wurden, um sie von den gesunden Menschen fernzuhalten. Genauso gut kann es jedoch sein, dass der Turm seinen Namen aufgrund der ihn umgebenden »Kreuzgärten« erhalten hat. So lautet auch heute noch der Flurname. Auf diese Weise könnte aus dem alten Begriff »Creutzthurm« über »Creutzschturm« schließlich »Krötschenturm« geworden sein. Schriftliche Überlieferungen gibt es leider nicht.

Wenn Sie an weiteren Informationen über mein Buch »Tiefschwarze Melodie« oder die Vorgängerromane (1. Band: Der Puzzlemörder von Zons, 2. Band: Der Sichelmörder von Zons, 3. Band: Kalter Zwilling, 4. Band: Auf den Flügeln der Angst), die Hauptfiguren und die Stadt Zons am Rhein interessiert sind, besuchen Sie doch einmal meine Homepage unter

www.catherine-shepherd.com

und melden sich dort für den Newsletter an. Über den Newsletter erhalten Sie dann alle Neuigkeiten über meine neuen Projekte, Veranstaltungen und Gewinnspiele.

Facebook-Mitglieder sind herzlich willkommen, durch Klicken des »Gefällt mir«-Buttons ein Fan zu werden:

www.facebook.com/Puzzlemoerder

Auf Twitter finden Sie mich unter: **www.twitter.com/shepherd_tweets** und natürlich freue ich mich auch über Ihr persönliches Feedback zum Buch an meine E-Mail-Adresse:

kontakt@catherine-shepherd.com

Zum Abschluss habe ich noch eine persönliche Bitte an Sie. Wenn Ihnen dieses Buch gefallen hat, würde es mich sehr freuen, wenn Sie es bewerten und eine kurze Rezension bei Amazon schreiben würden. Keine Sorge, Sie brauchen hier keine »Romane« zu schreiben. Einige wenige Sätze, warum Ihnen mein Buch gefallen hat, reichen völlig aus.

Sollten Sie bei Lovelybooks oder Goodreads aktiv sein, ist natürlich auch dort ein kleines Feedback sehr willkommen. Ich bedanke mich recht herzlich und hoffe, dass Sie auch meine anderen Romane lesen werden.

Ihre Catherine Shepherd

Stadt Zons am Rhein

Zons (ehemals Zollfeste Zons genannt) ist eine kleine Stadt am Niederrhein und liegt bei Dormagen im Rhein-Kreis Neuss, fast genau in der Mitte zwischen Düsseldorf und Köln. Auf der anderen Seite des Rheins liegt Düsseldorf-Urdenbach. Beide Orte sind durch eine Fährverbindung über den Rhein miteinander verbunden. Zons ist eine der wenigen derart erhaltenen mittelalterlichen Städte mit einer im ganzen Rheinland einzigartigen, gut erhaltenen Befestigungsanlage aus dem 14. Jahrhundert, sozusagen das Rothenburg des Rheinlands.

Die kleine Stadt Zons blickt auf eine lange und bewegte Geschichte zurück:

Ebenso wie auf dem heutigen Gebiet der Stadt Köln und der benachbarten Stadt Neuss waren die Römer auch in der Nähe von Zons. Dies hat man jedenfalls bei Ausgrabungen festgestellt, nach denen es bei Zons einen römischen Friedhof und ein Militärlager der Römer gegeben hat.

Gesichert ist jedenfalls die Erkenntnis, dass die Stadt Zons im Jahr 1373 gegründet wurde. Der Kölner Erzbischof Friedrich von Saarwerden hatte zuvor im Jahr 1372 den Rheinzoll von dem Gebiet des heutigen Neuss nach Zons verlagert. Zons wurde nunmehr durch Mauern und Gräben befestigt. Inmitten der befestigten Ortschaft befanden sich wohl ca. 120 Häuser. Im 15. Jahrhundert war der seinerzeitige Ausbau von Zons abgeschlossen. Die Bevölkerung war im Wesentlichen im Ackerbau, der Viehzucht und in den Bereichen Bier-, Wein- und Getreidehandel tätig. Daneben gab es Handwerk, Ziegeleien sowie Woll- und Leinenwebereien. Zwischen dem 15. und dem 17. Jahrhundert gab es offenbar moderaten Wohlstand in der Stadt.

Das 17. Jahrhundert war keine gute Zeit für Zons. 1620 gab es einen erneuten schweren Brand in der Stadt, der offenbar nur wenige Häuser verschonte. Auch der Dreißigjährige Krieg hat durch entsprechenden Beschuss in Zons schwere Spuren der Zerstörung hinterlassen. Die Pest schwächte die kleine Stadt in mehreren Wellen (z. B.: in 1623 und 1666). 1794 eroberten die Franzosen Zons. Zons gehörte nunmehr zu Frankreich und war bis 1814 im Kanton Dormagen des Arrondissements Köln beheimatet.

1815 ging Zons an die Preußen über und wurde dem Kreis Neuss sowie 1822 dem Regierungsbezirk in Düsseldorf zugeordnet. Bereits seit 1900 ist Zons ein beliebtes Ausflugsziel. 1975 wurde Zons Teil von Dormagen. Zons nannte sich daher in dieser Zeit »Feste Zons«. Seit 1992 darf Zons sich wieder »Stadt« nennen, allerdings handelt es sich hierbei nicht um eine eigene Gemeinde im Rechtssinn, sondern nur um einen Titel, den man Zons aufgrund der hohen historischen Bedeutung gewährt hat. Heute hat Zons etwa

5.370 Einwohner und ist Stadtteil von Dormagen und gehört zum Rhein-Kreis Neuss.

Weitere Informationen über Zons finden Sie auf **www.zons-am-rhein.info** oder auf der Facebook-Seite **www.facebook.com/zonsamrhein**. Vielleicht schauen Sie sich das schöne Zons einmal persönlich an. Einige der Plätze, die in diesem Buch eine Rolle spielen, sind auch heute noch gut erhalten.

Danksagung

An dieser Stelle möchte ich mich ganz herzlich bei meinem Ehemann Felix und meinen Eltern für die immerwährende Geduld und Unterstützung bedanken. Gleiches gilt für meine Lektorin Franziska Gräfe und meiner Korrektorin Kirsten Wendt, für die vielen guten Ideen sowie für all die anderen fleißigen Helfer, die an diesem Buch mitgewirkt haben.

KAFEL
VERLAG
ZONS-KRIMI
DER
PUZZLEMÖRDER
VON ZONS
CATHERINE SHEPHERD

Der Puzzlemörder von Zons. Thriller
Catherine Shepherd, Kafel Verlag 2012

»Der Puzzlemörder von Zons« ist der erste Roman von Catherine Shepherd, der direkt nach seiner Veröffentlichung die Nr. 1 der deutschen Amazon Bestsellerliste erreichte. Der Thriller gehört zu den E-Book-Bestsellern des Jahres 2012 bei Amazon. Auch die Taschenbuchausgabe erreichte im lokalen Buchhandel die Spitze der Bestsellerliste.

Die Westdeutsche Zeitung schrieb über ihren Roman:

»Der Mörder Dietrich Hellenbroich erinnert in seiner schaurigen Sammelwut an den Grenouille, die Hauptfigur aus Patrick Süskinds Bestseller ‚Das Parfum'. Die den Roman durchziehende Symbolik wiederum ähnelt den Dan Brown-Bestsellern.«

Zum Inhalt:

Eine Begegnung von Vergangenheit und Gegenwart, die Sie nicht vergessen werden ...

Zons 1495: Eine junge Frau wird geschändet und verstümmelt aufgefunden. Offensichtlich war sie Opfer des Rituals eines perversen Mörders geworden. Eigentlich ist das kleine mittelalterliche Städtchen Zons, das damals wie heute genau zwischen Düsseldorf und

Köln am Rhein liegt, immer besonders friedlich gewesen. Doch seitdem der Kölner Erzbischof Friedrich von Saarwerden dem Städtchen die Zollrechte verliehen hatte, tauchte immer mehr kriminelles Gesindel auf. Bastian Mühlenberg von der Zonser Stadtwache ist geschockt von der Brutalität des Mörders und verfolgt seine Spur – nicht ahnend, dass auch er bereits in den Fokus des Puzzlemörders geraten ist ...

Gegenwart: Die Journalismus-Studentin Emily kann ihr Glück kaum fassen! Sie darf eine ganze Artikelserie über die historischen Zonser Morde schreiben. Doch mit Beginn ihrer Reportage scheint der mittelalterliche Puzzlemörder von Zons wieder lebendig zu werden, als eine brutal zugerichtete Frauenleiche in Zons aufgefunden wird. Kriminalkommissar Oliver Bergmann nimmt die Ermittlungen auf. Erst viel zu spät erkennt er den Zusammenhang zur Vergangenheit. Verzweifelt versucht er die Puzzleteile des Mörders zusammenzufügen, doch der Täter ist immer einen Schritt voraus ...

»Der Autorin Catherine Shepherd gelingt es in ihrem Thriller meisterhaft, die Begegnung zwischen Historie und Gegenwart zu inszenieren. Ein packendes Werk, von der ersten bis zur letzten Minute!«

KAFEL
VERLAG
DER
ZONS-KRIMI
SICHELMÖRDER
VON ZONS
CATHERINE SHEPHERD

Der Sichelmörder von Zons. Thriller

Catherine Shepherd, Kafel Verlag 2013

Der packende Nachfolger von Catherine Shepherd´s Bestseller »Der Puzzlemörder von Zons«:

Zons 1496: Während Bastian Mühlenberg von der Zonser Stadtwache auf der Spur eines uralten Schatzes ist, den der Erzbischof von Saarwerden bei Errichtung der Stadtmauern tief unter der Erde von Zons verborgen hat, treibt ein brutaler Mörder mit einer goldenen Sichel sein blutiges Spiel mit seinen Opfern. Scheinbar wahllos verschwinden »unbescholtene« Bürger und alles, was von ihnen übrig bleibt, sind ihre toten Zungen, die sichtbaren Zeichen ihrer Sünden. Drei silberne Schlüssel, behütet von Pfarrer Johannes und der St.-Sebastianus-Schützenbruderschaft, führen Bastian in ein verschlungenes Labyrinth unterhalb von Zons, wo ein düsteres Geheimnis auf ihn wartet ...

Gegenwart: Ein menschlicher Fußknochen wird in den Rheinauen von Zons gefunden. Kommissar Oliver Bergmann kann zunächst keine Leiche finden. Doch dann überschlagen sich die Ereignisse. Oliver verfängt sich in einem schier undurchdringbaren Netz aus Verdächtigen und Vermissten. Die nagelneue Salzsäureanlage im Chemiepark Dormagen gerät ebenso in sein Visier wie geldsüchtige Banker, eine goldene Mordwaffe und Gandhis »sieben Todsünden der Moderne«. Als die Journalismus-Studentin Emily und ihre beste

Freundin Anna in ernsthafter Gefahr schweben, erkennt Oliver verzweifelt, dass ihm nicht mehr viel Zeit bleibt ...

»In ihrem zweiten Roman lässt Autorin Catherine Shepherd erneut Vergangenheit und Gegenwart zu einem atemberaubenden Thriller verschmelzen. Wem der »Puzzlemörder von Zons« gefallen hat, wird die neue Geschichte nicht mehr aus der Hand legen können. Shepherd führt Sie auf eine unglaublich spannende Reise!«

KAFEL
VERLAG
ZONS-KRIMI
KALTER
ZWILLING
CATHERINE SHEPHERD

Kalter Zwilling. Thriller

Catherine Shepherd, Kafel Verlag 2013

Der dritte Thriller von Catherine Shepherd führt Sie in die Tiefen menschlicher Abgründe. Eine weitere Begegnung von Vergangenheit und Gegenwart, die Sie nicht vergessen werden ...

Zons 1496: Ein schrecklicher Fluch beendet Elisas junges Leben, noch bevor sie ihre neugeborenen Zwillingssöhne in den Armen halten kann. Bastian Mühlenberg von der Zonser Stadtwache ahnt zunächst nichts vom düsteren Familiengeheimnis, das auf den Brüdern lastet. Als der Schmied mit gefälschten Goldgulden zerstückelt vor der Stadtmauer gefunden und das friedliche Städtchen von einer neuen Mordserie erschüttert wird, nimmt Bastian Mühlenberg die Spur des Mörders auf. Stück für Stück wird er in eine unheilvolle Verschwörung hineingezogen, die das Leben seiner Familie bedroht ...

Gegenwart: Der grausame Mord an einer Prostituierten führt Kommissar Oliver Bergmann zu seinem dritten großen Fall nach Zons. Offensichtlich ist der Mörder ein kaltblütiger Psychopath, der ein perverses Machtspiel mit seinen Opfern treibt. Währenddessen schreibt Journalismus-Studentin Emily mit Hilfe von Professor Morgenstern, dem Leiter einer psychiatrischen Klinik vor den Toren von Zons, eine Reportage über die menschlichen Abgründe psychopathischer

Persönlichkeiten. Als ein Universitätsprofessor aus Köln, keine dreißig Kilometer von Zons entfernt, auf martialische Weise ermordet wird, meint Oliver Bergmann ein Muster aus der Vergangenheit zu erkennen. Ein über fünfhundert Jahre alter Fluch scheint zu neuem Leben erwacht ...

»Kalter Zwilling ist der dritte Zons-Krimi von Catherine Shepherd, der in atemberaubendem Tempo Vergangenheit und Gegenwart zu einer einzigen packenden Geschichte verschmelzen lässt. Fesselnd bis zur letzten Seite!«

CATHERINE SHEPHERD
KAFEL
VERLAG
AUF DEN FLÜGELN DER ANGST
THRILLER

Auf den Flügeln der Angst. Thriller
Catherine Shepherd, Kafel Verlag 2014

Der vierte Thriller von Catherine Shepherd führt Sie auf einen trügerischen Pfad, auf dem nichts so ist, wie es scheint. Eine weitere Begegnung von Vergangenheit und Gegenwart, die Sie nicht mehr loslassen wird ...

Zons 1497: Bastian Mühlenberg von der Zonser Stadtwache steht vor einem Rätsel. Am Morgen nach dem Geburtstagsfest von Pfarrer Johannes schwimmt eine tote Frau im Burggraben. Vom Täter fehlt jede Spur. Als kurz darauf vor den Stadttoren von Zons ein Bote brutal ermordet wird, beginnt eine atemlose Jagd. Bastian entdeckt ein Geheimnis hinter den Steinen der Stadtmauer. Eine geheimnisvolle dunkle Flüssigkeit führt ihn auf eine gefährliche Reise, denn auch der Mörder ist auf der Jagd nach dem teuflischen Elixier ...

Gegenwart: Die alleinerziehende junge Mutter Saskia nimmt an einer klinischen Studie teil. Doch statt der erhofften Befreiung von ihren Ängsten fühlt sie sich von Tag zu Tag schlechter und kann am Ende nicht mehr zwischen Wahn und Wirklichkeit unterscheiden. Während Saskia von unerklärlichen, grausamen Bildern verfolgt wird, ermittelt Kommissar Oliver Bergmann in einer neuen Mordserie. Ein Stadtrat wird in seiner Zonser Wohnung ertränkt, wenig später führt ein Anruf die Polizei zu einer weiteren Leiche. Die einzige Verbindung zwischen den Opfern ist eine seltene

Droge in ihrem Blut. Obwohl alles auf ein männliches Täterprofil hindeutet, hat Oliver starke Zweifel. Erst im letzten Moment erkennt er den wahren Zusammenhang, der ihn zurück ins Mittelalter führt ...

»**Auf den Flügeln der Angst**« ist das neue spannende Werk von Catherine Shepherd, das den Leser bis zur letzten Seite in seinen Bann zieht.

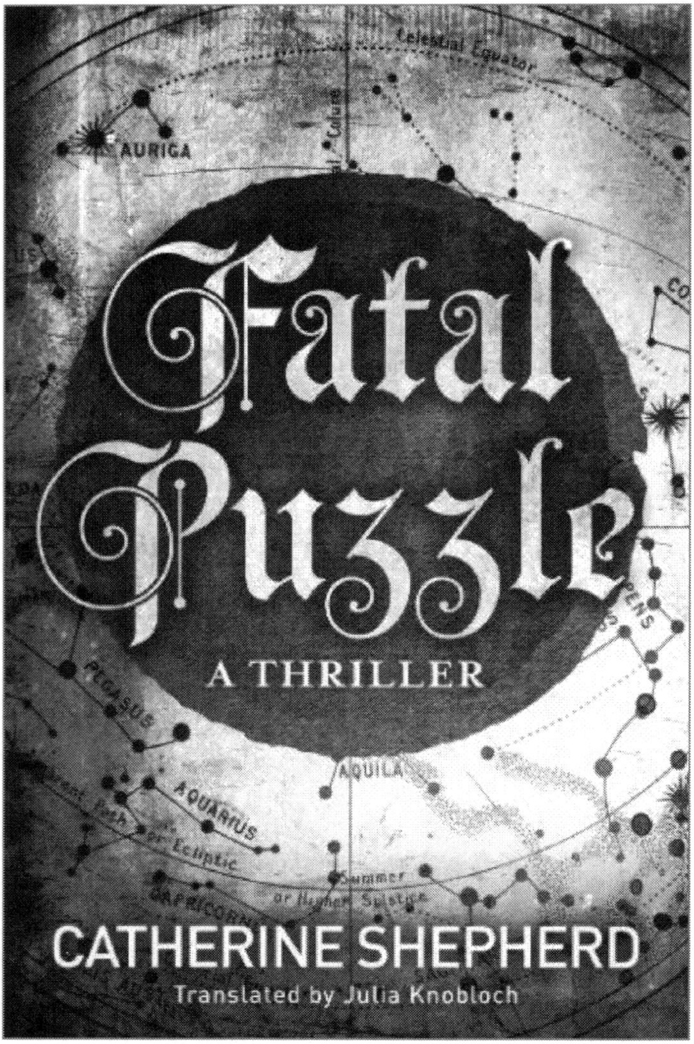
Fatal Puzzle
A THRILLER
CATHERINE SHEPHERD
Translated by Julia Knobloch
AURIGA
Celestial Equator
PEGASUS
AQUARIUS
AQUILA
Ecliptic
CAPRICORNUS

Fatal Puzzle (Zons Crime Book 1)

Catherine Shepherd, Amazon Crossing 2015

Deutscher Originaltitel: Der Puzzlemörder von Zons

1495: In the peaceful medieval city of Zons, on the banks of the Rhine, a young woman is found hanging from a parapet, assaulted and mutilated. A month later, another maiden falls prey. Bastian Mühlenberg, head of the City Guard, is determined to decipher the murderer's gruesome code, unaware that he and the woman he loves are in the killer's sights. With the help of an old psychic, a priest, and the stars above, Mühlenberg must solve the "fatal puzzle" before it's too late.

Present day: Journalist Emily Richter is thrilled when she's assigned a series of articles about the historic Zons killings. However, right before her stories are to be published, a young woman's body is found hanging from a city tower - grossly maimed and wearing a linen gown, like her medieval predecessors. Detective Oliver Bergmann leads the investigation, tapping the knowledge of the attractive young journalist. Working together - and using Mühlenberg's old notes - they race to stay one step ahead of the copycat killer.

From the Editor

Care to visit an idyllic medieval town along the Rhine?

Notice the trapezoidal shape created by the towers at each corner; feel the history breathing through the walls. Fatal Puzzle both inspired me to visit Zons, one of the few villages of its kind left in Europe, and made me terrified of its dangers. Thanks to Catherine Shepherd's wildly successful Zons series, the town has blossomed into its full tourism potential - the author even helps craft tours of the towers linked to the plot of the book.

Reading the story, you feel walled in from the start. A longtime resident of Zons, Catherine understands the power of her setting: you can sense the claustrophobia of small-town living in her sentences. Journalist Emily Richter is investigating the murder of a young woman and happens upon notes in the city archive that seem eerily familiar. In 1495, precocious city clerk Bastian Mühlenberg traced a series of bodies discovered in the town's towers in a similar race against time.

Can Emily piece together the killer's reasoning before he takes another victim? A strange energy permeates the village - these towers are crime scenes for a reason - and Emily must work fast to understand the occult link between the murders and the walls themselves.

Fatal Puzzle drives you forward to unlock the mystery, throwing your inner sleuth off course and sending you back to the map to seek out the pattern. What creepy force inhabits these towers?

Gabriella Page-Fort, Editor

Über die Autorin

Die Autorin Catherine Shepherd (Künstlername) lebt mit ihrem Mann in Zons und wurde 1972 geboren. Nach Abschluss des Abiturs begann sie ein wirtschaftswissenschaftliches Studium und im Anschluss hieran arbeitete sie jahrelang bei einer großen deutschen Bank. Bereits in der Grundschule fing sie an, eigene Texte zu verfassen und hat sich nun wieder auf ihre Leidenschaft besonnen. Ihren ersten Thriller «Der Puzzlemörder von Zons« veröffentlichte sie im April 2012, gefolgt von ihrem zweiten Kriminalroman »Der Sichelmörder von Zons« im März 2013. Mitte Dezember 2013 erschien der dritte Zons-Krimi »Kalter Zwilling«. Mehr Informationen über Catherine Shepherd und ihre Romane finden sich auf ihrer Webseite:

www.catherine-shepherd.com

9491892R00203

Printed in Germany
by Amazon Distribution
GmbH, Leipzig